U0044433

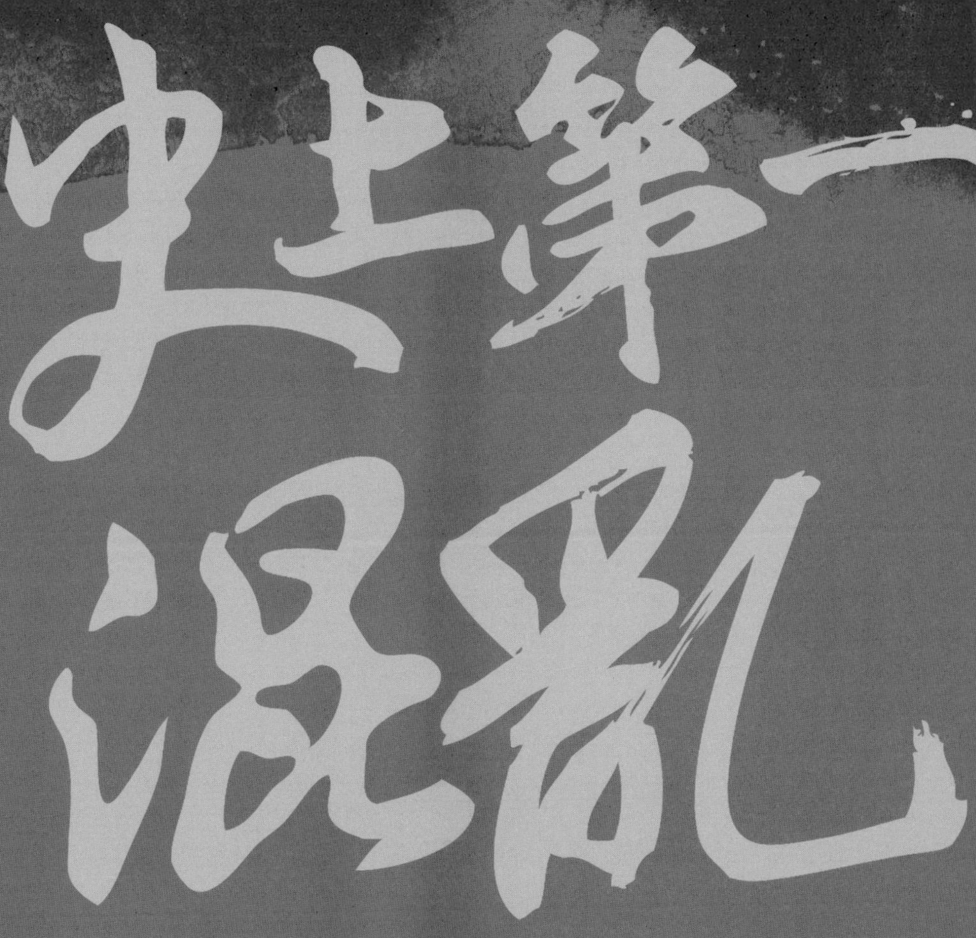

卷十 人在江湖

大結局

張小花——著

目錄

Contents

第一章

雌雄莫辨

戰士們呆呆地看著花木蘭，花木蘭奇道：「怎麼了嗎？」

我小聲道：「姐，頭髮……」

花木蘭的頭髮自從一開戰就披在肩上，用了洗髮精的長髮烏黑順滑，這時晚風吹拂，輕輕撩起她的髮絲，士兵們都看出這是一個女孩……

李世民倒是很夠意思，拍著胸脯說：「要李哥幫你不，再開個兵道，我給你發二十萬人馬。」

最後花木蘭又跟花榮和方鎮江他們聊了兩句，把電話交給我說：「老吳那你還沒去呀？」

我嘆道：「是啊，老吳那是個麻煩，去早去晚他都得難堪。」我問她：「你怎麼不給師師和嬴哥他們打一個？」

花木蘭道：「那話就多了，還是見了面說吧。」

這時，第一個未接電話打過來了，我一聽是顏景生，他說：「小強啊？剛才我正上課呢，不能接電話。」

我笑道：「當副校長了還這麼敬業，你猜我在哪兒呢？」

顏景生道：「那我哪能猜出來，你這秦漢三國唐宋元的來回亂跑。」

我說：「我在北魏呢，剛才給你打電話的是誰猜猜？」

顏景生愣了一下，忽然緊張道：「是木蘭？」

我納悶道：「咦，叫得這麼親切？」

花木蘭接過電話，她還不知道對方是誰，問道：「你是哪位呀？」

顏景生訥訥道：「我是顏景生。」

花木蘭莫名其妙道：「顏景生？」

「……你忘了，在育才你們打雷老四那次，你還拍了我一巴掌。」

花木蘭失笑道：「哦，是你呀，怎麼，記仇啦？」

顏景生小聲道：「沒有……你走以後，我們大家都挺想你的……」

這時，忽有一匹探馬跑上山來，花木蘭急忙把電話交到我手上，只聽顏景生好像是鼓足勇氣又說了一句：「我……也挺想你的。」

我吹了聲口哨。顏景生狼狽道：「怎麼成了你了？」

我笑道：「花元帥正在統軍二十萬和匈奴決戰，沒工夫搭理你。」

顏景生聽我們這邊馬蹄急促，知道不是開玩笑，急道：「小強，你要保護好木蘭啊。」

我惱羞成怒道：「屁話，人家十二萬匈奴衝上來我能怎麼辦，你覺得我的板磚是翻天印啊？」

顏景生凜然道：「可我們是男人！」

我嘿嘿笑道：「男人也有軟弱的一面嘛——好好，我不跟你爭，你要夠男人，跟佟媛比劈磚，贏了她再說。」

掛了電話我笑道：「難怪我們這位副校長最近魂不守舍的，原來……」

花木蘭道：「怎麼了？」

「喜歡上你了唄。」

花木蘭也不當真，撓頭道：「我怎麼對這個人沒什麼印象？」

我替顏景生哀嘆了一聲：「你別看這個人手無縛雞之力，可在我心裡，他和羽哥都是了不起的漢子。」

花木蘭饒有興趣道：「哦，他用什麼兵器？」

我做出一副慷慨就義的樣子道：「仁者無敵！」我把他為了孩子放棄學業，一心撲在育才上的事一說，花木蘭點點頭道：「嗯，這樣的人稱得起是英雄了。」

我嘀咕道：「評價夠高的呀，兩眼加起來頂一件老白乾度數的英雄，我還頭回見。」

我問花木蘭，「剛才探馬說什麼了？」

花木蘭望著遠方憂慮道：「賀元帥已經和柔然的大部隊碰面了，我現在最擔心他不能安全脫困。」

說話間，喊殺聲遠遠地傳來，不一會兒，地平線上煙塵大動，我們雖然看不見那裡的情形，但上萬人的吼聲震動數里，燕山腳下的十萬北魏軍面面相覷，似乎頗受觸動，他們雖然大部分都不再是新兵，但和柔然發生這麼激烈的正面衝突還是第一次經歷。

我也算是見識過上百萬部隊的人，一看北魏軍的陣容和反應就猜測出這支部隊訓練到位，但氣勢上並不怎麼足，我擔心道：「咱們的人能頂住對方的正面進攻嗎？」

花木蘭道：「只要沒人逃跑，就能頂住！」她大聲令道：「傳令官，傳我命令，撤銷最後的監軍部隊，讓他們頂到最前面去！」

所謂監軍，就是戰場上的督察，主要工作就是監督士兵有沒有臨戰逃脫的，一些軍紀苛嚴的軍隊督察甚至可以當場格斃畏縮不前的士兵，畢竟是人就會有自私和恐懼的心理，在血肉相搏的古戰場，監軍部隊是必不可少的，連處在顛峰時期的大國也不例外，只不過他們的監軍部隊職能會有別的偏重而已。

花木蘭把監軍撤了，那就意味著這支部隊失去了最後一點強制約束，我明白花木蘭這是想感化士兵，鼓舞士氣，可一旦真有人貪生怕死潰逃，那就弄巧成拙了。

傳令官聽了花木蘭的這道命令，在馬上一個趔趄，停了一會兒這才說：「先鋒，還有別的吩咐嗎？」

我揮手道：「讓你去你就去，哪那麼多廢話，你就跟他們說，這仗是為他們自己打的，想好好過日子就往前，國家沒工夫浪費資源養著他們。」

花木蘭微笑道：「說得好，就這麼跟他們說。」

監軍部隊撤銷以後，北魏軍的戰士們再次你看看我我看看你，這會兒要跑可是天時地利，尤其是最後面那排，大戰在即，現在要跑了一點辦法也沒有。

傳令官策馬在陣中奔走，大聲道：「花先鋒說了，這一仗是為你們自己而打，沒人強迫你們！」

這時隊伍裡有人大喊：「來了！」

前方，煙塵大起，馬蹄的隆隆聲震耳欲聾，各隊的隊長檢視部下，紛紛喝道：「準備戰鬥！」北魏軍將士轟然答應，拔刀的聲音一個勁摩擦人的耳膜，後方的部隊下意識地往前靠著，兩個巨大的方陣顯得更加緊湊了。

花木蘭舒心地一笑，凝視遠方喃喃道：「剩下的就要看天意了。」

塵土飛揚之中，第一排撤下來的北魏軍隱約可見，緊接著是第二排第三排，他們中間，包裹著一員金甲老將正是賀元帥，他肩上插著一支狼牙箭，正在把匈奴兵吸引過來。

在離自己軍隊的騎兵方陣還有一千米距離的時候，老賀大喊：「從兩邊撤退，不要衝亂我們自己的陣腳！」一邊指揮著人馬分兩隊從方陣東西方迂迴退開。

匈奴人和他打了十年仗，自然識得他就是敵人的主帥，這時瘋了一樣從老賀背後殺到，為了不動搖己方的攻擊陣形，很多撤下來的北魏軍騎兵在轉換方向的時候紛紛中刀落馬，老賀奮力砍殺了兩個超過自己的匈奴騎兵，仍舊勇悍地滯留在原地繼續指揮，十幾個親兵直到最後這才護著他往北魏軍的右翼撤退下來，等回到指定地點，卻已經只剩下了兩人。

花木蘭看著這一切，表情竟然平靜了很多，她手下一個副官急得直搓手道：「先鋒，我們什麼時候攻擊？」

花木蘭絲毫不為所動，直到見賀元帥已經安全撤退這才道：「全軍準備。」

旗官一揮小旗，山下的北魏軍士兵都把身子弓在了馬背上，手裡握著刀，眼睛死死盯著前面，在這個時刻，十萬人的大軍竟然靜可聆針，他們中很多人不住地抬頭看著山上那面令旗，可那面小旗子自從揮了一下之後就再也沒動過……

五百米外，匈奴騎兵已經進入狹窄地帶，繼續以山呼海嘯的態勢衝鋒，更遠的地方，是一眼望不到邊的敵軍，烏沉沉地前仆後繼。

從高處鳥瞰，這片戈壁就像是被野火燒過一樣，衝在最前面的匈奴人跑過遮天蔽日的煙塵，忽然發現前方踞著一支數量無法估計的騎兵方隊正嚴陣以待，不禁一愣，不自覺地放慢了馬速，後面的人不知什麼事，就在這有限的地勢裡擁塞起來，花木蘭見狀大喝一聲：「攻！」

「唰」的一下，小旗終於動了，一個個早就等得腦充血的北魏士兵揮舞著兵器，聲嘶力竭地向著敵人彈了上去，隨著轟隆轟隆的巨響，兩支都在衝鋒中的騎兵部隊像兩條高壓水槍滋出的水柱在空中對接，交界地方的士兵都被擠上了天空，一個個在空中手舞足蹈，哇哇大叫。

落下來以後，運氣好點的能落在下面人的頭上馬上，倒楣的就落在了地上，只有聽任戰馬的踩踏，還有更倒楣的就直接落在了人家兵器上。

這是我見過最慘烈的一場戰役，從前幾十萬上百萬的軍隊雖然經常見，可真正流血衝突並不多，這會可是每分鐘都在消耗一個連級單位啊，我焦急地往左山麓探望著，一邊拿出電話道：「羽哥怎麼還沒來？」

花木蘭道：「別催他，讓他慢慢走保持體力，時間還有得是。」

她話音未落，一面「楚」字大旗緩緩從我們左腳邊飄出來，打頭的正是黑虎，項羽緊隨其後，手裡綽著大槍，手搭涼棚向我們這邊張望。

因為角度和高度原因，戰場上的人是看不見他們的，我們卻能彼此一覽無餘，項羽很快就把五萬楚軍排成攻擊隊列，居高臨下地虎視著戰場，遠遠地向我們做了個ＯＫ的手勢。

花木蘭無奈道：「這個項大哥，我給他半個小時時間，他還是為了趕速度早到了二十分鐘。」

旁邊的副官道：「花先鋒，是不是現在就讓咱們的友軍衝上去？」

花木蘭道：「不急，讓他們調整調整。」

她下了馬站在山崖邊上，專注地看著戰場上的局勢，這時的廝殺已經到了白熱化的程度，大部分的人都短兵相接，喊殺聲，慘叫聲，配合著簇簇噴湧的血霧朵朵綻放，北魏軍第一次殺紅了眼，後面的人馬緊緊地往前推著，惟恐讓人誤會自己有懼戰之意，兇悍的匈奴兵竟然被一線一線地打得倒退起來。

花木蘭看著這一幕，柔聲道：「看到沒，我們的兄弟都是好樣的！」

看到後來，花木蘭索性盤腿坐在石頭上，她把頭盔抱在懷裡，柔順的頭髮便披在肩膀上，背影頗有幾分沉寂，不斷有傳令官上前請示，花木蘭便有條不紊地發佈著命令，宏大的戰場隨著她一道道指示不停變動，北魏軍前進的腳步越來越明朗。

我來到她身邊，看著她臉龐柔和的線條和堅毅的眼神，忍不住說：「木蘭姐，現在的你比穿著名牌扮白領的時候漂亮多了。」

花木蘭微微一笑，道：「打完這仗，我就可以做回女人了，到時候還少不了你幫我，真懷念你和小雨跟我買衣服那些日子——對了，小雨現在怎麼樣？」

我說：「每天訓練很緊張，她的目標是在倫敦奧運會上拿八塊金牌。」

花木蘭看著遠處的項羽道：「小丫頭還在想她的大哥哥嗎？」

我說：「那就不知道了，她有時候會去育才教孩子們游泳，也沒聽她再提這碼事。」

花木蘭嘆道：「這說明她還沒有忘記項大哥，哎，也是個傻丫頭。」

下面，項羽把雙手交叉，衝我們一個勁來回胡招，希望引起我們的注意，他大概是等不及了。花木蘭嫣然一笑道：「我倒要看看他敢不敢違背諾言擅自出兵。」

這時探馬報道：「柔然的單于已經親自出馬督軍，他們的攻勢太猛了！」

花木蘭站起身道：「讓兄弟們撐住，很快就會見分曉的。」

「是！」

探馬下去以後，花木蘭眉頭緊鎖，戰場上局勢風雲突變，匈奴人果然加劇了進攻力度，平地對攻，北魏軍戰鬥力要遜了一籌，傷亡情況不堪樂觀，項羽這會兒已經跳下馬，像根彈簧似的直上直下地蹦，不過就算這樣，他總算信守承諾沒有私自出兵。

副官忍不住央求道：「花先鋒，花將軍，讓友軍上吧！」

花木蘭搖搖頭道：「還不到時候。」

我也小聲給副官幫腔道：「可是姐，在不停死人吶……」

花木蘭斷然道：「對方還沒有麻木和疲倦，現在出擊起不到奇兵的作用——這一仗如果不把他們的兩隻手打斷永絕後患，那以後我們將面對的是漫漫無期的戰爭，哪個多哪個少，你想想就明白了。」

我無奈道：「那你想讓羽哥什麼時候上呢？」

花木蘭道：「等雙方到了拼人頭的時候，等讓他們以為我們黔驢技窮的時候。」

花木蘭忽然攬著我的肩膀指著戰場說：「你發現沒有，今天的柔然兵有點畏畏縮縮的？」

我看了半天道：「沒發現，反正要跟我比，我覺得他們都挺勇敢的。」

花木蘭：「……」

一邊的副官叫道：「對對，先鋒這麼一說，我也發現了。」

花木蘭撇開我，有點興奮地跟副官說：「看出來了吧？他們這個樣子就是在等著項將軍出現，所以現在還不能讓他們如願。」

「羽哥成了你的秘密武器了？」

這時，項羽從胸甲裡掏出個手機貼在耳朵上，我手裡的電話馬上就震動起來，花木蘭道：「不要接。」

項羽見我無奈地朝他聳了聳肩膀，知道花木蘭非常堅決，只得乖乖回到馬上，在瘸腿兔子脖子上畫圈圈玩。

匈奴兵在他們單于的監督上發動了兩次猛攻，在拼鬥中已經小有成效，但在氣勢上還沒效果，北魏軍寸土必爭，讓他們著實領教了蔫豹子發威的厲害。

老賀退下來以後，簡單地包紮了一下，帶著去做誘餌剩下的幾千人馬就想再上沙場，花木蘭扭頭對一個傳令官道：「你去把元帥勸下來。」

那傳令官愕然道：「他能聽我的嗎？」

花木蘭道：「就說我說的。」

傳令官遲疑地跑下山去，跟老賀如此這般一說，老賀果然蔫頭搭腦地下了馬。是他說的，這場仗全聽花先鋒指揮，他要食言，那就是搬起石頭砸自己的腳，再說他都準備放權了，跟接班人搶風頭那就太不會做人了。

我問道：「幹嘛不讓老賀站好最後一班崗？」

花木蘭道：「不能讓柔然覺得這是一場佈置好的陰謀，所以他應該有個元帥的架子，再說……他要真有個三長兩短怎麼辦？」

這時，那個副官看著一片血肉模糊的戰場，再次呻吟道：「花先鋒，是不是讓友軍……」

花木蘭看看天色，又觀察了一下匈奴兵的表情——他們拿著刀騎在馬上，臉上有一種木然的神色，就等輪到自己；與此同時，項羽軍已經有點焦躁了，戰馬打著響鼻，把前蹄曲起在地上躊躇，項羽百無聊賴地趴在馬背上，可憐巴巴地瞧著我們。

花木蘭道：「就是現在了，發信號，讓他們集體衝鋒！」

傳令官聞言，興奮地把小旗一抖，項羽開始還以為自己看錯了，等那面小旗抖第二下，他猛地聳起身子，厲聲咆哮道：「跟我衝！」

事實上，他的衝字還沒說出口，黑虎就如真的猛虎下山般撲了出去，流星錘上掛定風聲，每節鏈子上都絞滿刀片，像一隻巨大失控的螺旋槳從半山腰上刮下來，匈奴兵毫無防備，頃刻間就被黑虎掃死一大片，如同一把鋒利的小刀深深刺進膏腴豐滿的肉裡。

黑虎的出現還只是一個小小的意外，當項羽領頭，他的四百多護衛突然排開在山頭時，敵營裡頓時有人叫起來：「就是他，殺人魔王！」一時間匈奴兵大嘩，看來項羽以五百人絞殺五千人的事蹟已經在他們中間廣為流傳，而這次，這個「殺人魔王」是帶著五萬人來的……

正如花木蘭預料的那樣，這支奇兵給匈奴人腰眼上來了狠狠的一腳，他們根本沒料到自己的側面會出現大量敵軍，更沒料到這支敵軍還是由大殺人魔王帶領的五萬小殺人魔王——項羽的護衛們都身穿和周圍楚軍一樣的衣服，雖然普通士兵不如他們勇武，但混淆視聽是足夠了！

匈奴兵毫無徵兆地就崩潰了，他們已經疲憊不堪，他們的馬都停在原地進退不能，沒有衝起速度的騎兵已經不再是完整的騎兵，而項羽他們卻是從高高的山坡上俯攻下來的，匈奴人此時就是一個虛胖的胖子，在承受著巨大的撞針的撞擊。

首先是心理上的坍塌，再加上客觀原因，局部的匈奴人一下潰散了。

花木蘭靜靜道：「我現在才明白項大哥為什麼說他那五十一個護衛的死可以挽救很多人，如果沒有那一戰，柔然不會這麼快就崩潰，那五十一個人的死換來的可能是五千人的性命。」

上了戰場，項羽和他的護衛們自然又成了主角，項羽並不滿足於單調的殺戮，他留下五萬楚軍與敵人作戰，自己帶著他的護衛們向著單于的方向殺了過去。

依舊是尖銳的箭簇隊形，這四百多人在萬軍叢中如入無人之境，在一片獸皮和鐵甲中，項羽以肉眼可見的速度迅速接近單于，我興奮道：「快看快看，萬軍之中取上將首級，聽說過沒見過，今兒有眼福了。」

花木蘭憂心道：「項大哥勇武過人，可總喜歡孤身犯險，這樣就算天下被他得去，他的臣民心裡也不會安寧，所以他是國之良將，卻不是好的君主。」

我說：「非得邦子那樣苟且偷生的人才適合當皇帝？」

花木蘭道：「有時候就是這樣的。」

我咂摸著嘴道：「哎呀，那我好像比他還適合當皇帝。」

這時，項羽已經殺到了離單于不到五十米的地方，那單于兀自不退，能身為十幾萬凶蠻的首領，這自然也是個狠主兒，而且他也明白，只要他後退一步，他的部隊就徹底完了，北魏軍自項羽出現後士氣大振，正在加緊收割敵首，楚軍更是節節得勝，此刻全都仰仗單于所能帶來的有限的士氣抵擋著。

可這短短的五十米卻是充斥著無數艱險的五十米，匈奴的騎兵密密匝匝地擋在其間，恐怕用電鋸劃開也得半天時間，項羽的大槍咻咻有聲，當者立斃，他面前的敵人是一層一層落馬，可是又像水澤一般，撩開一下立刻又有人補上空檔，這區區五十米竟然就是無法再前進一步。

賀元帥呆呆望著項羽，喃喃道：「只怕楚霸王復生也不過如此吧？」隨即又道：「不對，只怕難及眼前的項老弟。」

可不是麼，以前的楚霸王酗酒無度，殘暴蠻橫，是個雙眼血紅的混蛋，現在的項羽，阿虞初嫁了，又有六個月的兒子，酒不喝了菸也戒了，從前威風的將軍肚，現在是性感的六塊腹肌，能不強嗎？

可是殺來殺去總也近不到單于之前，他費盡千辛萬苦往前出溜幾步，人家只要往後挪挪就全白幹了，項羽勃然大怒，忽然將鐵槍握在肩頭投了出去，此時此刻，戰場上全體的人都停下動作，一起看過來。

項羽的投槍之威我已經領教過一次，果然，那槍穿過無數人的胸口，發出撲哧撲哧讓人倒牙的聲音，直奔單于而去，眼見就要成功，可惜最後力盡，穿過最後一個匈奴衛兵的頭顱，槍尖就停在單于的雙眼之間，單于兩個眼珠子對在一起，嚇得幾乎落馬，緩了一下又虛張聲勢地叫喚起來。

我在山上急得連連蹦高，猛然叫道：「項籍，你豈不知大哥哥之典故乎？」嗯，其實直接喊「向楊過學習」也行，只要不說破讓他用石頭就好，不過咱這麼喊不是顯得更振聾發聵嗎？

此時兩軍陣上正是萬籟俱靜的當兒，項羽聽我這麼一喊愣了一下，馬上反應到我這是讓他學習楊過用石頭，項羽在馬上渾身一摸，我就情知要壞，項羽又不是張清，也不練小李飛刀，他身上怎麼可能有暗器？

可項羽偏偏就打懷裡摸出個玩意來甩了出去，單于身前的衛兵還不及補位，就見一明晃晃、長方形的東西飛了過來，亮光處還寫著四個大字：××電信，稍一遲疑，正中額頭，「哎呀！」單于大叫一聲，滾落下馬，北魏和楚軍聯軍大聲歡呼，一起奮勇殺來。

單于的衛兵大驚，將他扶上馬背一看，才發現主子並沒有死，只是暫時昏厥，額頭上留下了幾個奇形怪狀的符號赫然入肉，慶幸之下，慌忙掩護著他向西北方逃竄，剩下的匈奴再也無心頑抗，兵敗如山倒，稀哩嘩啦地跟著逃走。

項羽來到丟落的電話前一看，見已經給亂馬踏得比紙還薄了，不由得大怒，遂振臂高呼：「全體楚軍隨我追擊五十里！」看來這場仗讓他損失一支電話，使得楚霸王非常憤怒。

花木蘭惟恐項羽有閃失，急命北魏軍一併追擊，我笑道：「羽哥這回是真生氣了，主要是那電話裡還有嫂子的照片呢。」

花木蘭也啞然失笑，她見老賀肩頭包紮著厚厚的布條，眼巴巴地看著別人都歡呼著追擊匈奴去了，便對傳令官說：「你去讓元帥帶人追擊柔然吧。」

那傳令官今天幾見奇事，已經對花木蘭五體投地，這時為難道：「這……合適嗎？」畢竟先鋒官命令元帥的事情太過聳人聽聞。

花木蘭笑道：「如果你快點去的話，他一高興還有可能賞你點什麼。」

果然，賀元帥一聽，高興得捋鬚直笑，也不知賞了那傳令官些什麼，然後帶著人如脫韁野馬追了下去。

這一追，一直追到天黑，聯軍的大部隊才緩緩回營，繳獲敵資無數，斬首無數。

這一戰以北魏軍總傷亡不到一萬和楚軍微乎其微的損失，換來了殲敵五萬許的成果，使得柔然匈奴再也無力南侵，為北魏的百姓帶來了長治久安，不知道這支匈奴最後怎麼了，很可能是去了歐洲。

花木蘭指揮著部隊去追擊匈奴，她看著敵人和己方的人馬漸漸消失在眼簾之內，感慨道：「總算不負眾望，百姓可以過幾年安寧日子了。」

我說：「你呢？」

花木蘭一笑：「像你說的，找個男人嫁了。」

「……有相中的嗎？」

每天在男人堆兒裡頭混，誰誰誰什麼成色恐怕沒人比花木蘭清楚，這才叫打入敵人內部呢。

花木蘭道：「你說我那幫兵啊？做兄弟都不錯，要說挑丈夫，我是沒動過這心思，跟你在一起待了十年的兄弟突然變成個女的要嫁給你，你受得了嗎？」

黃昏的時候，戰士們紛紛回來，他們下了馬，抬頭呆呆地看著花木蘭，花木蘭向自己昔日的夥伴招手致意，那些人卻只有幾個回過神來的，無措地揮了揮手，眼裡依舊是一片茫然和疑惑，花木蘭奇道：「怎麼了嗎？」

我小聲提醒道：「姐，頭髮……」

花木蘭的頭髮自從一開戰就披在肩上，用了洗髮精的長髮烏黑順滑，她原本就是個大眼睛的漂亮姑娘，這時晚風吹拂，輕輕撩起她的髮絲，士兵們都看出這是一個女孩……

花木蘭「哎喲」一聲，急忙去挽，項羽已經大步走上山來，粗聲大氣地說：「妹子，這一仗打得漂亮啊！」

山下的眾人更納罕，眼睛一瞬也不瞬地盯著花木蘭看。

花木蘭局促地小聲道：「你要死啊，胡喊什麼？」

項羽笑道：「放心吧，我以後再也不敢說『雌』不掌兵的屁話了，關鍵時候你可比我穩多了。」

賀元帥笑著從山下走上，搭腔道：「是啊，木力這一戰可謂深得兵法之道，看來我的眼光不錯。」他上了山梁，見花木蘭正狼狽地往後攏著柔順的秀髮，不禁道：「木力，你怎麼看上去怪怪的？」

項羽道：「老元帥，她其實是……」

花木蘭大急，在項羽背上狠狠打了一拳，賀元帥更加奇怪，道：「其實怎麼了？」項羽揉著肩膀道：「她不讓我說。」

老賀問花木蘭：「木力，你不舒服？」

花木蘭臉色緋紅道：「我沒事。」

我在她耳邊輕聲道：「姐，反正遲早也瞞不過，何必苦撐呢？」花木蘭默然無語，似乎微微點了點頭。

我面向老賀道：「賀元帥，你是不是一直都把花先鋒當成你自己的兒子？」

老賀微笑道：「正想說這事呢，我有意正式收木力為義子，就是不知道花小帥意下如何啊？」

花木蘭大窘，剛才還叱吒疆場的大將軍忽然擰著自己衣角，不知道該說什麼好了。

我插口道：「認義子那是肯定不行的。」

老賀一怔，表情複雜地對花木蘭說：「木力，你的意思呢？你別多想，推薦你繼任帥位的奏章我已經上報給皇上了，我老賀是什麼樣的人你也知道，可我也明白你不是那種過河拆橋的勢力小人，有什麼顧忌就告訴老夫怎樣？」

我跟老賀說：「您不是一直想要個女兒嗎？」

老賀不明所以地道：「是啊——可這有關係嗎？」

我把花木蘭推前一步道：「義子沒有，乾女兒倒有一個，就看您願意不願意認了。」

老賀丈二和尚摸不著頭腦，乾笑道：「這可把老頭子弄糊塗了，你們這是打什麼謎？」

花木蘭忽然雙膝跪倒在老賀面前，在頭頂抱拳道：「元帥，末將花木蘭向您請罪了。」

「花木蘭……那是誰？木力啊，你是不是打跑了柔然以後，歡喜得迷了心竅了？」

花木蘭把頭髮放開，抬頭看著賀元帥。

老賀倒退了幾步，終於看出點端倪，不可置信道：「你……你……你是女的？」

花木蘭肅穆道：「不錯，末將原名花木蘭，十年前柔然犯邊，皇上出示軍策召回舊兵，家父名列其中，木蘭憐老父衰邁，舍弟尚屬垂髫孩童，只好女扮男裝冒名參軍，有幸在元帥帳下效力十年，多蒙錯愛，還請賀帥治罪。」

賀元帥受了驚嚇一樣退後幾步，失魂落魄般喃喃道：「你……你竟然是女的……治罪？又該治你什麼罪呢？」

山下的將士們全都聽呆了，一個個瞠目結舌，竟沒一人還能出聲。

我忽然大聲道：「治罪？治什麼罪啊，我木蘭姐立下多大的功勞先不說，她有什麼罪？如果她用的是她老爹的名字，那勉強還能算冒名頂替罪，可她用的不是花木力嗎？至於說男女，你們北魏有明文規定女孩子不能參軍嗎？」

老賀遲疑道：「好像沒有。」

「著啊，法不禁止即為可行，可見女孩子是可以參軍的，如果說她這麼做欺騙上官了，那就怪你們招兵的時候就沒一個一個仔細問，你們沒人問，我姐也就沒說，她信誓旦旦地說自己是男人了嗎？誰讓你們資料表裡沒有性別這一欄──」

說到這，我有點吃不準，便拉過旁邊的副官問：「有性別這欄嗎？」

副官：「沒有──，我們其實連什麼資料表也沒有，只有本軍名策。」

「又著啊！既然你們的法律不禁止女人參軍，又沒做性別調查，那我姐就沒任何過錯！如果你們非要雞蛋裡挑骨頭，無非就是花木蘭和花木力這兩個名字，這也沒什麼問題，花木蘭是改名前的名字嘛。」

我意氣風發地做最後的總結呈詞：「綜上所述，我木蘭姐無罪。」

老賀抱著膀子看我白忙活半天，冷不丁道：「你說那麼多廢話幹什麼，我有說要治木……蘭的罪了嗎？」

我愕然：「不治啊？不治你早說啊！」

老賀扶起花木蘭，柔聲道：「你不但沒罪，而且有功，男人能做到你這一點也屬不易，何況你一個女孩子。」

花木蘭感激道：「多謝元帥。」末了不忘加一句，「女孩子並不比男的差！」

賀元帥仔細打量著花木蘭的面龐，微笑道：「看來這下義子是真認不成了，那你還願意做我的乾女兒嗎？」

花木蘭再次盈盈拜倒：「爹爹在上，受女兒一拜。」

下面十數萬北魏軍這時終於活了過來，驚詫之後發出了山呼海嘯般的歡呼和掌聲。

老賀攙起花木蘭，拉起她的一隻手面向眾人，驕傲地大聲說：「我的女兒是個英雄！」

將士們頓時沸騰起來，跟著大喊：「英雄！英雄！」

徹底回過神來的人們開始議論紛紛：「想不到跟我們一起打了十年仗的木力竟然是女兒身。」

我猛然想起兩句詩來，大聲喊：「你們知道這是為什麼嗎——這就叫雄兔腳撲朔，雌兔眼迷離。雙兔傍地走，安能辨我是雄雌……」

花木蘭從軍十年，以前粗枝大葉的，可這時現了女兒身可受不了這些評論了，不由得暈染雙頰，低頭踟躇。

老賀拉著花木蘭的手道：「閨女，這麼多年難為你了，有什麼要求儘管提吧。」

我忙道：「哎呀呀，姐，千萬別客氣。」

花木蘭忸怩道：「什麼都能說嗎？」

老賀道：「能，就算你還想當元帥，我也一定極力奏明皇上。」

花木蘭小聲道：「我想洗澡……」

老賀尷尬地咳了兩聲，然後堅決道：「我派人給你站崗！」

北魏軍營地，花木蘭的帳內水霧繚繞，間或傳出女孩子咯咯的笑聲，虞姬和小環託她的福，總算也能在這艱苦的戎馬歲月裡舒舒服服地洗上了熱水澡，老賀派了一大隊士兵為她們站崗。

不一會兒，虞姬和小環從帳篷裡一左一右鑽了出來，都穿著新換的衣服，虞姬手搭帳簾嬉笑著說：「花姐姐你快出來呀，怎麼，害羞啦？」

一雙白玉似的手扒住門邊，花木蘭先探出頭來，臉上帶著羞怯的緋紅，詫異道：「呀，這麼多人。」說著就又要往回鑽。

虞姬和小環合力把她拽出來，花木蘭穿著一身秦朝的女式衣衫，寬鬆而合體，映襯出她女性的柔美，剛沖洗過的頭髮絲絲滴水，她站在月光下，曲線曼妙，大眼睛閃閃發亮，不帶一絲煙塵之氣，猶如仙女下凡，虞姬和小環都喝了一聲彩。

花木蘭一出來即刻就恢復了鎮定，畢竟是帶了十年兵的軍官，乾脆爽快的脾氣不改，她來到帳前一個士兵身後叫了一聲：「李二狗！」

李二狗本來就戰戰兢兢的，聽到身後有動靜，脖子更是絲毫也不敢動彈，這會聽到花木蘭叫自己名字，汗水小溪般流過鼻尖，立正大聲道：「有！」

花木蘭道：「賀元帥就要班師了，我聽說你是第一批，你回去以後，告訴我爹娘和我弟弟，就說我很快就到家——我說你能不能轉過臉來呀？」

李二狗惶恐道：「這……這……卑職不敢。」他說著話，脖子稍微往後轉了轉，緊接著聞到一股馨香，嚇得急忙正襟而站。

花木蘭不耐煩地按住他肩膀，把他擰過來對著自己，呵斥道：「你有病啊，咱倆是老鄉，又是同一年當的兵，有什麼不敢的？」

李二狗癡呆地看著眼前的漂亮姑娘，訥訥道：「木……花先鋒。」

項羽看著女裝的花木蘭，搖頭微笑道：「看來木蘭還沒意識到男人和女人的不同，這倒是個麻煩事。」

一夜無話，第二天北魏軍開始有計劃地撤兵，花木蘭一早就幫賀元帥安排去了，我出了帳篷，見項羽正在望著楚軍的聯營發呆，我意外道：「羽哥，這麼早？」

項羽心不在焉地答應了一聲，我走上前問：「想什麼呢？」

項羽手指前方道：「我在想他們的歸宿。」

我說：「老賀不是說奏請完皇帝以後，就讓大家入住中原嗎？」

項羽嘆了一聲道：「老賀的人終於可以回去和家人團聚，可咱們的兄弟就算跟去又有什麼呢？他們的家在楚地，他們也有自己的爹娘和老婆。他們嘴上不說，可我能看出他們想家了。」

「我給邦子打電話！」我看出來，項羽這是在變相地請我幫忙，又不好意思說。

「等我走開再打。」項羽有點慌張地離開了我。

「死要面子活受罪！」我鄙夷地看著他的背影，撥通電話道：「喂，邦子。」

劉邦那邊傳來一陣穿衣服的聲音，然後像是換了個地方這才說：「你們跑哪去了，你再不給我打電話，我還真以為你們跳河了。」

我笑道：「在木蘭這呢──你怎麼鬼鬼祟祟的？」

「我老婆在邊上睡著呢。」

「那邊都安頓好了嗎？」

「都行了。」

我嘿嘿笑道：「跟你說個事，咱們的楚軍兄弟都想家了，你說怎麼辦？」

「你跟他們說，隨時歡迎他們回來，本來都是我的子民，跑到花丫頭那幹嘛，北魏是人間仙境，女多男少嗎？」

「呵呵，這不是跟你先說一聲嘛，萬一回去你都給當反軍收拾了怎麼辦？」

劉邦正色道：「可說好了啊，回來是回來，不許搞事，尤其別整王者歸來那一套，咱哥們歸哥們，帳目上的事得說清楚。」

「羽哥是那樣的人嗎？」

「你讓他跟我說話。」不等我說什麼，劉邦馬上又說：「算了，他現在肯定不在你身邊吧──我都猜到了，切！」

我不禁駭然，劉邦對項羽瞭解之深，只怕天下無二。

我一笑，掛了電話找到項羽說：「行了，讓咱們的兄弟也撤吧，兵道一開好就能回家了。」

黑虎興奮道：「大王，我們是不是要回去繼續打漢軍？」

項羽有些黯然道：「你記住，回去以後好好過日子，項羽這個人已經死了。」

黑虎雖莽，也明白項羽的意思，大聲道：「大王，不管你去哪，讓我繼續追隨你吧。」

項羽擺了擺手，對我說：「小強，回去的事你就多操心吧，我欠劉小三的人情，漢朝的土地我是不會再踏上一步的。」

我問：「那你有什麼打算？」

項羽道：「我先帶著阿虞和小環跟木蘭回家，你可以拿到車以後再來看我們。」

我點點頭，拽著黑虎出來，跟劉老六商量好兵道的事，這就讓楚軍收拾行裝準備回到垓下，只不過來時是楚漢，回去的時候可就是漢朝了。

賀元帥在營地裡檢視了一圈，發現楚軍拔營，不禁問我：「你們這是去哪兒？」

我說：「回家。」

老賀奇道：「回家？」

我笑道：「你放心，不會給你們找麻煩，他們的家很遠。」

畢竟事關重大，老賀忍不住問：「到底去哪兒？」

我悠然道：「賀元帥，你的三個願望實現了幾個了？」

老賀捋鬚微笑：「說來真是值得高興，柔然遠遁，又認義女，已經完了兩個。」

「三個！」我一指項羽說：「你不是仰慕西楚霸王嗎？那位就是，如假包換。」

老賀愕然道：「莫要說笑……」

這時，他就見大批的楚軍隱在黑霧裡神秘消失，頓時失色道，「這……你們到底是什麼人？」

我笑道：「不是跟你說了麼，我們是楚人，老元帥要是想不通，就當這是天意吧。」

眼前的情景由不得老賀不信，他盯著項羽看了半天，喃喃道：「項老弟居然是項羽……這怎麼可能？」

我說：「跟著你打了十年仗的先鋒是個女孩子，項老弟為什麼不能是項羽？這世上的事沒有做不到，只有想不到，老元帥心誠則靈感動了上天，所以派我把楚霸王接來與你見面——你不會葉公好龍吧？」

老賀再無懷疑，一把抓住項羽的手顫聲道：「項老……哎喲，叫了您這麼長時間老弟，可萬分得罪了。」

項羽微微一笑：「這麼叫挺好。」說著一指我，「他是我重重重……孫女的丈夫，不是照樣叫我羽哥嗎？」

老賀回頭怒視我：「你可真夠孟浪的！」

我無語……

這時大部分的楚軍都已進入兵道，他們忽然朝著項羽一起跪倒，悲聲道：「大王！」

項羽淚光瑩然，揮手道：「都去吧，你們是天下最出色的軍人，項某以曾與你們並肩作戰為榮！」

這會兒最後一批士兵也已進了兵道，我衝眾人揮手道：「那我也去啦。」

花木蘭靚麗無雙地騎在馬上，爽朗道：「小強，快點回來接我們去和大家團聚。」

我使勁揮手道：「沒問題！」

虞姬掩口笑道：「大王，等我們的孩子出生以後，讓他認小強做乾爹好不好？」

我對老賀說我孟浪還心存芥蒂，哼哼著說：「那可不敢，你們的兒子孫子重孫子都是我祖宗！」

眾人無不大笑，我覺得還得說點什麼，便朗聲道：「各位，咱們青山不改，綠水長流，日後江湖相見，自當……」

項羽和花木蘭指著我身後越來越淡的兵道入口齊聲道：「趕緊走吧，要趕不上了！」

第二章

人在江湖

秦始皇一擺手：「撒也包社咧（啥也別說了），」他一指二傻道：
「歪要絲（那要是）都計較起來就摸完摸了（沒完沒了）咧。」
劉邦借坡下驢道：「就是就是，人在江湖，身不由己，
贏哥是明白人——再說這也怪小強……」

暫時作別了項羽和花木蘭等人，我隨五萬楚軍進入兵道，不多時就又回到了垓下舊地，黑虎整列隊伍，我爬上一片高地喊道：「兄弟們，咱這就散了吧，回去以後好好過日子，到家跟當地政府報個到，都按退伍軍人待遇安頓。」

一干將士畢竟是思家心切，轟然答應了一聲便各自上路。

我一個人往前溜達了不一會，就進入劉邦的臨時行宮，皇帳之外，有兩個特別眼熟的兵丁在那站崗，他倆看見是我，離我還有十來步就趕忙跪倒，必恭必敬道：「參見並肩王。」

這時張良從旁邊轉出來，見了我親熱道：「親家！你來啦？」

說著話我就要往裡走，張良猶豫道：「親家，我看你還是一會兒再進去，皇上正在歇息……」

裡面傳來懶懶的聲音：「是小強嗎，讓他進來吧。」

張良頓時對我再次刮目相看，羨慕道：「親家得上之恩遇真是一時無雙，皇上從不在休息的時候接見大臣的。」

我朝他微微一笑，走進臨時寢宮，劉邦好像是剛睡醒不久，穿了一身黑色的睡衣無精打采地坐在一個墩上，難怪他不肯接見大臣，那副尊容實在是有欠恭維，估計誰見了都得暗嘆擇主無方。

劉邦見我一個人，指了指身邊一個墩讓我坐下，倒了杯水吸溜著說：「項大個兒還是不肯來見我？」

我擺手道：「別提了，他說欠你人情，永不踏入漢地一步。」

劉邦鄙夷道：「切，還不就是打了敗仗臉上掛不住嗎？我打敗仗那會兒怎麼見他來著？」

我說：「人和人能比嗎？這就是性格決定命運。」

劉邦氣憤道：「都是兄弟，我怎麼感覺你老幫他說話呢？」

我說：「廢話，我們是一家人，你要把重重重……孫女嫁給我，我也幫你說話。」

我們正在說笑，一個嬌懶又有幾分磁性的女人聲音從內室傳出：「皇上，今天這麼早就起來了？」

隨著話音，一個女人從裡面踱了出來，雙手正在盤弄烏黑的髮髻，羅衫半解，柔媚不可言物。她沒想到外頭還有人，走出來見我正坐在劉邦對面，不禁小吃了一驚，顧不上頭髮，急忙下意識地掩好胸口，神色間也有微嗔之意。

我一見這個女人不禁也呆了一呆，咱畢竟也是閱人無數的主兒，見過的美女可謂形形色色，李師師那樣的極品小妞不說，風格迥異的少女熟婦也打過交道，扈三娘的潑辣、花木蘭的英姿……可跟這個女人一比，全都少了幾分「媚」力，虞姬雖然稱得上女人中的典範，相較之下卻又不及她浪勁十足。

我們兩個互相一打眼，都是無語片刻，頓了頓，我趕忙站起尷尬道：「喲……這是嫂子吧？」

那女人看樣子本來就要發作，可是忽然想到能入室相見的必非常人，表情步態都恢復正常後，便帶了一股冷颼颼的味道，淡淡道：「皇上不是從不在內室會客的麼？」

劉邦大大咧咧地一指我介紹道：「這就是小強，不是外人。」隨即跟我說：「你叫嫂子是沒錯，不過一般人都喊她皇后娘娘。」

這貴婦果然是劉邦的正室呂后。

呂后聽了我的名字，總算表情有點緩和了：「果然不是外人，總聽皇上提起你。」

她嘴上說得好聽，卻還是給人高高在上的感覺，可你偏偏又挑不出她的錯來，這種女人就是典型的萬丈冰山，跟她不一般高度的男人，任誰都得碰得鼻青臉腫；可話說回來，這種女人只要依附了你，同樣能給你帶來萬丈光芒。

因為有呂后在場，我和劉邦也沒什麼話可說，三個人大眼瞪小眼僵持了一會兒，劉邦不耐煩地說：「你還有什麼事嗎？」

呂后道：「剛才我好像聽人說，垓下又有楚軍餘孽出現，皇上可得小心，斬草除根吶。」

我打了個寒戰。

劉邦一聽這話，頓時面色陰沉下來，道：「朕的事情，朕自有主張。」

呂后也不著惱，見我們桌上放著一壺酒，淡淡道：「皇上要愛惜自己的身體，切不可貪杯，臣妾告退。」說罷盈盈一禮，又進內室去了。

我看她一直消失在眼簾裡，這才搖頭晃腦道：「嫂子不錯呀！」

劉邦嘆息道：「看見了吧，跟我尿不在一個壺裡。」

我笑道：「從生理角度上講，任何一個女人都不可能跟男人尿在一個壺裡。」

劉邦瞪我一眼道：「你知道我的意思。」

我說：「我就納悶了，嫂子這樣的極品，要換了別人還不得搶得頭破血流的？」我忽然有點明白劉邦為什麼會對包子感興趣了，這就是兩個極端呀！

劉邦聽我那麼說，攤手道：「喜歡的話你弄走，不管你賣到哪賣多少錢，我另給你五萬。」

我揮手道：「我才不摻合你們的事呢。」

劉邦道：「要不你直接弄死她，我給你十萬。」

我笑道：「這活你得找軻子，不過你得小心他被策反，你也知道這小子自打第二次刺秦以來就挺不敬業的。」

我知道劉邦就是隨便說說過過嘴癮，不過夫妻感情不睦是真的，忍不住問：「你幹嘛那麼討厭嫂子？」

劉邦道：「就煩她什麼事都要插上一嘴，我他媽是找老婆又不是找軍師，要陰人，張良韓信哪個不比她強？」

我看他痛苦的樣子，點了根菸道：「實在不能過就離吧。」

劉邦搖頭道：「現在社稷未穩，好多事還指著他們呂家人幫我辦呢，其實，不得不說有些時候那娘們出的主意還是挺靠譜的，不過這些都不是最主要的，最主要的是，我對她有愧，我是老呂一手幫襯起來的不說，打仗那些年，這個女人跟著我可吃了不少苦……」

我們正聊著，忽然接到一個電話，我一看號碼向劉邦比劃了一下：「是鳳鳳。」接起道：「喂，鳳姐。」

鳳鳳以一貫爽快的口氣道：「是我強子，你那批校服什麼時候要？」

她一說這事我才想起來，前幾天顏景生向她訂了一批夏季校服，大概有幾千件，鳳鳳雖說是做盜版的，那工藝可不是蓋的，而且現在也開始有自己的品牌了。

我說：「多少錢啊？」

鳳鳳道：「老規矩，成本價就給你，不賺你錢。」

我笑道：「鳳姐夠意思！」

鳳鳳哼了聲道：「你當我什麼人呢，說到底，咱的交情歸咱的交情，我還能因為個男人就跟你瞎掰扯？」末了，她又小心地問了句：「劉季那個王八蛋跑歸跑，買賣不成人情在嘛，怎麼活不見人死不見屍的，該不會是為了躲我吧？」

我捂住電話小聲跟劉邦說：「那娘們想你了，跟她說話嗎？」

劉邦遲疑了一下伸手道：「給我。」

我笑著跟鳳鳳說：「我現在就在他這兒呢，讓他跟你說啊。」

劉邦接過電話小心翼翼地說：「喂？」

鳳鳳帶著笑意說：「老劉，沒意思啊，都是成年人，還搞神秘失蹤那套呢！再說我又沒準備纏著你，你跑什麼呀？」

劉邦訥訥道：「沒有……我是真沒想到還能再見你。」

「躲債去啦？缺錢跟我說啊，你在我這不是還有乾股麼？」

劉邦嘿嘿道：「不用了，你拿著擴大生產吧，我其實是來收一筆舊債，現在東西到手了，可也見不到你了。」

我小聲哼道：「贏得了天下輸了她……」

鳳鳳也是那種粗線條的人，大大咧咧道：「這麼說你在外地啊？什麼時候回來我請你吃飯，還是那句話，買賣不成人情在嘛，朋友還是朋友。」

兩個人忽然同時沉默了，然後又同時問對方：「你還好吧？」

鳳鳳有點沙啞道：「你現在還起夜嗎？」

劉邦：「還是一晚上三次。」

鳳鳳道：「愛惜點身體吧，畢竟不是十八九歲的小夥子了。」

劉邦一時無言，慢慢掛上電話，驀地拍著桌子叫道：「看見沒，這才是女人呢！我一定要再見鳳鳳。」

我為難道：「可是你不能回去。」

劉邦道：「你把她帶來。」

「這……」

劉邦握住我的手道：「我知道你為難，可是為了你劉哥，你就想想辦法吧，實在不行，先找幾個人把她綁來，我把樊噲派去幫你。」

「我的困難好克服，」我指了指臥室的門小聲道：「可是你們家那個母老虎你能克服嗎？」

劉邦沉臉道：「那讓我再想想。」

我站起身道：「你慢慢想，我得回去了，包子身邊沒人照顧。」

劉邦把我送到門口道：「大個兒要真不想在這跟我見面，咱們就去胖子那會合吧。」

我說：「行，等包子生了咱再說——對了，你要嫌寂寞，我把你捎到明朝去得了，朱元璋好這口，他那小女生多，送你十個八個的。」

劉邦一副曾經滄海難為水的樣子感慨道：「哎，都四十多歲的人了是為了這個嗎？就是想找個能說說話的人。」

「說話說得一晚上起三次夜？我走了，等我兒子出生認你當乾爹。」

劉邦點點頭：「官職我就不另封了，並肩王世襲罔替，不過只能傳長子啊，你要真生個足球隊來，我可受不了。」

我哈哈大笑，出門上了車，向廿一世紀狂奔而去。

這兩天包子沒少給我打電話，一邊是擔心她祖宗項羽，一邊也是閒著無聊，這不，在路上又接了一個，一聽說事情都暫時妥當、我正在往回趕，包子興奮道：「快點開，趕緊回來。」

我順利到了家門口，進家一看，包子正挺著大肚子在客廳等我，問道：「你累嗎，要不要歇會？」

我隨口說：「不累。」

包子高興道：「不累那咱就走吧！」

我詫異道：「去哪兒？」我這才發現在她腳邊已經放了一個旅行包，裡面放著盥洗用具和亂七八糟的東西，像是要出遠門的樣子。

包子理所當然地說：「咱們接上大個兒他們，去胖子那住段時間唄。」

「……為什麼？」

「你讓大個兒攜家帶口的老住在個姑娘家算怎麼回事?!」

我忍著笑道：「那你待著，我去把大個兒送到胖子那就回來。」

包子憤然作色道：「你是裝糊塗還是真傻，合著老娘白忙活了？」說著踢了一腳地上的包。

我當然知道她在想什麼，這個女人舊病復發——那愛湊熱鬧的勁又犯了，所以聽說花木蘭和劉邦都回來了就耐不住了！

我語重心長道：「再有十幾天就到預產期了吧？」

包子訥訥道：「咱就去玩幾天，趕在那之前回來。」

我跳腳道：「你以為看球賽呢？這是生兒子！未必有準的事！」

包子見我生氣了，低頭道：「其實孩子在哪兒不是生？」

我斷然道：「不行，生完才能去！」

包子見我不鬆口，怒道：「老娘要不是摸不著方向盤，早自己去了！」

我一跺腳道：「老子怕你了，說好了啊，只玩兩天。」

包子「哈」的一聲，一把提起旅行包兩個箭步躥出門外，一邊得意道：「饒你精似鬼，也翻不出本司馬的五指山！」

……

我把包子扶上車，看了她一眼道：「就不能不去嗎？」

包子看都不看我一眼，拍拍車窗道：「快走。」

我無奈，只好開車，打檔，踩油門，換檔，很快就上了極速，但是這回那種臨進時間軸輕盈的感覺遲遲未到，好在我們這社區地方夠大，我開著車像隻中箭的兔子似的，飆來飆去溜了幾圈，可還是不行。

包子急道：「怎麼回事？」

「不知道……」

包子說：「要不再去高速公路上試試？」

我瞪了她一眼，抬頭一看，對面別墅陽臺上倆老頭正在下棋，我停下車把頭探出窗外大喊：「嗨！」

兩人一起低頭，劉老六知道我不可能無聊到沒事跟他請安，把脖子擱在陽臺欄杆上喊：「啥事？」

我喊說：「車走不了了！」

「這事你找我幹嘛？自己看看是不是化油器髒了，爺爺又不是修車的！」

我說：「少廢話，進不了時間軸了。」

劉老六和何天竇對視一眼，急忙從樓上跑下來，劉老六快了一步，問我：「怎麼回事？」

包子和劉老六互相點頭致意，我說：「我想帶她去秦朝轉轉。」

劉老六回頭看看後來的何天竇，兩人咬了咬耳朵，劉老六篤定地跟我說：「這得算好事！」

「怎麼？」

劉老六道：「進不了時間軸，說明天道已經在慢慢恢復平靜了。」

我說：「怎麼見得呢？」

何天竇插口道：「我們加上這輛車上的風行術，其實還是根據天道的原理做的，你知道天道監視天地兩界並不是為了跟誰為難，它是為了保證兩界的安寧，所以每當人界出了狀況，它也跟著會出現波動，風行術正是利用了這一點波動的力量才把你推進時間軸；也就是說，你能穿越朝代是我們和天道在一起幫你的忙，現在天道漸漸恢復平靜，就相當於你的車電瓶沒電了，這麼說你能明白嗎？」

我幸災樂禍地跟包子說：「去不成了。」

包子臉都變了顏色，急道：「以後呢，是不是永遠進不去了？」

我扭臉看劉老六，其實我也很關心這個問題，答案如果是肯定的，絕對不是一個好消息，那樣的話，我的那些客戶們手機一旦沒電了，將意味著我們會永遠失去聯絡，項羽只怕也只能在北魏落戶了。

劉老六想了想道：「如果天道徹底恢復平靜，強行使用風行術就會把它再次驚動，這馬蜂窩誰也捅不起。」

包子作柔弱無力狀道：「這可怎麼辦呀？」

我拽了一把劉老六說：「想想辦法吧。」說著指了指包子道：「這馬蜂窩我也捅不起。」

劉老六道：「現在唯一的辦法就是我給你們開條兵道過去，不過你們得在天道平靜前回來，否則就得永遠留在秦朝。」

包子不管不顧道：「先去了再說！」

劉老六道：「那就先去吧，天道的動向我幫你們留意著，到時候通知你們。」

我無奈道：「那你就先開吧。」

劉老六和何天竇嘀咕了兩句然後跟我說：「那我們先進去了，一會兒你自己走。」

不多時，為我們量身訂做的兵道口總算開了，包子像頭回坐火車的孩子一樣興奮地大叫。

長距離地穿行兵道我也是頭一次，大約行駛了不到三個小時，我們前面忽然出現亮光，包子疑惑道：「這麼快就到了？」

我也有點納悶，這可比以前要節省三倍多的時間呢。

車一到亮光處，果然就是劉邦的臨時行宮，一隊巡邏的漢軍見他們的並肩王又開著那個打嗝放屁不斷的古怪東西來了，也不多麼驚奇，一起向我行禮。

我跟漢軍隊長說：「時間有限，我們就不進去了，你去把陛下請出來吧。」

話音未落，劉邦肩扛一個小包，飛也似的跑出來：「來了來了。」

漢軍一起大驚，急忙施禮，劉邦吩咐道：「你們還按計劃往長安進發，朕過幾天就回來。」他說著笑瞇瞇往車裡看，見包子想下車，連聲道：「別動別動，小心我乾兒子。」

劉邦上了車，說：「可算把你們盼來了，這仗打完了一大堆亂七八糟的事兒，吵得我頭疼，趕緊去胖子那清靜兩天。」

我說：「你不管誰管？」

「有我家那娘們呢，她不就喜歡幹這事嘛。」

我笑道：「你不怕你不在，她篡了你的權？」

劉邦瞪眼道：「敢！老子跟她離婚，我看在漢朝有哪個男人敢再娶她？」

劉邦和包子從上次五人組分別以後頭次重逢，劉邦把腦袋放在兩隻手上，打量著包子嘖嘖道：「包子還是那麼招人喜歡，啥時候跟小強離婚，千萬告訴我啊！」包子笑著回手甩了他一巴掌。

從漢到秦，幾乎就是一踩油門的事，李師師和金少炎自從到了這裡就住在蕭公館，荊軻也跟他們一起，到了門口，我們蕭家的門丁更是見慣不驚，把我們迎出來以後，還有個家丁問我：「齊王，要擦車嗎？」

我扶著包子下車，正要往裡走，劉邦忽然緊張兮兮道：「大個兒在沒在裡面？」

我說：「怎麼了？」

劉邦道：「你說他不會揍我吧？」

我失笑道：「你早幹嘛去了？」

李師師和二傻從屋裡出來，驚喜道：「是表哥和表嫂來了嗎？」

包子朝她招招手：「師師。」

李師師急忙跑下臺階攙著她往裡走，喜道：「小傢伙快要出來了吧？」說了會話，這才看見劉邦，咯咯嬌笑道：「劉大哥，好久不見了。」

劉邦白了她一眼道：「才看見我啊？」

二傻眼睛一瞬也不瞬地盯著劉邦，大聲道：「你來啦？」

劉邦欣慰道：「還是軻子夠意思。」說著往前就走，遠遠地朝二傻伸出手去，五人組裡他和二傻最為親近，畢竟上下鋪睡了半年，二傻也嘿嘿笑著，同樣伸出手走上來……直接走到我面前拉起我的手說：「最近挺好的吧？」

劉邦呆在當地，隨即氣得打跌，眾人眼見猴奸的漢高祖栽在傻子手裡都笑起來。

我跟他說：「沒事，習慣就好，下次別那麼主動。」

我問李師師：「怎麼就你倆，嬴哥和少炎呢？」

李師師道：「嬴大哥還有公務要處理，少炎出去採景去了，他說以後要拍秦朝的電影就不用搭外景了。」

我撇嘴道：「看看，這就是男人，過了新鮮勁就要往外跑。」

劉邦道：「只要不是去採花就行。」李師師掐了他一把。

說笑間，忽聽外面有轟然行禮的聲音：「陛下！」

我們往外一看，只見秦始皇一手拉著小胡亥，兩邊的人跪了一地，嬴胖子隨便地揮著手，躊躇滿志地踱進來，包子道：「喲，胖子下班了。」

劉邦正趴在窗戶那透過窗紙往外看著，我一拍他，劉邦一個激靈：「怎麼了？」

我說：「你光想著怕大個兒找你算帳，就不怕胖子跟你玩命？」我指指胡亥道：「你們搶的就是那孩子的江山。」

劉邦急忙跑出去，把小胡亥攬在懷裡：「來，叔叔抱吧。」

秦始皇意外道：「咦，你怎來咧？」

劉邦道：「不歡迎啊？」

嬴胖子使勁在他背上拍了一把：「掛皮！」

胡亥在劉邦懷裡好像很不舒服的樣子，擰著眉頭，忽然看見包子了，一下跳到地上歡呼道：「包子姑姑。」

包子笑道：「姑姑現在可不能抱你了，給你個巧克力糖吃。」

胡亥往嘴裡塞了一塊巧克力咂摸著滋味，然後用小手拿了一塊給秦始皇道：「父皇也吃。」

嬴胖子道：「父皇不吃，餓高血糖。」

小胡亥因為劉邦抱過他，於是又給劉邦：「那你吃。」

劉邦含著巧克力，感慨道：「這孩子還那麼大方。」

胡亥指著包子的肚子跟秦始皇說：「父皇，姑姑要是生個弟弟，咱們就封他做楚王怎麼樣？」

秦始皇微笑道：「好滴很。」

劉邦喃喃道：「一對敗家爺們——胡亥呀，叔叔跟你說，以後自家的東西不能隨便給外人，知道嗎？」

胡亥把他手裡的巧克力搶過來含在嘴裡道：「知道了。」

我們一群人笑罵：「別教壞孩子。」

見了這麼多老朋友，包子終於心情大暢，道：「吃飯吧，我餓了。」

嬴胖子道：「吃撒（啥）你們看，餓早就餓咧。」

包子道：「可惜我現在不能動鍋鏟，要不給你們辦一桌。」

劉邦道：「那就來咱們的保留節目——吃火鍋。」

胡亥拍手道：「好好，我最喜歡吃火鍋了。」

劉邦詫異道：「你吃過？」

李師師笑著端出銅鍋子來說：「雖然現在是秦朝，生活條件可比你們那好多了。」說著，又拿上一堆豆腐、寬粉什麼的，這都是金少炎每回來的時候置辦的，放在秦始皇的皇家冰櫃裡——地下那種。

我們忙活著張羅吃的，劉邦臊眉搭眼地湊到秦始皇跟前，摸著胡亥的頭說：「嬴哥，關於咱倆的事，我覺得有必要跟你解釋一下……」

秦始皇一擺手：「撒也包社咧（啥也別說了），」他一指二傻道：「歪要絲（那要是）都計較起來就摸完摸了（沒完沒了）咧。」

劉邦借坡下驢道：「就是就是，人在江湖，身不由己，嬴哥是明白人——再說這也怪小強……」

我嚷嚷道：「關我什麼事？」

劉邦道：「要不是你早沒給我吃藥，哪能弄到這步田地？」

我忿忿道：「還不滿足，老子把藥裝在襪子裡帶過去都擔著風險呢，真應該像毒販子那樣把藥塞在肛……」

劉邦：「嘔……」

我們笑鬧著，就目前而言，這已經是五人組分開以後聚得最全的一次了，至於他們之間的那點矛盾，其實上輩子都看開了。

正熱鬧間，忽有家丁來報，說府門口來了一行幾人，那男的說自己姓項，要見小強。

沒等我說什麼，院子裡已經響起了項羽粗豪的笑聲：「我說認識小強就是認識，還能誆你不成？」這大概是直接闖進來了，我那些家丁倒不是看他塊頭大不敢管，而是被金少炎兩口子調教得彬彬有禮的，蕭公館有成為秦朝的希爾頓連鎖酒店之勢。

只一眨眼工夫，項羽已然推門走了進來，劉邦臉色大變，哧溜一聲鑽到桌子底下去了。

李師師和包子紛紛招呼道：「項大哥。」「大個兒！」

在項羽身後，是同樣挺著肚子的虞姬，她的兩邊是小環和花木蘭，這下連二傻和胖子也都站起來，二傻長長地伸出手走向項羽，嘴裡道：「你來啦？」

項羽根本不搭理他，果然——二傻直接來到花木蘭目前，拉起她的手親熱道：「你最近挺好的吧？」

眾人又是一陣寒暄，包子握著花木蘭的手埋怨道：「說好了打仗帶上我呢。」

花木蘭笑道：「你都是大司馬了還用我帶呀？」說著往屋裡探視了一圈，奇道：「劉大哥呢，他不是跟你們一起的嗎？」

項羽一進屋其實就看見劉邦往桌子底下鑽了，他笑瞇瞇地來到桌前道：「你出來，我不揍你，就是想問你幾個問題。」

劉邦探出半個腦袋道：「問什麼？」

項羽把劉邦提出來，問道：「我就納悶了，為什麼有先見之明的我還是鬥不過你——我甚至知道你每一次出兵計畫。」

劉邦道：「我沒感覺，我覺得你這次打得還不如上次漂亮，你的范增呢？」

項羽道：「既然我知道你的計畫，還要謀士做什麼，你的張良韓信下一步會怎麼做，我知道得清清楚楚。」

劉邦攤手道：「看，找到原因了吧，你自以為知道他們會幹什麼，可是張良韓信如果只會一味地按部就班用老腦筋思考，他們也就不是張良韓信了。」

花木蘭道：「這就像猜拳一樣，項大哥自以為人家會剪刀石頭布按次序出，其實人家輸了一次以後就已經變換了思維，項大哥輕敵加自大，不輸也難。」

劉邦嘖嘖道：「人家一個姑娘都比你強——木蘭啊，包子是秦朝的大司馬，你去漢朝給我當個大將軍怎麼樣？」

項羽以拳擊首，笑道：「我忽略了最大的一個問題，人是會變的。」

劉邦小心翼翼道：「問完了嗎，問完咱吃飯吧。」

這時嬴胖子出面調解道：「包（不要）談政治，吃飯吃飯。」

席間，劉邦忽然感慨道：「我才發現，除了我，你們都攜家帶眷的啊。」

我笑道：「要不你回去把你家母老虎帶來。」

劉邦道：「還不夠禍害的呢，那女人到哪，哪都不得安生，我這就夠對不起嬴哥的了。」

花木蘭笑道：「我不也是單身嗎？」

項羽道：「那是你不願意找。」他跟我們說，「可了不得了，我們在木蘭家住了一天，她以前的老戰友就去了二十來撥，雖然嘴上說是探望戰友，誰看不出來是為什麼去的呀，一個個穿得新郎倌兒似的。」

包子問花木蘭：「就沒一個相中的嗎？」

花木蘭臉一紅：「你聽項大哥瞎說。」

劉邦又道：「木蘭的個人問題這事兒，要說在座的男的身分都不低，可惜都被套牢了——誒，軻子不是也沒有對象嗎？」

大家一起把目光集中在二傻身上，二傻正專心致志地把個涮好的蟹棒仔細地剝開，忽然感覺氣氛不對，抬頭看了我們一眼道：「幹嘛？」

劉邦笑嘻嘻地指著花木蘭跟他說：「軻子，你看木蘭多漂亮，給你當女朋友怎麼樣？」

花木蘭也想知道二傻會怎麼說，笑笑地看著他。

二傻看看花木蘭，堅決地搖了搖頭，眾人大奇，要說女裝的花木蘭姿色不減虞姬和李師師，傻子居然一點也看不上她，我們齊問：「為什麼呀？」

二傻把蟹棒塞進嘴裡，這才振振有辭道：「大家都是小強的客戶，兔子不吃窩邊草。」

眾人一時絕倒。

這時門口傳來一陣車馬的聲響，金少炎坐著一輛銅馬車回來了，他跳下馬車，蕭府的家丁急忙上前問候，金少炎把韁繩遞在他手裡，道：「馬刷乾淨，車也要擦乾淨。」順便塞了一把圓形方孔錢。

家丁必恭必敬道：「謝金少。」

……我總算知道那家丁為什麼問我要不要擦車了，敢情還真不是免費的。

包子因為行動不便，問我們：「誰來了？」

劉邦笑道：「兔子回來了。」

李師師紅著臉啐了他一口。

金少炎一進屋就愣住了，繼而歡喜道：「強哥、包子、羽哥、嫂子……你們都來了？」

他興奮得過來與眾人一一相見，擁抱，然後很自然地在李師師旁邊找了個座兒，入座前在李師師額頭上輕吻了一下，一干男人哨聲四起，女人們掩口而笑，二傻慢條斯理地把一筷子肉塞進嘴裡，另一隻手適時地擋住了小胡亥的眼睛……

劉邦不依不饒道：「金少炎這小子不但吃了咱們的窩邊草，還是當著咱們的面啃的，不灌死他對得起他嗎？」

項羽、胖子他們都端著大碗的酒杵到金少炎鼻子前，叫囂道：「喝！」

金少炎連連求饒道：「別呀哥哥們，這不是很正常嗎？」

嬴胖子道：「在你玩兒（那）正常，在餓嘴兒（這）就絲（是）有傷風化咧。」

虞姬和小環畢竟是傳統思維的女性，臉也都羞紅了，好在沒外人，就也跟著起鬨。

金少炎苦著臉道：「好好，我認罰。」說著端過一碗酒嘆氣道，「哎，改變一個時代簡單，改變一種傳統很難啊。」

我叫道：「關傳統什麼事啊，這是國情。」

金少炎剛進門就被我們灌了一通，暈暈乎乎坐下了，劉邦解恨道：「再讓你啃我們的窩邊草。」

秦始皇擺手道：「誰都包（不要）再擠兌小金咧，歪（那）他要想啃背後有滴絲（是）機會。」

李師師作為當事人一直不好意思說話，這時忍不住道：「呸，我一直以為嬴大哥是好人呢！」

胡亥先一步吃飽，小孩子坐不住，跑在地上問包子：「姑姑，小弟弟啥時候才能和我一起玩呀？」

包子看了我一眼，欲眼又止，最後道：「真應該把小象帶來，咱們以後還能湊這麼齊嗎？」

我衝她使個眼色，旁人都沒看出什麼，只有李師師深深地瞥過來一眼。

我端了杯酒來到秦始皇跟前問：「嬴哥，你這有啥困難沒有？」

胖子道：「摸撒（沒啥），就絲（是）忍嗖（人手）不夠用咧。」

我點點頭，在皇帝這個隊伍裡，秦始皇的任務比較重，人家別的人一般只要再打下江山來就沒啥事了，他這除了統一六國還得修倆大工程，萬里長城和地下皇陵，秦軍上次從北宋回來以後，武器和戰術都升級不少，統一戰爭沒什麼大問題，但是秦國的人口和生產力的局限畢竟都在那擺著呢，要想一下完成這麼多事情可不是那麼簡單。

劉邦道：「你管飯嗎？你只要管飯，我給你找幾萬人來幹活，山東那邊遭了災了，我正愁這些災民怎麼安置呢。」

秦始皇道：「餓還給發工錢捏。」

劉邦道：「小強，你把那個什麼兵道再給開一下，我現在就往來弄人。」

我說：「還是算了吧，離得太近的朝代最好別串，二十歲的爹見了三十歲的兒子該怎麼稱呼？」

項羽一直逗弄著小胡亥玩耍，這時小聲問我：「對了小強，我一直想問你——這小傢伙長大以後會不會再碰到一個項羽？」

我頓時頭大如斗，連連擺手道：「別問我，我不知道。」

就在這時，我懷裡的電話忽然震動起來，我掃了一眼來電顯示，是劉老六，心一涼，本打算不接，劉邦道：「你怎麼不接呀，小秘打的？」

這句話引起包子的注意，她一看我的臉色就知道是誰的電話了，她僵硬地站起來，喃喃道：「不會這麼快吧？」

花木蘭道：「什麼這麼快？」

我示意她坐下，走到一個僻靜的角落接起道：「我們是不是得回去了？」

劉老六慌亂道：「不是這事……」

我的心總算放下來一點，但劉老六的下半句馬上又把它提了上來：「但比這事嚴重一百倍！」

我抓狂道：「什麼事啊？」

劉老六氣喘吁吁道：「天道不是快恢復平靜了嗎？」

「啊，是啊，怎麼了？」

劉老六一拍大腿：「黎明前的黑暗吶！」

「……你說吧，什麼狀況，我挺得住。」

劉老六結巴道：「這……這回……」

我安慰他：「慢慢說，不著急。」

劉老六緩過點勁來，正色道：「長話短說，這次事情鬧大了，簡單說，就是你那些客戶回去以後重活了一遍引發的。」

我打斷他道：「重活歸重活，不是有集點表嗎？基本上按那個來的話，不是不會改變什麼嗎？」

「是，原本是這樣，可我不是跟你說這是黎明前的黑暗嗎——咱們上頭那位天道兄也不知道抽了什麼瘋，開始掃描各個朝代的總人口了，這是個好現象，也是個壞現象，就跟年終盤點一樣，帳目要對上就行，要對不上，咱們就完了！」

我說：「怎麼會對不上呢？」

「當然對不上！」劉老六強調道：「光漢朝和北宋就比原來多出好幾萬人來！其他朝代也好不到哪兒去。」

「這是為什麼呢？」

劉老六急道：「這還不懂？項羽打劉邦的時候沒真下黑手，宋江和方臘打了半天仗一個人也沒死，金兵入主中原後，未傷宋朝百姓一草一木，你說人能不多出來嗎？」

我皺眉道：「這不是好事嗎？」

「天道才不管你好事壞事，它只管維持原有的秩序和狀況，現在每個朝代都多出好幾萬人來，這廝快發飆了。」

我不悅道：「這就是天道的不對了吧？」

以前對道哥印象不錯，它壓著劉老六這幫神棍，讓我們底層人民很解氣，想不到也是官僚主義作風，我那些客戶，尤其是李世民、朱元璋這樣的高端人才回去以後，治國水準更加提高，對外戰爭也更加成熟和老辣，當然也減少了很多無謂的死亡，人口總數當然也就上來了，這難道有錯嗎？

劉老六嘿嘿道：「你也知道它不是東西了吧？可是沒辦法，天道哥的話得聽，否則咱們這非來個人神共滅不可。」

我提心吊膽道：「你想怎麼辦？讓劉邦和金兀朮把多出來的人殺掉？」

劉老六道：「好在我和老何很快就研究出對策來了——當然，主要是我。（何天竇在電話旁說：你能不能要點臉？）」

「說，什麼辦法？」

劉老六得意道：「據我觀察，天道只掃描一個朝代相對應多出來的人數……」

「什麼意思？」

「也就是說，比如宋朝本來應該有五十個人，現在卻有五十一個人，那多出來的一個人只要讓他去唐朝就沒事了。」

「……那唐朝不是多出一個人？」

「宋朝人到了唐朝不會被掃描到，對，就是不算人，而唐朝如果有多出來的人，也可以讓他們去宋朝，這不就結了？」

「你的意思就是跟上頭檢查一樣，一個單位有五十個編制，就查這五十個人在沒在崗，剩下的臨時工，你就算雇一萬個也不過問？」

劉老六眉開眼笑道：「要不我們天庭怎麼找你當臨時工呢，腦子比老何這樣有編制的人強多了！」

通過跟劉老六的一番對話，我瞭解了現在的大致情況：每個朝代多出來的那一部分人是麻煩，劉老六的建議是把這部分人送到別的朝代，這樣來回置換，相當於把多出來的編制人員借調到了別的單位，當然，待遇不變——反正不能讓他們餓死。

不得不說這是一個糟糕透頂的餿主意，但是有時候餿主意也是唯一的辦法。

我說：「那具體該怎麼辦呢，把漢朝和宋朝的人互換一下？」

劉老六道：「不止那麼簡單，我不是說了麼，每個朝代都有過剩人口，這事你得找幾個當皇帝的一起商量。」

「都多出多少來？」

「我列了個表，怎麼給你發過去——你的手機能收圖表嗎？」

「……你等等啊。」我衝屋裡的人大喊：「誰的手機能收圖表？」

金少炎舉著不知是從哪搞來的高檔貨說：「發到我這裡吧。」

我跟劉老六說：「你發金少炎手機上吧。」

劉老六道：「好，這個事情你得抓緊辦了，天道說不定什麼時候就會發飆，我把表上相鄰朝代的兵道都開了，怎麼調度，你跟陛下們自己商量。」

這時金少炎把他的手機遞了過來，我一看，上面果然是一張表，自秦以來，往下漢朝、北魏、唐宋元明皆在其列，我細一看，只見秦朝後面標著三十五，漢朝後面標著五十五，唐宋元等也都差不多，不過沒有超過一百的，我失笑道：

「不是吧，多出三十五個人也不放過？要這樣的話——讓嬴哥從死刑牢裡抓出三十五個人來灑（殺）掉不就行了？」

劉老六輕蔑道：「你有沒有點常識，人口普查有以個為單位的嗎？千！」

我拿過表再一念：「……靠，三萬五千人啊？」

我頓時抓狂地叫起來：「嬴哥、邦子，別喝了，快過來商量事吧。」

我接著往下看，見三國那一欄還有備註，寫著：應有一八〇〇〇〇人，現有一八一五〇〇人，我問：「這怎麼回事？」

劉老六道：「那個先別管，現在是多出十五萬人來，劉孫曹正準備打赤壁之戰呢，打完就差不多了。」

我擦汗道：「這十五萬人就是讓燒死那部分？」

「差不多，孫劉還死不少呢。」

我驚道：「那萬一死多了不夠數怎麼辦？天道哥不止管多出來的吧？」

劉老六道：「不會的，你別忘了關羽現在也頂半個諸葛亮，這一戰他們不會搞砸的。」

我喃喃道：「那也太慘了吧？」十五萬人命啊！就這麼眼睜睜看著他們赴死？

何天竇在電話那邊無奈道：「那有什麼辦法呢，歷史就是由鮮血和枯骨堆積起來的。」

我再看清朝，寫著是「應有二三〇〇〇人，現有二三〇五〇人」，我觸類旁通道：「清朝不用說，吳三桂和李自成仗還沒打吧？」

劉老六道：「打完了，多出來那五萬人將是康熙平雲南死的。」

我非常不舒服道：「這些人都非死不可麼？」

劉老六道：「非死不可！」

我忍不住叫道：「天道哥也太草菅人命了吧，好容易重活一次，大家和和氣氣地過日子不好嗎？」

劉老六道：「天道是一種氣運，它沒有感情也不管對錯，你跟它沒法講理，再說，也不是它的錯，以前的事情不論荒唐還是正確，都已經發生過了，它就是要維持原有的秩序——那些都別管了，先把已經多出來的人解決了吧。」

「……那就先這樣吧，對了，這些人被安排到異國他鄉，是不是這輩子就回不來了？」

說到這個，劉老六振奮道：「不是，不出問題的話，天道再有三個月就會徹底恢復平靜，到那會兒就是咱們的天下啦！只要天庭不要再出亂子，咱們這關就算過了！那時再叫他們各回各家，我把兵道一收就完事了。」

「那會我們人界也一切恢復原樣了？」

「是啊，你只要把最後幾批客戶接待完就沒什麼事了，到時候你就享受你的有錢人的日子吧。」

劉老六不等我罵他，急忙掛了電話。

這會兒秦始皇他們已經被我喊了過來，胖子道：「撒四（啥事）？」

我說：「也不知道該說是好事還是壞事，嬴哥，只要你肯出工錢，我找著人幫你建長城了。」

我一五一十把事一說，劉邦第一反應就是摸著腦袋道：「我那怎麼會多出五萬多人來呢？」

我白他一眼道：「這你都想不通？羽哥沒真捨得打你。」

項羽微微一笑。秦朝人口增多是因為秦軍裝備先進了，他們打的是統一戰爭，只求把敵人打敗，局面出現一邊倒之後，人死得自然就少了，再加上胖子現在脾氣好多了，死於刑獄的人也相對少了很多，而劉項之爭中，項羽有意無意地放水就成為漢朝人口驟增的原因。

秦始皇問：「那咋辦捏？」

我說：「現在我得動身去找那幾位皇帝，你們幾個當事人商量吧，反正都有出有進，掌握好進出口差額就行了。」

劉邦道：「那把他們都接到這來唄，秦漢不分家，我借嬴哥的地方也做個半個東。」

我點點頭，路過金少炎的時候拍拍他的肩膀道：「少炎，你跟我出來一下。」

金少炎好像也預感到了什麼，呆呆跟我來到外邊，一出門就迫不及待問：「強哥，是不是出什麼事了？」

我嘆了口氣說：「這三個月你好好陪師師吧。」

「……什麼意思？」

我無奈道：「三個月以後咱們都得各歸各位，是留在古代繼續陪著師師，還是回去當你的富家公子，也是該做個抉擇的時候了。」

第三章

貨幣流通計畫

李世民道：「嬴兄，你們秦國GDP是多少啊？」

嬴胖子不悅道：「撒（啥）意思麼？」

李世民笑道：「嬴兄別誤會，我是說咱們兩國能不能制定一個貨幣流通計畫，這樣，百姓不但生活有了保障，還可以互通有無。」

金少炎頓時叫道：「為什麼呀？」

我為難道：「這怎麼說呢……」

「讓我來說吧，」李師師忽然出現在門口，她款款來到金少炎面前，拉起他的手放在臉上，柔聲道：「按理說，我們都應該是已經入土的人了，然而上天給我們這個機會使我們能彼此相遇，這已經是最大的幸運；今生有你，有這一段經歷，我知足了——少炎，你回去吧，好好照顧奶奶和你的家人，他們比我更需要你……」

金少炎轉向我，毅然道：「我決定了，要留下來陪師師。」

我攤手苦笑：「這可倒好，你家老太后又該朝我要人了。」

金少炎道：「其實……我已經留下了遺書，只要我半年內不出現，我的律師就會公之於眾。」

李師師驚道：「上次沒聽說你寫遺書了呀？」

「是把你從金兀朮那裡救出來後留的。」金少炎微笑著對李師師說：「我早就預料到只要和你在一起，說不定什麼時候就會神秘消失——我早準備好了。」

李師師把頭輕輕靠在金少炎懷裡嗚咽道：「我們這樣是不是太自私了，對你的家人公平嗎？」

金少炎苦澀道：「兒子總歸是要長大的，他要有自己的幸福和生活，他們要真愛我的話會理解的。」

我實在受不了了，抹著眼淚說：「要不我把你倆送到晚清，說不定還能見到少炎的奶奶呢。」

李師師終於忍不住噗嗤一聲笑出來，道：「表哥太壞了。」

我把她的腦袋又按在金少炎懷裡：「你倆繼續肉麻吧──都高興點，三個月以後的事誰也說不準呢。」

這回走還得通過時間軸，把每個朝代用兵道連起來是件浩大的工程，劉老六和何天竇已經沒那麼多精力為我開闢綠色通道了。

好在最遠從秦到明時間也不太長，我在路上就開始給皇帝們打電話，趙匡胤的電話已經沒電了，成吉思汗的是欠費了──這老頭也不知跟誰海聊來著。

終於打通一個李世民的。李世民接起道：「小強啊？」

我笑道：「李哥，忙著呢？」

李世民：「是啊，批奏摺呢，你打算來玩啊？」

我說：「我一會去接你咱就走，你在家門口等著我，有事商量。」

李世民道：「重要嗎？要不你先到我家來，我找幾個公主陪你打打獵什麼的？」

「重要，而且不等人。」

李世民道：「可我這一堆奏摺怎麼辦呢？」不愧是明君，心中永遠以百姓為重。

我不以為然地說：「你先放放唄，明天補上不就行了？」

李世民道：「那全勤獎你給呀？」

「……你們那會兒也興這個？」

「是啊，言官都盯著呢，請一天假要說不出個理由來，就給你畫在考勤上了。」

聯絡完李世民，我驅車直抵朱元璋處，雖然在明朝，我的身分也是太師，但不像秦漢那樣誰都認識我，要見朱元璋比較困難，所以我先來到神機營，謊稱是王八三的表弟，順便把我的名字告訴了那個帶話的人。

不多時，十幾匹快馬急匆匆前來接我，言語間很是客氣。我隨他們來到一片荒山前，見空地上擺著十幾門大炮，遠處立著標靶，明軍正在演習呢。

王八三一身戎裝，見我來了急忙上前施禮：「蕭太師！」

我笑嘻嘻地說：「正打炮呢？」

王八三：「……呃，是呀，要不是公務在身，我就親自去接太師了，你看，我們現在已經研製出八五式來了。」

我笑道：「還是叫我小強吧，皇上現在有空嗎？」

王八三道：「既然是你來了，想必是有的。」

朱元璋這會兒正在批奏摺，見我來了，握著朱筆道：「你先等我會兒啊，我把這季報表看完，一會兒親自給你烤個鴨子，甜麵醬我都研究出來了……」

我過去把他的筆摺下拉起他說：「趕緊跟我走，有重要事。」

朱元璋道：「別呀，我這帳剛查一半，又發現幾個貪官。」

我繼續拉著他邊走邊說：「回來再查，還在乎這點時間？你把研究甜麵醬的工夫用在批奏摺上不好嗎？」真夠讓人鄙視的，這麼大皇帝連個會計師也沒有。

朱元璋無奈道：「去哪兒啊這是？」

「先去找上成吉思汗，最後去趟秦始皇那。」

「你找我們這些個高管，又想收購誰呀？」

我也不多說，拽著他上車就奔成吉思汗那。

不多時來到了草原，塞外風光一碧千里，朱元璋心曠神怡道：「這地方度假不錯啊。」前方，就是成吉思汗的大纛，當地的牧民見我的車來了，騎著馬跟著兩邊不住歡呼，已經得到信兒的成吉思汗腰挎金刀，瞇著眼在帳外等我們。

他一見朱元璋從車裡走出，跟左右微笑道：「我們的敵人來了。」

朱元璋拉住他的手道：「可別這麼說，大老遠來看你就換了這麼句話呀？」

成吉思汗哈哈大笑道：「開個玩笑，你來了，今晚的篝火晚會，那兩百個奴隸又不知道會便宜誰了。」

朱元璋道：「什麼意思？」

我忙對成吉思汗說：「老哥哥，篝火晚會不妨放著以後開，今天有正事兒。」

成吉思汗道：「就算你再借兵也不急在一時嘛，住一晚再走，明天老哥哥親自陪你出征——這回是誰呀？」

我失笑道：「這回不打仗，你跟我走就是了。」

「那我就跟你走一趟。」成吉思汗回頭看看，這時木華黎等人也都到了，成吉思汗笑道：「你們記住，我是跟小強走的，要是不回來，你們就找他要人。哎，這世上只怕也只有他一個人能三言兩語就把你們的大汗拐跑了。」

眾人都笑起來，木華黎等人過來我寒暄過後，我拉著大明的開國太祖和草原的雄鷹再次上路。

車剛上路，我忽然一拍大腿：「壞了。」

朱元璋忙問：「怎麼了？」

我說：「我突然想起來，這裡面還有上次咱們一起欺負過那個小子的事呢。」

朱元璋：「完顏亢朮？」

我點頭，劉老六給我那張表上，北宋和金是連在一起的，這說明那部分過剩的人口是這兩個朝代更迭的時候才多出來的，現在北宋在名義上已經滅亡了，這事還就得找金政府。

朱元璋問：「你找我們到底什麼事啊？」

「挺複雜，等人齊了一起說吧。」

成吉思汗則說：「那就找他去唄。」

現在金國的皇帝是金太宗，首都還在北邊的會寧府，北宋剛亡，中原只留金兀朮收拾殘局，其實也沒什麼殘局可收拾，百姓照樣過日子，而根據我們聯軍和金政府的協議，金太宗大概對這個虛頭巴腦的皇帝也沒什麼興趣，索性只讓金兀朮在太原負責一些瑣事。

我們的車停在上次簽合同的太原太守府外，門口的金兵一見是我，頓時跑著往裡去，一邊跑一邊喊：「不好了，八國聯軍又來啦！」

不一會兒，金兀朮裝扮整齊，在衛兵的環衛下大步走出，來到我車前，往裡看了看，見果然是我，彎著腰無奈道：「真是你，有事嗎？」

我說：「你們皇帝在嗎？」

金兀朮警覺道：「有什麼事你跟我說就是了。」

我想了想道：「跟你說也行，那上車吧。」反正都是完顏家的，跟金兀朮交流還可以比較直接一點。

成吉思汗哧拉一聲幫金兀朮把車門拉開道：「上來吧。」

金兀朮可憐巴巴地回頭跟衛兵說：「我要回不來別找我了。」

成吉思汗笑道：「這兄弟比我灑脫啊。」

金兀朮乾笑兩聲，道：「這位大哥怎麼稱呼？」

朱元璋搶先道：「這是全蒙古人的大汗。」

金兀朮一聽蒙古人的總頭頭在這，神色一變，跟成吉思汗握手道：「……幸會幸會。」轉身問朱元璋：「這位大哥呢？」

成吉思汗道：「這位是明朝的開國皇帝，就是他發明的大炮——就那種能往你們營地倒垃圾的東西。」

朱元璋問我：「還去哪？」

「找老趙去。」

等到了趙匡胤那，他一聽是我，換了身便裝就出來了，依舊是成吉思汗給他拉開門，趙匡胤先跟朱元璋點頭：「在呢？」

成吉思汗問他：「上次怎麼跟你聊著聊著關機了？」

趙匡胤道：「沒電了。」

……敢情老趙的電話就是讓成吉思汗給聊沒電的，他自己的也欠費了。

趙匡胤看了一下車裡，在金兀朮肩膀上拍了一下：「這位老弟眼生得很。」

金兀朮訥訥道：「我叫完顏兀朮。」金兀朮熟讀史書，知道這是碰上仇人了。

果然，趙匡胤變色道：「是金國那個完顏兀朮嗎？」

說著話，斗大的拳頭已經砸出去了，金兀朮早有防備，一手架住趙匡胤，另一隻手就去攬他的腰想把他扳倒，可是趙匡胤不單是個皇帝，在中國武術史上也是留了一號的人物，金兀朮想不到眼前的對手還是個雙料王，一把抱空臉上頓時吃了一下，好在車內空間狹窄，趙匡胤沒掄上多大勁，兩人就在車裡你來我往起來。

我拍著車背大叫：「住手！」

這會成吉思汗把兩人分開，擋在中間勸解趙匡胤道：「有什麼是過不去的呢，現在你還看不開？真要揪扯起來，我和老朱怎麼說呢？」

趙匡胤把胳膊探過成吉思汗肩頭，指著金兀朮罵道：「可是他欺人太甚，殺我百姓奪我國土不說，還把我兩個趙家子孫擄去，知道什麼叫士可殺不可辱嗎？」

金兀朮一聽頓時也來氣了，怒道：「你也知道士可殺不可辱啊？你說的那些我一件也沒幹過，倒是你們聯軍，騎在我頭上拉屎撒尿也就算了，有強迫人給你們當皇帝的嗎？」說到這，金兀朮委屈了，眼睛紅紅的道：「不想當還不行，那哪是什麼皇帝啊，簡直就是受氣包。」

趙匡胤一愣，撓了撓頭，氣消了不少。朱元璋趁熱勸道：「就是，完顏兄弟再有不是，那也都上輩子的事了，這輩子他就算有這個計畫不是還沒執行嘛？」

我見基本沒事了，拍拍座位道：「大家都坐好吧。」我怎麼感覺我開的像是接送幼稚園小朋友的娃娃車呢？

我們到達大明宮的時候，只見李世民穿了一身普通唐裝，正笑瞇瞇地等著我們，我給他打開副駕駛的門，李世民上了車，四老友相互打招呼，朱元璋指著金兀朮給他介紹道：「這是金國的四王子。」

李世民見金兀朮鼻青臉腫的，意味深長地看了一眼趙匡胤，朱元璋翻看著李世民的包道：「世民可真是個細心的人，牙刷什麼的都帶上了。」隨即叫道：「喲，你出門還帶玉璽呢？」

李世民笑道：「小強找咱們不是有事嗎，沒準能用上。」

我感慨道：「李哥真是有先見之明。」

趙匡胤問我：「用得著嗎？」

我遲疑道：「可能……用得著。」

趙匡胤一拍我肩膀：「沒事，要真用得著，我給你拿蘿蔔刻一個蓋上。」

我詫異道：「刻的也行？」

朱元璋插口道：「當然行，其實問題不在於是不是刻的，關鍵是誰讓刻的——世民兄那玉璽還不是人刻的？」

幾個皇帝都點頭……

車到蕭公館門外，幾個家丁彬彬有禮地上前來，有一個很自覺地領著他們幾個往裡走，另外一個問我：「齊王要擦車嗎？」

我囑咐前面那幾個人：「別忘了給小費。」

結果這幾位皇上出門都沒帶錢的習慣，就朱元璋左摸右摸，摸出幾個大明寶鈔來……屋子裡，原來的人馬都還沒散，只有劉邦喝多了，倒在一邊呼呼大睡去了，包子和花木蘭在聊天，虞姬和小環下去休息了，秦始皇和這幾個皇帝並沒有見過面，不過這幾個人都視頻見過他，當下紛紛招呼道：「嬴兄。」

胖子一看那氣質就知道是同行，也笑道：「來啦？」一轉眼看見金兀朮，也不記前嫌，樂呵呵地說：「你也在啊？」

包子和李師師一看金兀朮都站了起來，我急忙站在幾人中間道：「今天咱們是有事商量，以前的過節都揭過去了。」

項羽把胡亥架在肩頭正玩著，聽我這麼說掃了一眼金兀朮，道：「小子，別讓我在戰場看見你。」

金兀朮無奈攤手道：「碰見也沒辦法，反正我就這一堆。」

李師師攙著包子，衝金兀朮微微頷首，跟金少炎道：「其實這位完顏將軍也沒為難過我們，既然表哥說有事商量，我們暫時告退了。」

包子和李師師出去後，趙匡胤道：「小強，不是說找我們有事嗎，到底怎麼了？」

說著話他往桌上一掃，忽然道：「喲，有酒啊——」他意味深長道：「小強，咱倆喝一杯？」

我遲鈍了一下才反應過來，笑著舉起一杯酒道：「陛下，小強近來偶感風寒，想辭去大宋朝兵馬元帥一職，請恩准。」

趙匡胤表情大暢，但還是裝模作樣道：「卿統軍有方，小小風寒而已，何必請辭呢，我看還是……」

我端著酒笑道：「你哪那麼多廢話，小心我真再連一任。」

趙匡胤忙嚴肅道：「既然這樣，朕不勉強，安國公統兵期間勞苦功高，加封為親王，賜趙姓。」

我撇嘴道：「這個免了吧，我老爹知道了，不跟你拼命才怪了。」

我和老趙同飲而盡，趙匡胤心中一塊大石得落，放下酒杯感慨道：「哎呀，這下痛快了。」

其他幾個皇帝都笑：「老趙還真夠小心的。」

朱元璋道：「現在說正事吧。」

李世民道：「不急，既然出來了，咱們都好好玩幾天，也看看嬴兄這裡的風土人情。」

朱元璋道：「廢話，你當然不急，牙刷都帶了，我們可是連條換洗內褲都沒有。」

秦始皇不悅道：「社撒捏（說啥呢），餓嘴兒（我這）再窮，還連條褲衩也摸油（沒有）？」眾人都笑。

我在劉邦腳底上踢了幾下道：「別睡了，起來開會。」

劉邦睡眼惺忪地起來，看了一眼屋裡眾人道：「都來了？」

當下大夥落座，李世民他們還是第一次見項羽，都對西楚霸王心折不已，他們這些人，事業是成功了，但在成功之前都多少有不盡如人意的地方，只有楚霸王的一生是完美的，痛快的，結局看似失敗但絢麗無比，正好填補了他們的遺憾。

我環視四周道：「今天這個事還真有點像鄰居過日子，張家大哥不方便的時候得跟李家二哥周轉周轉，反過來也一樣……」

我把詳細的情況說了一遍，幾個皇帝面面相覷，朱元璋道：「是不是可以這麼理解，我們現在已經攤上巨額財產來源不明罪了？」

我笑道：「朱哥這個比方打得好，老百姓過得好了，人口增漲了，大家都有功，不過天道他可不管，多出來的人在他看來那就是罪過。」

成吉思汗道：「都多出多少，你給報一下。」

我把那張表拿出來念道：「秦朝，三萬五，漢是五萬五，北魏是兩萬五——木蘭姐，北魏方面需要你和賀元帥協調著辦。」

成吉思汗急道：「後面呢？」

我說：「下面是唐宋元明的，分別是三萬五，五萬，兩萬七，兩萬——你們自己對應自己的。」

成吉思汗一尋思，樂道：「我說怎麼覺得我們蒙古人比以前強大了呢，原來多出將近三萬人。」

朱元璋沮喪道：「怎麼我最少啊？」

明朝建國後沒有太大規模的戰爭，人口已經相對飽和，當然是他最少。

金兀朮小心道：「多出那五萬來要怎麼處理？」

我拍手道：「咱們聚在一起就為了解決這個問題，目前唯一的辦法，就是把你們之間的兵道都打開，大家把多出那部分人暫時派到別的國家去避避風頭。」

李世民拉了拉秦始皇的袖子道：「嬴兄，咱們人數相等，又有著相同的國都，互相交換一下你看怎麼樣？」

嬴胖子道：「歪（那）好麼。」

朱元璋跟成吉思汗道：「老鐵，我不是對你有意見啊，蒙古人最好別去我那，挺敏感的……」

成吉思汗微笑道：「我理會得。」

花木蘭道：「鐵木真大哥的人可以去我們北魏，那裡的民風可能會更適合你們。」

我插口道：「對，相鄰太近的朝代最好別互串。」

金兀朮看看劉邦道：「看來只能是咱們兩家互助了。」

劉邦著重道：「我那可接待不了多少人啊，正鬧饑荒呢。」

我對金兀朮說：「你可以叫一部分人去嬴哥那，活是累點，修長城，不過會給工錢的。」

金兀朮道：「那回國以後呢，沒花完的是不就算白幹了？我們金國是不會承認別的國家的錢的。」

李世民點頭道：「這是個問題，都是幾萬人幾萬人的，就算咱們都是政府，也不可能白白養起他們來，他們需要自力更生——嬴兄，你們秦國GDP是多少啊？」

嬴胖子一聽李世民問他這個，不悅道：「撒（啥）意思麼？」因為從實際來說大唐的國力確實要比秦國強一些，胖子大概是有點想多了，當皇帝的，誰也不願意被人家看成是扶貧對象。

李世民笑道：「嬴兄別誤會，我是說咱們兩國能不能制定一個貨幣流通計畫，這樣，那些交換過來的百姓不但生活有了保障，還可以互通有無。」

趙匡胤道：「這倒是個好辦法，可是單位怎麼算呢，一個開元通寶在秦朝等於幾文錢，在明朝又等於幾個大明寶鈔呢？」

金兀朮忍不住道：「那就一個換一個唄。」

朱元璋道：「在座的雖然都是朋友，可我把醜話說在前頭啊，這錢是可以鑄的，打個比方說：我發十個大明寶鈔，世民兄發十個開元通寶，它們都能買一袋麵——世民兄勿怪，我就是比方啊，比方你要發了一百個開元通寶，那我大明在你大唐能買一袋麵的同時，你卻可以在我那買回十袋麵去，這不就通貨膨脹了嗎？」

李世民點頭道：「這確實是個問題，倒不是說在座的誰會有那個壞心眼，可大家都是同行都明白，經濟這個東西一個搞不好最容易混亂。」

劉邦道：「那就金本位唄，大家都拿出一部分黃金來做保障，在任何朝代，無論誰拿出非本朝但大家都認可的錢幣，都能保證兌換到黃金。」

成吉思汗對這個不是太精通，頭疼道：「你們慢點說，太亂了。」

秦始皇道：「統一哈（下）統一哈！」

李世民道：「對，統一一下，我建議咱們都鑄造一種統一的錢幣，比如一千文錢等於一兩銀子，然後十兩銀子換一兩金子。」

趙匡胤道：「那這種錢叫什麼好呢，秦元？宋元？還是唐元？」

劉邦擺手道：「現鑄的話太費事了，等錢鑄好了，天道也把咱們都滅了。」

這時，一邊的金少炎終於說話了：「你們為什麼不用現有的錢呢？只要打上一個統一的符號就行了。」

劉邦道：「我看行！」

趙匡胤又道：「那打什麼符號呢，要不把咱老哥幾個的頭像都印上去？」

二傻伸手點指道：「一二三四五……一個錢上印七八個人，你們不嫌擠啊？」

李世民笑道：「咱們都是從育才出來的，就印育才的校旗吧。」

其他幾個人想了想，都點頭。

劉邦總結道：「那就這樣，我們都各自拿出一部分錢來印上育才的校旗，這種錢呢，不管是開元通寶還是大明寶鈔，都統一叫育才幣，那些沒印標記的當然也可以流通，不過那就要雙方都自願的情況下協商它的購買力了。」

朱元璋道：「那不就產生匯率了嗎？」

劉邦道：「對，這個就要看市場規則了，反正是跟本國黃金掛鉤的，不用擔心誰偷奸耍滑。」

就這樣，幾大巨頭在秦朝商定了古代版的國際貨幣。

趙匡胤左右看看道：「那咱走吧？」

李世民道：「又不急在這一時，在嬴兒這兒玩一兩天唄——小強啊，你問問兵道啥時候能開，要是不耽誤的話，我們從兵道走。」

我打了電話一問，「明天就能開。」

朱元璋甩著膀子道：「那就玩一天。」

最後李世民讓家丁套了輛車上街去了，劉邦不知從哪翻出副麻將來，唏哩嘩啦地倒在桌子上道：「來來，摸幾圈，手癢死了。」

然後一桌皇帝就開始搓麻大戰，晚上李世民回來以後，替下趙匡胤，幾個人一直玩到天亮，最後一算，劉邦輸得最多……

劉老六通知我兵道開好以後，幾個皇帝紅著眼睛離開麻將桌，朱元璋道：「那就這樣吧，咱們只要把多出來的那個數兒湊夠，把他們打發走就不管了，每人發筆錢，去哪由他們自己。」

趙匡胤道：「兵道口上最好還是能做個統計，來多少外賓，咱們做皇帝的心裡有個數，也方便統籌安排，有什麼調動，咱們就內線聯繫吧。」

李世民道：「對，我看得實行臨時簽證制度，來多少人得有個底限，超量的話只能先拒簽或者轉簽到其他國家，吸引外資的同時也得量力而行。」

我趕忙說：「我去了你們誰也不能拒簽吧？」我還想趁這個機會把幾個國家都轉轉呢。

李世民笑道：「那是當然的，你去了我那，不管有什麼開銷簽個單就行，我們政府給你報了。」說著拿出他的玉璽問我：「你說蓋哪兒？」

我讓他蓋在擋風玻璃上，李世民哈了幾口氣，把玉璽在我車窗上一扣，道：「就憑這個印，你在我大唐暢通無阻了。」

我點頭：「嗯，這就相當於我有大唐的綠卡了。」我看著其他幾個人道：「那幾位陛下怎麼樣呢？要不我給你們找蘿蔔去？」

成吉思汗道：「用不著，就你這輛車誰不認識呀？」

我點頭道：「也對。」

趙匡胤道：「走了走了——嬴兄，你給我找匹馬吧。」

劉邦道：「都別動，騎什麼馬呀，我派車送你們。」

劉邦讓我府裡的家丁套了幾輛車，吩咐把幾個人都送到地方，秦朝的兵道口就在咸陽東，不多時車都準備好了，金兀朮和幾個皇帝上了車，劉邦喊道：「哥兒幾個走好啊，別忘了給小費。」說著搓手道：「哎呀，嬴哥你就感謝我吧，這第一筆外匯就算到手了。」

秦始皇鄙夷道：「幾個小錢把你美滴。」

項羽道：「就是，你不說你一晚上幫嬴哥輸了多少錢，你不是玩這個不怎麼輸的嘛？」

劉邦毫不在乎地搖手道：「你們懂什麼？有時候在牌桌上輸錢也是一種外交——就憑他們幾個能贏得了我嗎？我是想借這個機會給他們嘴上糊點蜜，以後在對我漢朝的經濟策略上寬鬆點。」

花木蘭呵呵笑道：「都是當皇帝的，你跟人抖這機靈。」

劉邦指著花木蘭道：「對了，你也趕緊走吧，不管用什麼辦法，跟你們家皇帝把事說清楚，記住，讓他對我們漢朝政策優惠點，北魏錢跟漢朝錢兌換的時候不能貶值。」

花木蘭上了一匹馬道：「我還真得走了，咱們過幾天再見吧。」

劉邦道：「木蘭是自己人，這馬就不跟你要錢了。」花木蘭瞪了他一眼，策馬而去。

劉邦在院子裡背著手走來走去，忽然對秦始皇說：「嬴哥，我有個賺錢的好項目，本來想一個人做呢，可是看你這實在緊張，就算咱倆合夥的吧，你跟不跟我幹？」

嬴胖子道：「撒（啥）項目？」

劉邦找根小棍在地上畫了長長一條橫槓道：「你看啊，這就是貫穿咱們所有國家的兵道，比如從大明到你秦朝，用腳走起碼得走好幾天吧？咱們這樣，合夥開一個計程車和馬的行當，咱們的人哪也不去，就在兵道裡拉客，就跟航空公司幹的是一樣的買賣，我要讓他們那幾國人手裡的外匯一出國門就被咱們賺來。真要能成，你的萬里長城和我鬧饑荒的事那就不叫事兒了，花別人的錢解決咱自己的危機，還不用落人情。」

胖子質疑道：「歪（那）人家都絲（是）掛皮？就不會自己騎馬？」

劉邦道：「這就牽扯到一個成本問題了，出遠門，馬比人貴呀，就像咱們在小強那兒，從育才到當鋪，你是願意搭個車呢，還是為了這一次出行買個車？」

項羽看了一會笑道：「有點意思，我看這買賣能幹。」

劉邦撇了小棍兒，興奮難抑道：「不說了，嬴哥你要想幹就準備車馬，我也得回國準備去了。」說著，他爬上一輛馬車跟車夫道：「快走，去咸陽機場。」

車夫疑惑道：「機場？」

劉邦道：「哦，咸陽東——你記住，以後那裡很快就叫咸陽機場了。」

劉邦坐在車上，衝我們頻頻揮手：「回去吧，下次咱們再見，我的身分將是國際航空公司董事長。」

我們笑笑地看著他，一起喊：「別忘了給小費！」

兩天後，大明第一批數量為兩千人的出遊隊伍就踏入了兵道，他們幾乎是清一色參加過當初聯軍的軍人。

一進入兵道，發現那裡已經是滿坑滿谷的人，見他們來了，紛紛圍上來問：「兄弟去哪啊，搭我車吧。」

明朝人：「我也沒想好我該去哪。」

漢朝人：「那我給你介紹一下沿路的風光，你要是錢多，就去蒙古草原旅遊去；要是沒錢，建議你先去秦朝，包你一出站就有工作，活兒是累點，工資高。」

明朝人：「漢朝怎麼樣？」

漢朝人：「漢朝現在先別去，鬧饑荒呢，簽證也不好辦。」

「那去秦朝多少錢呀？」

「你給兩百育才幣吧。」

「太貴了吧？給你一百五。」

「別說了，一百八你走就走，不走您換輛車。」

「走吧。」

當然，一百八不會光拉一個人，事實上那車跟計程車差不多，車裡頭能坐六個，車夫旁邊還能坐一個，所以車夫們通常也會這麼喊：「去秦朝的，再來兩個人就開車。」

……

漢朝人幹這個事情其實並不佔先天優勢，因為他們沒有參加過聯軍，對兵道還很陌生，不過在劉邦的培訓下，基本都能很快上手，漸漸地，其中一些腦子靈光的還辦起了小規模的旅行社，還配合當地人開發出了包食宿的唐朝一日遊、宋朝三日遊等項目。

在初期，秦朝招募來幫忙修長城的人就達到了十萬，工程進展一日千里，秦始皇沒樂幾天就又開始發愁了，這個叫花錢如流水一般吶，秦國那邊還打著仗呢，實在沒有多餘的錢來為民工們發放工資了，劉邦倒是資助了他幾十萬育才幣，可這也不是長久之計，無奈，秦始皇也只得把主意打到了賺外匯上。

胖子開始還有點輕商的想法，劉邦讓他一起幹運輸業的時候沒答應，現在人家已經形成規模了，再去插一腳就顯得不仗義了，可是胖子也不笨，衣食住行，行才是最後一個，他就著重搞前三個，最先是在兵道裡賣吃的和衣服，劉邦的車到了，圍上賣雞蛋和特產的幾乎全是秦朝人，再後來就索性開成了公路旅館和酒店。

花木蘭說得沒錯，都是當皇帝的，你跟人家抖這機靈是不行的，最先發現這個問題是對經濟非常敏感的唐朝人，房玄齡的一篇以《驚，國有資產損失嚴重》為題的文章引起了李世民的注意，其他學者也紛紛開始關注國際金融，相繼發表了《誰在為萬里長城買單》《漢時饑荒唐人關》等主題經濟學著作，引發了其他幾國的連鎖反應，一時來唐朝求學的人絡繹不絕。

富於娛樂精神的唐朝人索性辦起了雜誌，最著名的是《大唐時代週刊》，上面除了經濟學專版，還開了娛樂版、八卦版、時事要聞版等版面，發行量巨大，尤其是跑長途無聊的漢朝司機，幾乎人手一本，大大扭轉了大唐對外的貿易逆差。

宋朝人當然也不甘落後，持幣充盈的宋朝人開始在高檔賓館上動腦筋，每一國的兵道附近都被他們建起了五星級酒店，並且由此開始進軍房地產，大肆團購土地和開發權，使得各地房產驟然增值，《大唐時代週刊》以戲謔的口吻稱其為「宋朝炒房團」。

這樣，各國在不同的方面各擅勝場，國際金融一時繁華。

劉邦說過，製造出來的是物質，創造出來的才是財富。因為動手早，他在運輸業的地位不可動搖，基本形成了壟斷。

開始，漢朝的司機們做買賣是靠「拉」，可是後來隨著各國人口大規模的流動，馬車供不應求，這些司機們就變得非常狂妄，對顧客的態度也不那麼溫柔，劉邦有時候一天能接到十幾個投訴電話，這使得他非常惱火。

劉小三靈機一動，乾脆又開了一項新的業務，那就是出租馬匹，普通客戶可以在兵道的任意一個地方租到可供單人騎乘的馬，留下足夠的押金，然後憑票據在任何大漢運輸分公司都可以中止使用，結算兩清，按路程和時間只需付很少量的租金，這等於給馬車運輸造成了競爭，司機們再也不敢拿喬了。

至於那些貴族，劉邦特意為他們推出了VIP服務，車夫都是訓練有素的，馬車由純金打造，拉車的馬也是千挑萬選，車內置免費酒水，貌美如花的姑娘會在開車前為你講解安全常識，並提供無微不至的微笑服務——當然，這樣的馬車，普通貴族靠一個人想包下來也是很吃力的，所以寬敞的車廂被分割成不同區域，還有經濟艙和頭等艙之分……

最近幾天我沒事就在兵道裡瞎轉悠，看秦國人做買賣，跟劉邦的計程車司機們閒扯，有時候拿本《大唐時代週刊》看看，人家一看我車前的大唐玉璽，一般都不跟我收錢，可是我還是會給，賣雜誌的都是小本生意，不忍心啊。

現在幾個朝代大多都已經把剩餘人口派出去了，不過還是留了一定的名額以供有錢人和貴族出去旅行用，像文成公主和松贊干布兩口子就多次去國外考察，他們發現草原旅遊已成熱門之後，曾向我提出增加西藏遊，體驗最原始淳樸的西藏風情。

可是大家知道從大唐的長安去西藏，一路爬上去，就算坐劉邦的VIP金馬車也得個把月，檔期和經濟上都是一個考驗，它只適合被趙匡胤杯酒釋兵權那些有錢又有閒的人，朱元璋想去來著，就因為時間太緊未能成行，所以文成公主向我提出在唐朝開闢第二兵道的事情，直接通往西藏，我想了想倒是可行，咱們的川藏鐵路都修上去了，開個兵道應該不會太難，不過這事得往後壓，因為我心裡還一直惦記著另一件事情：赤壁之戰。

現在看來曹操的七十萬還是八十萬大軍確實是誇張了，因為劉老六給我的表上，赤壁一共才死了十五萬人，也就是說，曹操領的實際人數起碼要縮水一半以上，可那也不是小數目啊。

到後來我實在忍不住，給劉老六打電話，開門見山地問他：「三國那十五萬人能不能不死？」

劉老六納悶道：「不死，去哪兒？」

我忽然靈機一動，隨口道：「也走兵道啊，道理不是一樣麼？」

劉老六愣了一下，失笑道：「喲，小強這是怎麼了，真的想當超人呀？還是想把災難片拍成勵志片？」

我想也沒想就說：「我想給沒出生的兒子積點德不行啊？」

劉老六道：「說正經的，最近我也一直在想這個問題，雖然我們天庭辦事有時候馬虎一點，可也不願意草菅人命，你有這個想法很好，不過有一個為難處——那十五萬人如果是孫劉聯軍那還好點，你至少能跟劉備說得上話，這種事情他肯定也會支持你；可是這些人絕大多數都是曹軍，你怎麼讓曹操相信你？好心當了驢肝肺的前例他可不是沒幹過，不然華佗怎麼死的？」

我哆嗦了一下，是啊，我直接跑到三國跟曹操說：你這次赤壁之戰準輸，還是趁早收兵吧？那該死又沒死的十五萬人我帶著做小買賣去？

劉老六見我不說話了，小聲提醒我道：「其實有一個人倒是能幫得上你。」

「誰呀？」我急切地問。

「你兒子！」

我大驚道：「我兒子是曹操？」難道包子肚子裡那個……

劉老六嘆道：「哎，難怪常言道人心難公，你現在有了親生的了……」

我一拍腦袋：「你說小象！」

我之所以第一時間沒想起找曹小象幫忙，一是因為他還是孩子，二也是因為我幾乎都忘了他是別人的兒子了。

我訥訥道：「赤壁打起來的時候，小象他……到我那兒了嗎？」

我覺得這才是關鍵，曹小象如果當時還沒有夭折，我看這事八成是不行了，我可不想除了跟曹操說他這仗打不贏，再告訴他兒子馬上就死，那曹操要不把我大卸八塊我都覺得他婦人之仁了。

劉老六道：「恭喜你，打赤壁之戰那一年正好是曹沖夭折那年。」

聽著怎麼這麼彆扭呢？我又問：「是在赤壁前還是赤壁後？」

劉老六道：「再恭喜你一次，赤壁是冬天正式開打的，曹沖則死於那年春天，很難說曹操打了那麼大一個敗仗有沒有喪子之痛的影響。」

我興奮道：「果然是好消息呀！」

劉老六小心翼翼道：「你說咱倆是不是有點不是東西呀？」

「……反正你不是好東西就對了！就這樣吧，我去找小象，然後想辦法讓他和曹操見一面。」

劉老六道：「再提醒你一句，曹沖不能回三國，這可是原則！」

我撓頭道：「為什麼呀，嬴哥他們不是都回去了嗎？」

劉老六道：「你傻啦？秦始皇他們回去，是因為在你那的時間已經待夠了，然後被天道送回去的，曹沖可不一樣，他起碼還有八九十年好活，現在回三國，就跟你把秦始皇他們接回育才一樣是違規的。」

我頭疼道：「那怎麼辦？」

劉老六道：「找個離三國最近的地方讓他們爺倆見面。」

「那你要記著給我開從育才的臨時兵道。」

掛了電話，我想了一會兒，離三國最近好像也就是花木蘭她們家了。

第四章

說曹操曹操到

曹兵沒敢虧待我們，只是把我們圍著，
不多時就聽有人高聲喧道：「丞相到。」
說話間，曹操身穿緇衣閃亮登場，身後跟了一大幫文士武將，
都踏著小碎步好像隨時都能跟丟了似的，
更顯得這位大漢奸相文韜武略，丰神俊朗。

回到育才，正是孩子們上課的時候，我迎面碰見寶金，一問，曹小象正上游泳課呢。游泳池裡，曹小象正跟一幫孩子手舞足蹈地玩水呢，我離得遠遠的喊：「小象。」

曹小象一扭頭，歡喜道：「爸爸。」

這是第一次他這麼叫我我覺得不自在，他親爹可是隻手遮天的主兒啊。

等他跑過來，我在他小屁股蛋上拍了兩把，說：「快走，換衣服，爸爸領你玩去。」

這時水裡一個清脆的聲音道：「你要把我的學生領哪去啊？」

我回頭一看，水面鑽出一個濕漉漉的漂亮小姑娘，穿一身黑色泳衣，明眸皓齒，嘴角帶笑，卻是倪思雨。

我笑道：「喲，小丫頭幾天不見就出落成大姑娘了。」說著故意往她胸口瞄了幾眼。

倪思雨臉紅道：「呸，死小強。」

我笑道：「沒大沒小，打你屁股哦。」倪思雨經常來育才教孩子們游泳，只不過我很少見她罷了。

倪思雨道：「你們這是去哪啊？」

「開個家庭小宴，小象今天就不回來了。」

倪思雨「哦」了一聲，欲言又止，最後摸了摸小象的頭道：「去吧。」

曹小象換好了衣服，看了在池子裡的倪思雨一眼，小聲問：「爸爸，咱們去哪『玩』呀？」這聰明孩子大概知道我要帶他去的不是一般地方。

「走，到車上爸爸跟你說。」

曹小象拉著我的手又回頭看了一眼道：「要是能見到項羽伯伯，就把小雨姐姐一起帶上吧。」

我意外地彎下身去看著他道：「喲，小鬼頭操的心還不少，為什麼這麼說？」

曹小象喃喃道：「小雨姐姐總問我項伯伯的事，又不好意思多說，我感覺她很糾結……」

我直起腰，感嘆道：「現在的孩子怎麼都這麼早熟啊？」

曹小象：「你是說小雨姐姐嗎？」

「……她的事咱們以後說，爸爸帶你去木蘭姐姐那兒。」

曹小象拍手道：「好啊。」

因為我們爺倆也挺長時間沒見——最近實在太忙，曹小象左一個爸爸右一個爸爸，叫得我額頭汗起，曹操心眼好像也不大，我想起《楊修之死》來了。

我小心道：「小象，如果讓你換個對我的稱呼，你會叫我什麼？」

小孩的心思有時候遠比你想的要敏感和聰明，曹小象好像感覺到了不對的地方，瞪大眼睛道：「為什麼呀，爸爸你怎麼了？」

我趕緊把手放在他小肩膀上安慰他說：「就是隨便問問——小象，你曹操爸爸對你好嗎？」

曹小象毫不遲疑道：「好啊，我幾個哥哥可都羨慕我了，他們在父親面前大氣也不敢喘，就像老鼠見了貓一樣，和我在一起就不一樣，還教我作賦舞劍呢。」

「那……你想他嗎？」

「想啊。」說到這，小傢伙小大人一樣扭過頭去不屑道：「切，你可真小氣，他是我爸爸，你也是我爸爸，不管不見了誰，我都會想的。」

我樂道：「不是因為這個。」小東西以為我吃醋呢。

我摸著他的頭髮道：「小象，我帶你去見那個爸爸好不好？」

「啊？」曹小象驚詫地張大了嘴。

我說：「因為你現在不能回三國去，所以爸爸先把你送到木蘭姐姐那裡，再去找你那個爸爸和你團聚好不好？」

畢竟還是小孩子，一聽這個，曹小象也不知道該說什麼了，就是眼睛紅紅的看著我。

我給他抹抹眼淚說：「別哭，見了面以後，你首先要讓你曹操爸爸相信你就是你，明白爸爸說的意思嗎？」

曹小象跟方鎮江、花榮他們待的時間長了，知道我這是又要出任務，邊擦眼淚邊問：「啥事？」

我先羞愧了一個，剛開兵道那會就應該讓人家父子相見，結果現在有事了才辦，搞得我很自私一樣，我說：「你曹操爸爸又要跟關羽伯伯他們打赤壁之戰了……」

曹小象道：「嗯，你想讓我幫你們殺蔡瑁、張允？」

我拍了他一小巴掌道：「你爸爸我就那麼陰暗啊？」

「那我能幹什麼呢？」

我想了想，赤壁那馬上要開打了，蔡瑁、張允只怕已經殺了，我說：「你讓你曹操爸爸撤兵就行了，你應該知道這仗他是打不贏的，還賠了十五萬叔叔的性命。」

單從智力來看，跟小傢伙把前因後果說了他應該完全能理解，我就把過剩人口的事情一說，曹小象果然睜大眼睛道：「呀，爸爸這是在幫曹操爸爸。」

我得意道：「以後不許把爸爸想那麼壞。」

曹小象乖乖道：「知道了。」末了又感慨了一句，「我這兩個爸爸雖然都算不上什麼好人，不過對我都不錯。」

……

如今的花木蘭家就跟軍區大院一樣，四面都有崗哨，來客必須登記，好在花副元帥可能跟衛兵交代過我的樣子和我開的車，所以衛兵親自跑去給我們通報。

不多時花木蘭出來，一見曹小象就開心地把他抱起來，用鼻子親暱地拱小傢伙的額頭，曹小象一邊掙扎一邊抗議道：「不要老抱我了，我已經不是小孩子了。」

花木蘭樂道：「那你是什麼？」

我說：「姐，你可別小看這小傢伙，要說打仗他可能還不行，可是他能救十五萬將士的性命。」說著我看了一眼曹小象，鄭重道：「小象，我把你那個爸爸帶來之後，一切可全靠你了。」

曹小象在花木蘭懷裡給我敬了一個軍禮，儼然道：「放心吧爸爸！」

「那我走啦！」

曹小象一揮手：「去你的吧。」……

在三國，我的知名度和能力範圍明顯要小於別的朝代，一是因為來得少，二是這裡我光認識個關二哥，所以路上我一直挺忐忑的，能不能順利見到曹操，心裡實在沒底。

因為走的是時間軸，根據客戶就近原理，車大概是停在了赤壁之戰中劉備現在的屯軍處——夏口，我下了車一看，八成就是這兒了，轅門破破爛爛，士卒衣衫不整，這是我見過的最寒酸的軍事基地。

現在的劉備雖然已經開始創業，不過還在四處碰壁的階段，不過人家的士兵精神倒是挺飽滿的，見有陌生人靠近，呵斥道：「什麼人？」

不等我回答，忽然看見操場上一員大將正騎在一匹紅馬上，閃電一般奔來跑去正在操練人馬，我探長脖子叫道：「二哥！」

那人一回頭見是我，捋髯微笑：「小強來了。」

關羽催馬近前，遣走衛兵，笑道：「小強你怎麼來了？」

「哎，說來話長。」我拍拍赤兔馬的額頭：「小紅兔，你也挺好吧？」說著一抬手擋在臉上，赤兔的一個響鼻就全噴在我袖子上了。

我得意道：「早料到汝有此招。」話說這寶馬良駒全一個德行啊。

關羽下馬失笑道：「走，隨我去見大哥和三弟吧。」

一時見到劉備和張飛，劉備客氣道：「是小強啊，上回你幫我解圍還沒有多謝你呢。」

張飛扯住我胳膊大聲道：「是啊，二哥沒事就念叨你，好像交情比我們還鐵呢，不管了，今天非得一醉方休不可。」

劉備訓斥他道：「三弟，大戰在即，不可貪杯。」

我左右看看道：「諸葛軍師和趙雲不在嗎？」

雖然時間緊迫，可這倆人我實在是太想見了，諸葛亮就不說了，趙雲畢竟是我崇拜了多少年的偶像啊。

關羽道：「軍師已赴江東孫權處協商抗曹事宜，至於子龍嘛……剛好外出。」

我沮喪道：「緣分不到啊。」

關羽握住我的手道：「小強，你來是有事啊？」

我說：「曹操現在在哪兒？」

關羽微微一笑，把我拉在屋外，一指對面的江上，道：「你看。」

我定睛一看，只見江面上浩浩淼淼，在霧氣之中似乎有無數的萬丈高樓，不仔細看，直以為是海天交接的地方，現在一瞧，那應該是曹操的水兵基地，雖然隔著十萬八千里，但聲勢壓人。

關羽道：「那就是曹操的水寨。」劉備和張飛眼望對面，都露出了憂慮的神色。

我小聲跟關羽說：「知道我為什麼來了吧？」

關羽把我領在沒人的地方，嘀咕道：「你是為赤壁之戰來的？」

我點點頭。

關羽忽然捋髯呵呵一笑：「小強，這次不用你幫忙，要說上一次，你二哥我還有點擔心，可這次就不一樣了——一切進展順利，再過三天就是我們火燒赤壁的日子，這點上，恐怕諸葛軍師也不如我知道得清楚。」

我結巴道：「那個……我這次是來幫曹操的。」

關羽詫異道：「你說什麼？」

我為難道：「二哥，你也知道，赤壁上一把火燒進去十五萬人，我這心裡怪不忍的……」

「那你想怎麼辦？你是不是想辦個氣象臺，好告訴曹操三天之後有東風？」

想不到二哥也有幽默的時候，我樂道：「不會，勝仗仍然是你們的，我只想讓曹操打了敗仗不死人，就這麼簡單。」

關羽遙望江面道：「不是我心狠，這十五萬人不死，曹操的元氣就不會傷。」

我接口道：「死了這十五萬，曹操的元氣也不會傷，這些人死不死其實對他沒有什麼影響，赤壁之戰的意義就在於讓曹操認識到在水上不是聯軍的對手，短時間不敢南下而已。」

我說這番話的時候，大義凜然侃侃而談，絕對是談笑間檣櫓灰飛煙滅，關羽刮目相看道：「呀？你小子長見識了，打仗的事你也懂？」

我負手臨江：「略懂。」其實都是電腦上查的……

關羽沉吟道：「那你是想讓曹操知難而退？」

我點頭道：「是的，不過，這十五萬人的事我會和他商量，這事完了以後，這十五萬就當他們死了不可以再用，這就算你們之間的一個遊戲規則吧。」

「那你怎麼讓他相信你呢？」

我微微一笑：「我手裡有『人質』。」

關羽拍額道：「對了，曹小象還在你那呢。」他想了想道：「那就這麼辦吧，說實話，我也不願意十五萬人就那麼沒了。」

我笑道：「赤壁就這麼結束掉對你也好——你就不用再去華容道演戲了，也省得回來諸葛亮擠兌你，雖然他是故意這麼安排的。」

關羽道：「這些拐彎抹角的事情你也懂？」

我微笑：「略懂。」《三國志》咱沒看過，《三國演義》還沒看過麼?!

關羽道：「那好吧，我這就安排人送你過江。」二哥大聲吩咐道：「來人，去把大周找來。」

我奇道：「大周？」

「就是大周倉，你忘了，現在有兩個周倉，大周就是跟你從育才來的那個。」

我：「……」

「大周」一見我就親熱地拉著我的手問長問短，我笑道：「想家沒？我這次回去把你帶上吧。」

大周道：「不忙，回去也得被他們當神經病。」

我和周倉上了一條小船，關羽把我們送在岸邊囑託道：「現在是敏感時期，沒見曹操以前別說是為什麼來的，容易給人把頭砍下祭旗。」

我抱拳道：「明白，那大爺和三爺那邊你也去說說，讓他們別太著急上火了。」

我們剛要走，二哥也不知想起什麼來了，噗嗤一聲笑了出來，我忙問怎麼了，關羽樂不可支道：「赤壁這一戰不打，有一個人肯定要鬱悶死了。」

「誰呀？」我和周倉異口同聲問。

「黃蓋唄，那頓打算白挨了。」

我和周倉面面相覷，繼而哈哈大笑，二哥有時候也不老厚道的……

小船在江上蕩了好一陣，漸漸接近曹軍水寨，此刻曹操全軍駐紮在烏林一帶，越到跟前，那景象越是壯觀，高高的瞭望塔上，曹兵斷喝道：「來者為誰？」

周倉揮臂大喊：「我乃關雲長將軍座下周倉，有軍機要事稟告曹丞相。」

我們的船一靠近，立刻有兵士用長搭鉤把我們拉上岸，從四周呼啦一下圍上好幾十號全副武裝的曹兵，帶隊的軍官厲聲道：「我家丞相有令，凡有說客一律當場格斃！」

周倉怒道：「放屁！當初我家將軍斬顏良誅文醜及至掛印封金，曹孟德也未敢怠慢半分，爾等焉敢小瞧於我？」

那軍官被周倉一堵，還真就氣怯了，訥訥地不知道說什麼好，我上前打圓場道：「麻煩你給說一聲，就說關羽將軍派人求見丞相，請丞相定奪就是了。」

那軍官愣了一下這才小跑著去了，周倉還在背後罵人家：「傻乎乎的！」

雖然二哥少了溫酒斬華雄的戰績，可現在也已經聲名在外，曹兵也沒敢虧待我們，只是把我們圍著，不多時就聽有人高聲宣道：「丞相到。」

說話間，曹操身穿緇衣閃亮登場，身後照舊跟了一大幫文士武將，都踏著小碎步好像隨時都能跟丟了似的，更顯得這位大漢奸相文韜武略，丰神俊朗。

曹操本來是奔著周倉去的，可是看見我之後就略一愣神，忽然以手點指著我，對身邊一位白淨將軍道：「文遠可知此人否？」

那將軍拱手道：「不知。」

曹操微笑道：「當初十八路諸侯攻打董卓，虎牢關下，呂布被此人麾下一小將三錘拿下，『吾尚有餘勇可賈』令人印象深刻啊。」說著朗聲道：「小強將軍，別來無恙啊。」

他這番話一出，眾人群相騷動，我聽了個半懂不懂，不過好像是誇我呢，我忙道：「丞相別來無恙。」我真沒想到他還能記得我，他說的那小將應該是李元霸，看來曹小象他爹求賢若渴真不是虛的。

曹操過來牽起我的手道：「小強將軍風采依舊，可喜可賀。」

我尷尬道：「呵呵，呵呵。」風采依舊？我怎麼想不起我以前有什麼風采。

曹操身邊那名白淨臉膛的將軍，眼睛眨也不眨地盯著我看，有點好奇，又似乎頗為不服，曹操笑著對他說：「文遠，我來與你引薦，這就是我常跟你提起的小強，當初虎牢關驚豔一現，讓我思之至今啊。」說著又給我介紹，「小強，這張文遠……」

不等他說完我就一抱拳：「張遼將軍。」張文遠我能不知道嗎？玩電玩時，過他這關可費了老勁了。

張遼見我居然知道他，頗為意外，衝我微微一笑，友好多了。

曹操往我身後看看，問道：「你手下那幾員猛將沒隨你來麼？」

「呃，沒有……還有，他們也不是我的手下。」這讓李世民聽見容易鬧出誤會，所以我趕緊澄清。

曹操也不多問，拉著我在岸板上轉了一圈，用手平揮恢弘的水寨，瞇眼看著我說：「小強，觀我水寨壯否？」

來了，三國人全這樣，一問這個就不定憋著什麼壞呢，周都督也這麼問過蔣幹，曹操還是懷疑我是當說客來的，這是要先堵我的嘴。

我四下打量了下，道：「還行。」

「呃……」

曹操當時肯定挺鬱悶的，可曹操畢竟是曹操，一頓之後情緒居然沒受多大影響，照舊激動地問我：「小強願助我平滅東吳一臂之力否？」

我走到曹操跟前，小聲說：「丞相，能不能借一步說話？」

到了會客廳，有人奉茶，曹操遣散左右，看了我一眼道：「說吧，你幹什麼來的，我就知道你沒打算幫我。」

我岔開話題道：「丞相有幾個兒子？」

曹操一愣：「你問這個幹什麼？」

我說：「我也快當爹了。」

大概是在戎馬倥傯之中說些瑣事讓曹操頗為放鬆，他微微一笑道：「那恭喜你，說起我的兒子，可就多了。」

我問：「那您最喜歡哪一個呢？」

這個話題其實也挺敏感的，如果要是他手下的謀士問，曹操絕對會翻臉，子嗣繼承問題一直是他們這種人的大忌，尤其在公開場合，他們絕不會表現出對某一個兒子的特別喜愛，一是為了繼承人的安全，二也是為了自己的權威，畢竟一山不容二虎，在江山面前，親情也是靠不住的。

從秦始皇到李世民，再到趙匡胤和成吉思汗，每一個強大君主後面必定有一場腥風血雨的奪嫡之戰，曹操也不例外，他們家老二把老三逼得做了那首七步詩，其中後兩句尤為出名，幾乎成了經典名句……

不過現在的曹操還沒想那麼遠，談話對象又是我，所以也就直言不諱道：「說起來諸子之中，子桓老練沉穩，子建才思敏捷，我都甚為喜歡，可惜前者太好權謀之術，後者又難免浮華不實，哎，人總歸是難以十全十美……」

我說：「丞相還有一個兒子叫曹沖吧？聽說這孩子聰明機敏，小小年紀就發明了等式代換。」

想不到曹操臉色一黯，竟然就此沉默無語，這一代奸雄，居然也有被人戳中痛處的時候，我把手機籠在袖子裡，對他使了一個讀心術，曹操此刻心中充滿沮喪，他想：沖兒遠勝他兩個哥哥，若非他少年早夭，我也不必為選嗣傷腦筋了……

曹操發了一會兒愣，又強作鎮定，假裝慢條斯理地端起茶道：「你還沒說這次來到底幹什麼來了。」

這次談話非常微妙，現在我只要提一句打仗的事，老曹肯定會毫不遲疑地把我幹掉，我只能又顧左右而言他道：「曹沖那小傢伙一定很可愛吧？」

曹操像跟誰嘔氣似的道：「那是當然的！」

「聽說丞相還經常親自教他作賦舞劍？」

「咦？」曹操詫異地抬起頭，既而情不自禁地微笑道：「小傢伙聰明無雙，有時候教他學習反倒是咱們這些大人受益頗多。」說著，他把臉埋進茶杯的熱氣裡，假裝是被醺了眼睛，趁機擦了一把，聲音也不自然了。

我試探道：「曹沖那小傢伙聰明是夠了，可當皇帝就未必合適。」

曹操幾乎下意識地問：「為什麼，你怎麼知道我想讓沖兒即位？」

我說：「當皇帝那可都得是心狠手辣的主兒。」

「我們曹家的下一代皇帝不需要心狠手辣。」曹操臉色變幻不定，勉強遮掩道：「小強說的哪門子荒唐話，沖兒怎麼會當皇帝呢？」

我索性說：「丞相也不用遮遮掩掩的了，承認了，大家起碼稱你是條漢子，再說，遮掩也沒用，說難聽點，你現在是司馬昭之心，路人皆知。」

「司馬昭是何人？」

嘴真夠笨的！你說我這時候提他幹嘛呀？

不過曹操也不深究，他看了我一眼，瞇著眼道：「你說不用遮掩，那我也就說開了吧，這偌大的天下，我遲早要一手掌握，是人才，我都要招攬過來，有不服的，我都要殺掉；我的後繼者不需要再像我一樣東征西討，他只需要會治理就行了，只可惜……」

我點頭道：「嗯，就像打雜的和大廚一樣，打雜的把蒜扒了，把菜洗好切好，大廚只管炒就行了。」

曹操看著我嘿嘿冷笑：「你這個比喻倒是很有意思。」

我一瞧他那個曖昧的眼神，壞了，這是已經起了殺意了！眼看老曹下一句話就要喊衛兵，我急中生智道：「丞相還記不記得沖兒跟你說過，天底下的人才，幫你的自然要重用，不幫你的，說明你還有沒做到的地方，也是個很好的借鑒，那句話叫什麼來著——天下唯有德者居之。」

曹操愕然道：「你是怎麼知道的？」

我嘆了口氣道：「怎麼說呢，你是他的生父，我就是他的養父，咱倆是正經的老哥倆。」

曹操勃然道：「你什麼意思！」

「小傢伙其實還活著……」

曹操怒極反笑，大喝一聲：「來人啊！」

我急忙擺手道：「不信，我讓他跟你說話。」

這時，一隊士兵劍拔弩張地衝進來，就等曹操一聲令下，我把手機亮出來，一邊撥號一邊給他看：「你馬上就能聽到他的聲音，你難道不想再見你的兒子了嗎？」

我把電話使勁衝他搖著，「我要騙你，你再殺我也不晚，一句話的工夫你不會有什麼損失，可要是真的，你會後悔一輩子，我再說一遍——小傢伙其實沒有死，我前段時間天天和他在一起：他喜歡吃鹹的東西，晚上睡覺總是從左往右蹬被子，還有，他最怕你用鬍子賂肢他……」

曹操徹底愣住了，他看著我手裡這個古怪小盒，聽我說的最後幾句話，著了魔一樣呆滯無語，像對我說又像是喃喃自語：「如果你騙我怎麼辦……」然後似乎是自己找到了答案，「那就讓你騙一次又如何？」他無力地揮揮手跟衛兵說：「你們退下。」

看到這我也被觸動了，父子連心，一代奸雄也有這麼失魂落魄的時候，雖然在他看來我明顯是在騙他，可還是不願意錯過這萬分之一的希望，此刻，他就只是一個普通的父親……

我把電話打給花木蘭，急切道：「快讓小象接電話，他親爹妒火中燒要殺我洩憤呢！」

花木蘭著急道：「我弟弟領著小象上山打獵去了，你怎麼不早說呢，要不我現在帶兵救你去？」

「……算了，等你們來了，黃花菜也涼了。」

我一屁股坐在地上，攤手對曹操道：「你殺我吧，我知道跟你說不清了。」

曹操望著我的電話呆癡半天，忽然道：「你到底是什麼人？」

雖然沒跟曹小象說上話，但小盒子那邊有人應答他是聽見了。

我無力道：「你要當我是神仙我也不反對，可是神仙當然不會就這麼任憑你殺，我知道這是一個悖論，總之，『本是同根生，相煎何太急』，你看著辦吧。」

曹操決然道：「如果我跟你走，你能保證我能見到我兒子嗎？」

我一骨碌爬起來：「這就是我來的目的啊。」

曹操直視著我的眼睛，目光灼灼，好像在做激烈的心理鬥爭，最後他把手狠狠拍在我肩膀上：「我跟你走！」

我知道魚已上鉤，現在該遛他幾圈解解恨了，就故意說：「你想好了，我要是騙你的，你不但性命不保，你的天下也沒了，這次打東吳，你要是贏了，就擁有大半江山了。」

我得刺激刺激他，看看小象在他心裡到底有多重，話說把這麼好的兒子送回去，我心理也不平衡著呢。

曹操道：「咱們怎麼走？」

我聯繫劉老六讓他開一條臨時的兵道，我們就從烏林進發。

進了兵道，我憂心忡忡地說：「要沒車就壞了。」赤壁還有三天就開打，這又是條新路，我們走過去也不知道需要多長時間。

我正左顧右盼呢，忽然從路口跑來一輛馬車，我急忙招手。

那趕車的來到近前，忽然驚喜地叫道：「蕭將軍，是你呀？」

我一看這人果真認識——項羽手下的黑虎，我把曹操推上車，招呼道：「你也跑出租車啊？」

黑虎乍見故人，歡喜道：「是呀，我們以前那幫兄弟幹這個的不少呢，劉邦還給我們免了一部分稅。」說著，他把馬頭上的「空車」牌子按下去，問：「去哪啊？」

「去北魏，木蘭將軍那——多少錢啊？」

黑虎不悅道：「看你說的，你想我能收你錢嗎？這條路我也頭次來，就當練手了。」

我拿出把育才幣來跟黑虎推了半天，最後硬給他塞兜裡了。

曹操看我們閒聊了半天，鬱悶地跟我說：「恕我直言啊，這可實在不像什麼神仙待的地方。」

既然已經上了「賊船」，我也就不再避諱什麼，問曹操：「丞相，你對這次赤壁之戰有什麼看法？」

「赤壁？」曹操疑惑道。

我才想起來，所謂的赤壁之戰是事發後後人的叫法，曹操現在並不知道自己將在赤壁那個地方栽個大跟頭。

我說：「就是你這次平東吳。」

曹操胸有成竹微笑道：「你也看見了，孫權劉備與我相比，那就是螳臂當車。」

我小心道：「你就沒想過會輸嗎？」

曹操毫不在乎地一揮手：「那怎麼會？」

我撓頭道：「有首詞就是說這一戰的，我給你念念：『大江東去，浪淘盡。千古風流人物。故壘西邊……』。」

曹操邊聽邊搖頭晃腦道：「嗯，這種格式倒是第一次聽，作得極好。」

等我背到「三國周郎赤壁」的時候，曹操臉色一變，等我說完「檣櫓灰飛煙滅」時，曹操已經不大自在了，可轉瞬即恢復正常，笑道：「我一直以為你是員武將，沒想到你也懂吟詩作賦？」

我矜持道：「略懂。」

曹操道：「這首詩最後的意思，是說我敗給了周瑜？」

我說：「這首詞是後人所作，全名叫《赤壁懷古》。」

曹操不以為然道：「語句是很漂亮，但多半又是那諸葛村夫假托後人矯作，為的是動搖我軍心。」

我語重心長道：「丞相，久賭無贏……呃，勝敗乃兵家常事，過於自信可不好啊，西楚霸王勇冠古今，照舊免不了垓下一敗……」

黑虎回頭瞟了我一眼。

曹操道：「那也要看具體情形，我攜天子之威，坐擁荊州水軍，又值西風盛行，可謂占盡天時地利人和，怎麼可能輸給一群荒蠻邊卒？」

我見他似乎不屑和我爭辯，也就不再多說，三國的人都牙尖嘴利的，還是讓曹小象教育他老子吧。

不多時到了北魏，在出口處的檢查因為曹操沒有簽證，差點被拒之門外，幸好那有個軍官曾追隨花木蘭抗擊匈奴因而認識我才搞定。

花木蘭家，賀元帥也在，倆人正在院子裡交談什麼，我們作別了黑虎，我領著曹操往裡一走，花木蘭笑道：「喲，真是說曹操曹操就到啊。」

曹操納悶道：「說我做什麼？」

我笑道：「你已經被評為全世界跑得最快的人了。」

曹操左右看看，小心翼翼地問我：「沖兒他……」

花木蘭手一揚：「來了！」

我們一起回頭，只見一個健壯的小夥子身旁，曹小象騎在一匹小紅馬上，正在清點他們打到的獵物，他無意中往院子裡一掃，猛地愣住了；曹操此刻也是呆立無語，父子二人默默相對，就像被點了穴一樣都僵在當地。

賀元帥在曹操肩頭推了一把，溫和道：「孟德兄，去看看是不是你兒子。」

下一刻，曹操飛快地往前跑著，叫道：「沖兒！」

曹小象也跳下馬，乍著一雙小手道：「爹爹。」

曹操一蹲身，二人摟在一起，曹小象嗚咽不止，曹操老淚縱橫，此情此景，旁人無不黯然又繼而欣慰，花木蘭和賀元帥都回避在一邊。

花木蘭她弟弟看了一眼相擁而泣的父子倆，背著手道：「我去磨刀。」

我趕緊跟曹操解釋：「別多心，他磨刀是準備殺豬用的。」

呂伯奢滅門慘案事件可不能再演一遍了，幸好老曹和小曹抱在一起什麼也顧不上，只一個勁嗚嗚的哭，最後還是我把兩個人分開，一手牽一個，說：「也別光哭了，父子倆找個地方好好聊聊——老曹，我知道你疑心重，順便好好看看這是不是你兒子。」

曹操抹著眼淚道：「不用看，就是我兒子！」說著。還是忍不住在曹小象頭頂上比了比，疑惑道：「沖兒，你好像比以前高了不少。」

曹小象哽咽道：「爹爹，我已經十三歲了……」

我把兩人拉進一間廂房，最後囑咐曹小象道：「兒子，別忘了說赤壁的事。」

曹小象很懂事地道：「知道了爸爸。」

曹操聽我們彼此這麼稱呼，回頭詫異地看了我一眼，我臨給他們關門的時候就聽曹操的聲音：「你怎麼管他叫爸爸？」

曹小象的聲音：「小強爸爸也可疼我了……」

我感慨萬千，就蹲在院子裡點了根菸看花木力磨刀，花木力邊磨邊衝我笑：「強哥是吧？老聽我姐說起你們呢。」

我把菸盒掏出來衝他比劃，花木力搖手：「不會。」

花木蘭從後面踢了我一腳道：「不許教我弟弟學壞。」

我故意氣花木蘭，跟花木力說：「過段時間哥領你四處玩去，待這地方有啥意思，晚上八點就熄燈，哥帶你上大唐和草原把妞去，你這模樣，這條件，姐姐又是副元帥，什麼妞泡不上啊？」

花木蘭氣得直跺腳，花木力憨厚地傻笑。這時從正屋轉出來一對老夫妻，老太太滿頭白髮十分慈祥，老頭一看就當過兵，年紀不小腰板還很直，老太太笑瞇瞇地跟我說：「小強，你認識的人多，有合適的給我們家木蘭介紹一個。」

花木蘭臉紅道：「又來了，這事我自己處理。」

老頭瞪眼道：「哪有廿七歲的姑娘還待在家裡的？」

花木蘭伸手塞上耳朵，賭氣地跑了。

我笑道：「大爺大媽，別著急，在我們那廿七歲沒結婚的姑娘多得是。」

花大爺嘆氣道：「我嘴上說她，心裡有愧啊，要不是為了我……」

我趕緊擺手：「一家人不說這話，再說，我木蘭姐現在功成名就，除了武則天，女的裡頭誰也趕不上她。」

花大爺道：「那有個屁用，女人家，相夫教子才是正業。」

我陪笑道：「我一定上心，二老想要個什麼樣的女婿？」

老頭看看老太太，小聲嘀咕道：「你說找個什麼樣的？」

老太太道：「反正不能再找軍人了，要不以後誰顧家？」

老頭點頭道：「那就找個教書先生——小強，你認識教書先生嗎？」

我得意道：「我就是管教書先生的。」

老頭喜道：「那這事可就拜託給你了——木力啊，記住，小強就是咱家的貴客。」

從花木力磨刀一直到後來肉都快煮熟了，大小曹父子倆才算告一段落，曹操從屋裡出來，眼睛通紅，情緒激動，不停擦鼻子，他看見我以後，捏了捏我的胳膊道：「以後就讓沖兒叫你爸爸吧，雖然他也是你兒子，可我這個親爹還是要感謝你。」

我訥訥道：「那個丞……相啊……」我也不知道該喊他什麼了，雖然剛才喊過他老曹，可人家身分在那擺著呢，這麼喊合不合適呢？

曹操佯怒道：「還叫我丞相？照你們那的規矩，就喊我聲哥吧——操哥。」

「呃……還是叫你曹哥吧。」

曹操嘆氣道：「赤壁的事，沖兒跟我說了，想不到我會輸給一陣風，你的意思想讓我怎麼辦？」

我說：「撤兵！」

曹操意外道：「撤兵？我覺得改個時間進攻也不錯。」

我頓時出了一身冷汗，事先我怎麼沒想到呢？所謂萬事俱備只欠東風，曹操確實是輸給了一陣風，在知道這個前提以後，他更改作戰時間，那後果就又難說了……

我緊張道：「曹哥，其實這一戰輸了對你沒什麼壞處，打水戰你確實不如東吳，你要是一味強打，很容易把孫劉兩家真正的聯合起來，三國鼎立的局面一旦被破壞了，很可能也會觸怒天道。」

曹操道：「這麼說，你一定要我撤兵？」

我只好說：「恐怕是這樣。」

曹操回頭看看屋裡的曹小象問我：「沖兒……我能帶回去嗎？」

我搖頭：「絕對不行，他這輩子不能再回三國了，不過你放心，在這三個月裡，我會創造一切條件讓你們父子在別的朝代見面。」

曹操不再多說，一拍我的肩膀道：「我回去就撤兵。」

這時花木蘭喊我們：「開飯了。」

曹操領著曹小象前面走，花木蘭走到我跟前，微笑道：「這個老曹，要不是怕兒子在你這受了虧待，只怕真的會繼續攻打東吳。」

我小聲道：「不至於吧？」

花木蘭道：「那你以為他為什麼想把小象帶回去？」

我嘆了口氣：「以後再不跟三國的人打交道了。」

晚飯就由花木蘭陪同我們父子三個吃，大小曹大悲之後開始大喜，席間曹操滿腔愉悅，使勁跟我套交情，聽說花木蘭是北魏的副元帥，還一個勁忽悠著她跳槽到自己那邊幹，曹小象不時跟老曹說幾句自己在育才的見聞，這是一頓充滿親情的飯。

飯後，曹操拉著我的手說：「小強，今晚咱哥倆睡吧，我要跟你促夜長談。」

我拼命搖手：「不行不行，不跟你睡！」

「怎麼了？」曹操奇怪地問。

「我夢裡也好殺人！」

曹操臉一紅，我笑著跟他說：「開個玩笑，你還是好好陪陪咱兒子吧，明天說什麼你也該走了，赤壁之戰沒幾天了吧。」

曹操道：「對了，我撤兵容易，那些戰船怎麼辦呢？足有好幾千條，再一把火燒了？」

「別呀，太污染環境了。」

「總之，我不想它們落在東吳手裡。」

我說：「這樣吧，兵道你不是也見了嗎？我幫你聯繫聯繫都賣給朱元璋吧，他那的人出海用得著。」

曹操痛快道：「到時候賣的錢都歸你。」

我笑道：「給你手下那十五萬士兵當盤纏吧，他們需要錢。」

曹操點頭道：「你是他們的恩人！」

第二天一到，分別的時刻也到了，曹小象眼睛裡轉著淚，依依不捨地跟在我們後面，我揮手道：「回去吧，讓你爹爹把船賣了就再來看你。」

曹操直看著曹小象走沒影了，這才跟我說：「小強，我聽說你也是有基業的人，而且弟妹也快生了，我知道你一直也很疼沖兒，但是我還是有一句話要說。」

「說吧。」我怎麼感覺怪怪的呢？

曹操正色道：「弟妹一旦生的是男孩，我勸你早立他為太子，這樣對你好，對沖兒也好，沖兒性情謙淡，絕不會和弟弟爭權奪勢……」

我再也忍不住了，跳腳道：「老曹，我對你有意見！」

曹操怔道：「我怎麼了？」

我叫道：「你能不能不要把人想那麼複雜，立什麼太子呀，我就一剛脫貧的二混子罷了！」

曹操見我這麼說，抱歉道：「是我多心了，為兄告辭。」

我指著他道：「你等會。」

「怎麼？」

我拍著腦袋說：「昨天想起個什麼事要跟你說呢——對了，你那有個郎中叫華佗的，就算你不想做手術也別殺他，不管手術成不成，其實喝了麻沸散至少不會很疼。」

曹操驚奇道：「小強連醫道也懂？」

我微微一笑：「懂得一點。」

送走曹操，我尋思著再開一條兵道直接回夏口，我可不想再坐船回去了。

花木蘭道：「現在大家都差不多安頓好了，你看老吳那是不是也該去一趟了？」

我摸著下巴道：「我正琢磨這事呢，老吳現在是雲南王吧？好地方啊，四季如春。」

花木蘭道：「他應該已經稱帝了，那就是雲南王。」

我說：「嗯，我想辦法吧，至於給我找個姐夫的事……」

花木蘭笑眯眯道：「你要不想被列進我北魏的黑名單就趕緊滾！」

……

我讓劉老六另開兵道回到夏口，一出去就見隔江曹操在拔營，關羽站在江邊瞭望，見我來了，笑道：「小強真是厲害，三言兩語就把曹操勸退了。」

我嘆氣道：「可沒那麼容易，我搭進去半個兒子呢。」這屬於典型的捨不得孩子套不著狼。

關羽拉著我道：「走，我再給你引見兩個人。」

「誰呀？」

關羽呵呵一笑：「有個你一直想見的傢伙。」

我心一提：「子龍？」

說話間進了中軍帳，劉備和張飛都在，劉備的右首坐著一位儒雅的中年謀士，輕搖羽扇，神情淡然中透著幾分睿智，不用問，這肯定是大名鼎鼎的諸葛軍師了，在他身邊側立一員年輕將領，身姿挺拔，手按寶劍，再看臉上，是健康的巧克力膚色，兩條長眉直插鬢角，有一股說不出的俊秀和英武之氣。

關二哥笑道：「子龍，你的粉絲看你來了。」

那小將一愣：「什麼粉絲？」

我不由分說，一個箭步躥到他跟前，摟住他的肩膀扭臉問眾人：「我們哥倆像不像？」

趙雲愣了一下這才轉頭看我，懇切道：「這就是小強哥吧，主公和二哥三哥他們經常叨念你呢。」

話說咱除了美女，帥哥也見過不少，金少炎不算，花榮和羅成也是武將出身，但趙雲就是趙雲，與那兩人相比，趙雲比花榮多出幾分真正的行伍氣概，卻又比羅成敦厚了幾分。

這三個人站在一起，花榮就是個武藝超群的土匪，羅成更像是被慣壞了的紈褲子弟，小將趙雲端的是老成幹練，氣度卓然，是真正軍人的典範，難怪寫三國必寫趙雲啊！

不過二哥真是沒騙我，大帥哥趙雲還真是一個黑臉將軍，不過人家黑得健康，黑得性感，這要往廿一世紀的大街上一扔，估計無數少女一定很願意跟趙帥哥發生點什麼……

趙雲謙遜道：「小強哥比我白淨多了。」

這時，一直沉默的諸葛亮說話了：「小強兄弟，亮昨日蒙主公召回，言道曹操必定退兵，今日一看，果不其然，亮愚鈍，實在猜不透你跟曹操說了什麼，還望賜教。」

諸葛亮說話了，我不敢怠慢，可是理了理思緒，才發現實在是無從說起，這裡面的曲折，除了關二哥明白，很難跟其他人說清道明。

我支吾了半天也沒說出個所以然來，劉備道：「軍師莫非怕其中有詐？」

諸葛亮看了我一眼道：「雲長的朋友我自是信得過的，可那曹操狡詐多計，我惟恐他利用這個機會正好掩人耳目，來一個明修棧道、暗渡陳倉啊。」

雖然他把我的嫌疑摘出去了，可還是不相信曹操能就此退兵，當然，這也不能怪他，當軍師的，尤其是當到他這個級別，一語一行都關係重大，遇事不多想幾步，他也就不是諸葛亮了。

就在這時，忽有探子來報：「稟告主公軍師，曹操連拔水寨數十里，全軍望北退去了。」

諸葛亮一下站起來道：「真走啦？」

我們一干人連忙跑到外面一看，只見對面江上已經是空空如也，戰船都被拆成一片一片的帶走了，先時還隱約能見旗幟飄揚，漸漸只餘下一片空地，我偷眼觀瞧諸葛亮想看看他怎麼說，卻見他仍是緩搖羽扇，依舊不發一語。

這時大夥都在等他發言，諸葛亮頓了一會兒，忽然捅捅身邊的趙雲：「子龍，曹軍動向如何？」

趙雲失笑道：「回軍師，子龍實在是看不見了。」

諸葛亮點點頭道：「這麼說是真走了？」

我差點跌倒——我說他怎麼那麼淡定呢，敢情和吳用一樣是個近視眼！

第五章

錦囊妙計

諸葛亮把寫好的絲絹封進一個小包裡道：

「亮有一錦囊妙計在此，子龍連贏三場之後，小強可觀之再做計較。」

我忙不迭地伸手去接，諸葛亮卻把錦囊交給了趙雲，

隨即又拿起羽扇搖著，高深莫測道：「你們這就去吧。」

我們正準備回去，忽聽江對岸轟然如雷鳴般的聲音響起：「謝小強救命之恩！」直喊了十幾遍，這才恢復寂然。

關二哥一拽我低笑道：「曹操在討好你呢。」

諸葛亮喃喃道：「曹操真的被小強三言兩語就嚇跑了？」

我不好意思道：「也不光是嚇，這裡邊還有動之以情的事。」

諸葛亮繼而駭然道：「嚇跑也就算了，居然還能讓他承你人情——亮嘗聞『胸中自有十萬甲兵』，小強更勝之，亮自愧不如也。」

關羽笑著把我拉在一邊問：「下一步有什麼打算？」

我說：「我想找老吳去。」

關羽拍頭道：「就清朝還是明朝那個吧？」

「……是，先是明朝，後是清朝那個。」

「準備怎麼去？」

我撓頭道：「正為這個犯愁呢。」

「怎麼了？」

「老吳那我不熟，怎麼給他吃藥我還沒想好呢。」

關羽一拍我：「我當什麼事呢，現成的諸葛亮在那擺著你不用？」

我也笑了，是啊，咱們的諸葛軍師可是前知五百年後知五百載……呃，不過清朝距現在可不止五百年了。

關羽把諸葛亮拉過來道：「軍師，小強有事要找你幫忙。」

諸葛亮連連拱手道：「客氣客氣，憑小強的能為該是亮多請教才是。」

我死死拽住諸葛亮的手道：「軍師，客套話我就不多說了，事態緊急，關係到五萬人的性命，我就什麼實話都說了吧——我其實是來自一千多年以後的世界，某一天，我那來了一個不速之客，此人臥蠶眉單鳳眼，對，這人就是二哥……」

諸葛亮本來是笑瞇瞇地搖著扇子，這時一失手，羽扇落地，手還在來回晃著，表情僵硬道：「等等……我混亂了，也就是說，我們生活的時代在你看來已經是一段歷史？」

我握著他的手使勁搖：「您的智力絕對有一八〇！」

「那這三分天下……」

我說：「你，我，二哥，現在就咱仨明白這是大勢所趨。」

關羽笑道：「我還知道華容道是你有意安排的，不放跑曹操嚇唬孫權，就沒咱的蜀漢。」

諸葛亮沉默無語，良久黯然道：「雲長啊，以後主公就全靠你了，我還是回去種地吧。」

我失笑道：「別啊，項羽重回楚漢不是照樣又敗在韓信張良手下，您總不成連那倆也不如？」

諸葛亮這才稍拾信心，撿起扇子道：「你說有事要問我？」

我把天道、過剩人口和開兵道的事情籠統跟他一講，最後回到怎麼給吳三桂下藥的問題上，諸葛亮恍然道：「曹操的那一聲謝原來是由此而來，那吳三桂的人品性情如何？」

我想了想說：「很複雜，有點像魏延。」

關羽趕緊跟諸葛亮解釋：「魏延是咱以後收的一個將領，反骨仔。」

「也就是說這人有點反覆無常？」

我點頭道：「老頭還有點敏感，做了錯事，自己再後悔，人也不能說。」

諸葛亮微微點頭，道：「要想接近一個人，就要投其所好——秦始皇當初肯見你，是想求長生不老，劉邦是希望招募人才，那麼小強據你分析，吳三桂現在最需要的是什麼呢？」

我茫然道：「什麼呀？老頭什麼都不缺呀。」

諸葛亮看我傻乎乎的樣子，一種智力上的優越感油然而生，篤定地一敲桌子：「兵力！他最需要的是兵力，我聽你說，老吳以一隅戰全國，必然兵力吃緊。」

我忙問：「那怎麼辦？」

諸葛亮微微一笑：「這次只怕要辛苦子龍一趟了。」

趙雲向前一步道：「請軍師下令。」

諸葛亮抽出一枝毛筆，在紙上刷刷點點寫著什麼，一邊道：「子龍，你帶五百兵丁隨小強去見吳三桂，只說爾等是前去投誠的。」

我抱歉地向趙雲道：「不好意思啊，第一次見面就讓你接這麼個活兒。」

趙子龍畢竟是三國唯一的常勝將軍，又是我偶像，初次見面沒給人家帶來什麼好處也就算了，反讓他幹起了投降的買賣……

趙雲溫和笑道：「沒關係，你於主公有恩，那就是於我有恩，子龍萬死不辭。」

諸葛亮繼續道：「時世艱難，那吳三桂必疑你等有詐，子龍可亮槍一戰，只許勝不許敗，吳三桂能否誠心接納，就看你的了。」

趙雲抱拳道：「遵令！」

我急道：「那怎麼給他下藥呢？」我們又不是真去投誠的。

諸葛亮這才把寫好的絲絹封進一個小包裡道：「亮有一錦囊妙計在此，子龍連贏三場之後，小強可觀之再做計較。」

我忙不迭地伸手去接，諸葛亮卻把錦囊交給了趙雲，隨即又拿起羽扇搖著，高深莫測道：「你們這就去吧。」

我只好來在外面等著。趙雲點齊人馬前來和我相會，我見左右無人，湊上前去低聲道：「子龍！」

「啊，小強哥有什麼吩咐？」

我賊眉鼠眼地說：「軍師給你那個錦囊呢，咱先看看寫的啥唄。」

這傳說中的錦囊妙計我可以說久仰了，本來赤壁打完，劉備過江娶親就有好幾個預備著給他呢，諸葛亮囑咐趙雲不到緊急關頭萬不可提前開啟，可我就不信這個邪，事先打開看看就能失效？我要以身作則破除迷信！

趙雲噗哧一聲樂了，我納悶道：「你怎麼了？」

趙雲板了板臉，仍舊帶著笑意說：「臨行前，軍師把我叫到近前跟我說：『一出此帳，小強必欲索錦囊先觀之。』」

我尷尬道：「嘿嘿，然後呢，軍師怎麼說？」

趙雲掏出一個包來道：「軍師也給了我一個錦囊，說等你要那個錦囊的時候，讓我先看我這個錦囊……」

我一陣頭暈，急切道：「那快看看你這個上寫的什麼。」

趙雲打開他那個錦囊，背轉身看了一眼，我抻長脖子想偷窺幾眼，沒想到趙雲很快回過身來把錦囊拍在我手裡道：「你自己看吧。」

我激動難抑，拿過來一看，只見上寫四個大字：

「不能給他！」

趙雲點齊人馬等在一邊，我拿出電話打給劉老六：「幫我開個從夏口到吳三桂那的兵道，現在就要，快點。」

劉老六哼哼著說：「好歹我也是個神仙，怎麼最近這段時間老被你使喚得像個專給你買打折機票的小秘似的？幸好再有三個月就不用和你打交道了。」

我詫異道：「你也要走啊？」

劉老六道：「廢話，爺爺是來扶貧的，你以為我賣給你了?!」

我多少有點失落，劉老六雖然人不怎麼樣，畢竟幫過我不少忙，再說，他怎麼也算我半個上級，這種能隨便罵他「老王八」的上級實話不好找。

我說：「還有個事，我把老吳找回來，讓他領五萬人跟我走，那這些人還能不能回去？」

劉老六道：「過幾天康熙就去你那了，這事你跟他商量，一年以後等他回去，可以效仿項羽劉邦嘛。」

我頭疼道：「還沒問你呢，秦舞陽也馬上該回去了，到時候是不是還得刺一次秦？」這個問題困擾我不是一天兩天了。

劉老六道：「到日子你把他從兵道送回秦朝就行了。」

我欣慰道：「這倒不錯……那康熙怎麼辦？」

像秦舞陽這樣英年早逝的還好辦，大不了回去以後換個名字和身分接著活，康熙當了六十多年皇帝，死時候多大了？難道到時候也像秦舞陽那樣？那不是送回去一個老糊塗嗎？還有，秦瓊他們也不能走兵道，雖然同為一個人，可他們這個身分在唐朝還有對應的實體，回去不得打架？

劉老六道：「你管那麼多幹什麼，不願意走兵道的我自有辦法，反正那一年等於是送給他們度假的，大不了我送他們回去的時候不給他們喝孟婆湯，一覺醒來，這一年的記憶不失，不過像做了個夢一樣。」

「那就是眼睛一閉，一睜，一年過去了——」

「嗯，差不多。」

「兵道不是三個月以後就關嗎，康熙還有一年才回去，黃花菜都涼了。」

劉老六不耐煩道：「你是想救他們的命還是先顧及他們的鄉愁，你自己看著辦吧。」

我小心道：「三個月以後我出不去了，咱那些位陛下們再有什麼意外，誰出任務？」

劉老六道：「不會再有意外了，三個月以後天道完全恢復平靜，這段被老何推倒的人界軸就會脫離它的視野，就像一根樹枝脫離了大樹一樣，他們想怎麼活就由他們去了。」

我驚奇道：「這麼說，三個月以後他們就可以不按集點表辦事了？」

「是。」

我擊拳道：「那這幫傢伙爽了——可是歷史被篡改了怎麼辦？」

劉老六道：「哪還有什麼歷史？歷史是已經過去的事，在歷史上，劉邦項羽還是敵人，可現在的他們是和你並列存在的。對了，你可以把他們看作是真正的外國，這也算脫離天道的一個好處吧，他們再把誰的腦漿子打出來也沒人管了。當然，壞處也是這個，誰把他們的腦漿子打出來也照樣沒人管。」

我說：「那秦始皇的長城還修個什麼啊，讓他趕緊停工，還省不少錢呢。」

劉老六笑道：「修起來當個風景也是好的嘛，而且據我所知，那麼多人幫著他一起修，三個月以後也差不多該竣工了。」

我抓緊問道：「那小胡亥會不會再碰上一個項羽？」

劉老六道：「歷史已經不復存在，項羽這個人在胡亥長大以後不會再出現，可是你要提醒胡亥，如果他還那麼昏庸殘暴，必定會再有一個王羽張羽出來反抗他，這就叫哪裡有壓迫，哪裡就有……」

我說：「行了行了，趕緊開兵道我好去找老吳，輪得著你給我上課？」再說，不按集點表的話，那皇位還說不定是不是他繼承呢。

劉老六忿忿道：「你個過河拆橋的傢伙！」

我說：「最後一個問題，以後從歷史上來的人要和人界軸上這幫人重複了怎麼辦？比如那邊的韓信被劉邦殺了跑這邊來？」

這是三個月以後將面臨的問題，以前歷史和人界軸還是統一的，那脫離了天道以後的這段人界軸將完全獨立，以後歷史是歷史，人界軸是人界軸，就像扁擔的兩頭一樣……

劉老六擦汗道：「為什麼你今天的問題都這麼犀利呢？」

「我這也是對客戶負責。」

劉老六道：「你這個問題非常尖銳，不過，幸好你將接待的客戶也不多了——你以為閻王爺能搞錯多少人的名字？除了康熙，也沒什麼特別大的人物了，我把司馬遷給你安排在最後，幫你寫個育才本紀什麼的也就完了。」

掛了電話，我說不上是高興還是失落，高興的是三個月以後，我的客戶們將徹底脫離天道的擺佈，他們可以過上幸福的生活了，失落的是，那時他們好像也就不再需要我了。

我感慨萬千，一邊的趙雲道：「小強哥，你怎麼了？」

我看看他，嘆道：「等這事完了以後，咱們最好把你主公和孫權曹操他們找齊，開個首腦會議，大家各活各的多好，打什麼打呀?!」

這時，我們面前兵道已開，我帶著趙雲和五百兵丁直奔清朝康熙年間。

在路上，我問趙雲：「子龍，你這輩子真沒打過敗仗？」

趙雲笑道：「小強哥說哪裡話來，我才打過幾仗啊？」

我撓頭道：「也是。」

我感覺挺對不起趙雲的，別人到我去找他們的時候，該風光的都風光過了，趙雲這才初下常山不久，劉備有關羽和諸葛亮幫著，赤壁之戰後不難再拿下西川，到時候三國鼎立我再從中斡旋，這仗也就不用打了，趙雲的戎馬生涯也就到頭了，只能安安穩穩的當個普通軍官……

我說：「子龍啊，強哥對不住你，只怕你以後再也沒仗打了。」

趙雲笑道：「沒仗打還不好？子龍發願跟隨主公征戰天下，還不是為了有朝一日能過上太平的日子？」

我瞠目結舌道：「你怎麼能這樣呢，你可是趙雲吶！」

趙雲莫名其妙道：「這樣不對麼？一個人如果為了喜歡打仗而打仗，那他不是……」

說到這，趙帥哥找不出合適的形容詞，我接口道：「心理變態？」

趙雲道：「對，心理變態──這個詞用得真好，難怪二哥和軍師都服氣小強哥。」

哇，沒想到啊，常勝將軍趙雲還是個反戰派！不過他說得也對，正常人誰願意每天打打殺殺的啊。

從三國往清朝走，這路可不是一般遠，我看有體質弱的已經支持不住了，忙揮手止住眾人，趙雲奇道：「小強哥你幹什麼？」

我說：「弟兄們都走不動了。」

趙雲感覺臉上無光，不自在道：「怪我平時督軍不嚴。」

我笑道：「沒關係，咱們租馬走。」

不等趙雲再問，我們已經進入了主兵道，這裡車水馬龍異常紅火，我隨手拉住一個背上印著「大漢車業」的人問：「你們附近有租馬的嗎？」

那人一指對面：「那有我們的分行。」

趙雲和他的五百兵丁面面相覷，好奇不已，我把他們領在「老王家泡饃」，跟他們說：「你們先吃飯，我去找馬。」

這「老王家泡饃」是王賁他們家開的，秘方是多國部隊合圍金兀朮那會跟趙匡胤部隊裡的陝西人學的，雖然秦法政府官員不得經商，但王賁的買賣得來的錢基本全用作了部隊給養，嬴胖子也就睜一隻眼閉一隻眼了。

我來到大漢車業分行，跟那個管事說：「給我找五百匹馬，要最好的。」

那管事一見我急忙行禮：「並肩王！」他一邊開單一邊問：「蕭王這是要去哪啊？」

我說：「清朝。」

管事咬著筆管道：「清朝？這名字陌生得很，我們在那邊怕沒分行呀。」

我說：「別廢話，我這個大並肩王還能訛你幾百匹馬不成？我給你簽單，要是不回來，你找陛下索賠去。」

管事一聽有理，忙給我開票，等備好了馬，趙雲和一干蜀兵都吃飽了，我跟泡饃館的掌櫃喊：「再給每人拿五個鍋盔。」

掌櫃顛顛跑過來道：「好說，您看單是簽在蕭公館名下，還是齊王名下？」

我笑道：「看你方便吧。」

這個咱懂，要開在齊王名下屬於公款吃喝，價位不一樣，開在蕭公館名下能給打折，不過沒發票……

我帶著五百吃飽喝足的兵，上了馬，一路狂飆，士兵們興高采烈道：「跟著小強真好！」

不一時到了兵道口，我回身囑咐：「一會兒大家看我招呼，情形不對咱就跑。」

吳三桂那的情況我還摸不清，萬一打起來，我可不想吃眼前虧，諸葛亮不是都說了麼，老傢伙肯定得疑心我們，三藩造反是他挑的頭，老漢奸在風口浪尖上呢。

趙雲愕然，他大概是想不到「情形不對咱就跑」這種話能從一個統帥嘴裡說出來。

出了兵道口，這地方果然是鳥語花香的人間勝境，在我們面前是一座宏偉的宮門，門口站立兩大排衛兵，門匾上三個大字：「昭武宮。」

我們這一出現，那些衛兵頓時一陣騷動，馬上各拔兵器對我們怒目而視，已有人跑向皇宮內，片刻就聽裡面有整齊有力的部隊行軍腳步臨近。

老吳治軍有條，果然名不虛傳，一眨眼的工夫，皇城大開，大約五千軍隊把我們圍了起來，一名後出來的將領厲聲道：「你們是什麼人，竟敢擅闖皇宮？」

我高舉雙手道：「別誤會，我們是來向陛下投誠的。」

那將領掃了我們一眼，目光漸漸迷惑——我們這幫人，除了我，一個個汗流滿面盔歪甲斜，可還有統一的兵服；要說是一幫流寇，又不大像，所以那將官很是不得要領。

這時趙雲手下幾個士兵實在熱得受不了了，把帽子摘下來扇風，那將領如遭電擊一般喝道：「你們為什麼不留辮子？」

我嚇了一跳，把這事給忘了，在清朝，留髮不留頭嘛，可是我轉眼一瞧，他也是一頭古代男子的普通長髮，不禁道：「你不是也沒留麼？」

那將領喝道：「廢話，我們堂堂大周子民豈能跟韃子相提並論？」

我嘿嘿笑道：「我們不也馬上就是大周子民了嗎？」

那將領沉著臉不說話，過了一會忽對身邊士兵吩咐道：「去，看看他們的頭髮是真是假。」

幾個吳兵朝我們走來，看樣子是想摸摸我們的頭髮，趙雲的士兵們都用目光詢問我的意思，我咬咬牙道：「讓他摸！」

那些吳兵隨便摸了幾個，叫道：「是真的。」

那將領看我們的目光越發疑懼，凝神道：「你們到底什麼來路？」要知道，在清朝除了吳三桂的地盤，你留著頭髮是寸步難行的，更別說我們一幫人這麼惹眼。

我語結道：「我們……」

那將領眼光牢牢盯住我，我額頭汗下，猛然福至心靈，「我們……我們一直反清復明來著！」

那將領聽了這句話稍微一愣，但神色明顯不那麼嚴肅了，他又問：「那你怎麼又想起來投奔我們了呢？」

我調整了一下思緒，道：「我們開始一邊反清一邊復明，可是後來吧我就想，就算復了明也沒什麼意思，再說，老朱家的人也不知道死哪去了，咱周皇畢竟還是漢人，所以我們就決心保周了。」

那將領看樣子也不太信，又質問道：「那如果你現在有朱家人的下落了，是不是又要反周保明了呢？」

真不愧是吳三桂的手下，這叫一個未雨綢繆啊！

我攤手道：「大哥，別扯沒用的了行嗎？為了保住這點頭髮，你知道我們跑了多遠的路嗎？怎麼說我們也是有信仰的人吶！」

那將領險些笑出來，再說話時已經和善很多，道：「你們等著，我去通報陛下。」

等他走了，趙雲一拉我，悄悄問：「小強哥，明朝是什麼朝啊？」

我低聲道：「別多問，一會兒全靠你了。」

趙雲點點頭，喃喃道：「當初二哥千里護嫂，雖為曹操所困，仍舊心念主公，最後不惜過五關斬六將掛印封金，你剛才那個問題要讓他回答，只怕我們現在早死了。」

那將領進去後不久，忽聽內城裡連聲炮響，把我嚇得一個趔趄，趙雲急忙扶住我問：「什麼東西？」

我忿忿道：「是大炮，這老東西給咱們擺排場呢。」

一時間城門大開，吳三桂身著黃袍，在眾將的擁護下緩緩而出。老傢伙比從我那走的時候看上去精神多了，那句話說得沒錯，權力是男人最好的保養品，老東西每一條皺紋都顯得神采熠熠的。

吳三桂出了城門，往我們這邊掃了一眼，負手微笑道：「你們是來投軍的嗎？」

我陪笑道：「是。」

老傢伙微微點頭，似乎頗為欣慰，我剛一放鬆，想不到老傢伙陡然變色道：「是康熙那小兔崽子派你們來詐降的吧？」

趙雲小聲道：「還真讓諸葛軍師料到了，他懷疑我們。」

這個說實話我也料到了，別看老吳現在意氣風發的，可誰都明白要論打，康熙的實力比他強不是一點半點，這時的滿八旗還可以稱得上是世界最精銳的部隊，加上康熙對全中國的懷柔政策，人心所向，漢人都不願意幫他，人家反清復明那幫更是恨他入骨，老吳現在整個一個全民公敵。在這個節骨眼跑來投誠，除了缺心眼，就只能是別有用心了。

我仰天一笑：「我還以為陛下正在用人之際必定求賢若渴，想不到也是一個唯唯諾諾之輩，是我看錯了人——子龍，我們走。」說著，我領著眾蜀兵就要轉頭。

「且慢！」吳三桂臉上帶笑道：「脾氣還不小，我只不過是隨便問問而已，壯士不必介懷。」

我氣哼哼道：「士可殺不可辱。」

吳三桂道：「那我問你，我憑什麼相信你們不是來使詐的？」

我隨手一指趙雲：「就憑我這個兄弟，我兄弟一桿神槍古今無敵，我們要想升官發財，直接投靠康熙去好了。」

趙雲拉了拉我小聲道：「小強哥，是不有點過了？」

我也低聲跟他說：「沒事，哥說你無敵你就無敵。」

吳三桂果然眼睛一亮，上下打量著趙雲道：「這年輕人有那麼厲害？」

我挑釁道：「不服你試試！」

吳三桂身邊一員大將怒道：「放肆！」

吳三桂毫不在意地笑笑，隨即吩咐道：「校軍場點兵，全體將領集合，咱們來觀摩觀摩這位無敵小將軍的槍法。」

趙雲仍不忘謙遜道：「那是小強哥謬讚。」

吳三桂一生帶兵，皇城內就是最大的校軍場，他一聲令下，兩萬精兵瞬間集合完畢，一干將軍都盔明甲亮地環繞在他周圍。

老傢伙落座點將臺，用手指點我們這邊道：「眾將，那邊是前來投誠的兩位壯士，據說那員小將槍法神勇，爾等誰願出馬與他印證一番，勝者有功負者無罪，咱們戰後一併獎賞，也好讓世人知道我吳某一向是唯才是舉，心無偏袒。」

呵斥過我的那名將軍起身抱拳道：「臣願拋磚引玉，請陛下恩准。」

吳三桂滿意道：「准了，王將軍隨我征戰多年，武藝我向來信得過，不過你要記住，這只是私下切磋，點到為止即可。」

王將軍一躬身，下了點將臺綽刀上馬，三聲炮響之後躍馬場中，端的是威風凜凜。

我小聲嘀咕道：「媽的，老漢奸，嘴上說沒有偏袒，他的人出來就有炮打，咱的人出場連個屁也沒給放。」我看看正在整理馬肚帶的趙雲說：「子龍，別緊張，心態放平和。」

趙雲笑道：「我理會得，子龍年紀雖小，跟人交手也不是一次兩次了，看他握刀的姿勢，恐怕比二哥差了不是一頭半頭。」

我見他說的成竹在胸，放心道：「嗯，去吧，給他點顏色瞧瞧！」

趙雲上馬，把槍橫在身前，氣勢眼神頓時不一樣了，黑臉小帥哥馳馬場中，抱拳道：「前輩請！」

那王將軍也不客氣，舉起大刀兜頭就劈，趙雲這時還保持著行禮的樣子，眼看連槍都不及拿起，他輕扯轡繩，那匹馬悠閒地往前溜達了幾步，王將軍一刀就此劈空。

二人肩並肩這麼個工夫，趙雲拈起長槍向旁一穿，槍尖從左邊上刺過王將軍的胸甲，槍頭便從右邊露出來，不過看樣子是未傷及他的皮肉，趙雲手一提，王將軍就被插上了天，然後順著槍桿出溜下來，趙雲在馬上把他接住，自他甲裡抽出槍身，把他放在地上，又一抱拳道：「承讓了。」

我們都看傻了！這兩人從開始到結束，幾乎連一分鐘也沒用，王將軍的刀還沒落下呢，就被趙雲穿了糖葫蘆，嚴格說來，這只能算半招。與其說這是一場比武，更不如說這就像大人和孩子做的遊戲一樣——小孩撒嬌要抱抱，大人就抓起他來丟幾下解悶。

那位王將軍直到兩腳落地了還如在雲霧中，暈暈乎乎地說：「我怎麼下了馬了？」

吳三桂面沉似水道：「喚王將軍回來，誰第二個？」這一仗輸得如此丟人，老傢伙臉上掛不住了。

一員中年將領大聲道：「臣願往！」

吳三桂看看他，大概此人出馬他也覺得很放心，點頭道：「李將軍小心！」

同樣是三聲炮響，李將軍飛奔場上，我一看他的兵器就樂了，這人居然恬不知恥地拿了一把方天畫戟，方天畫戟那玩意是一般人能用的嗎？趙雲生在三國，不可能對這件兵器陌生。

尤其是那李將軍也穿一身百花戰袍，騎在一匹紅馬上，一副目中無人的樣子，他上得場來，自矜身分，拿鼻子對趙雲哼哼道：「看你年紀小，讓你先出槍吧。」

「好！」說話間，趙雲長槍遞出，槍頭鑽在這人方天畫戟耳朵裡，手一揚，這位李將軍的戟就被趙雲放了風箏，遠遠的飛出校軍場，李將軍還保持雙手端戟的姿勢，表情癡呆，良久才道：「我還沒準備好呢……」

趙雲微笑道：「我可以等你。」

我把手捲成喇叭大喊：「真有臉嘿，你要好意思就撿回來接著比。」

吳三桂氣得臉色鐵青，一拍桌子道：「你給我滾回來！」

李將軍見主子發了怒，戰戰兢兢地下了馬牽著往回走，一邊兀自不甘地不停回頭，委屈道：「我真的還沒準備好呢……」

吳三桂憤然起身，喝道：「再有損我軍威者，嚴懲不貸！」至於剛才定的規矩，全一股腦忘了。

一個渾厚的聲音道：「陛下勿憂，老臣去和那小將軍切磋切磋。」

說這話的是一位年近六旬的老將，花白鬍子飄灑胸前，神色間不怒自威，吳三桂一見此人說話，不禁也帶了三分客氣：「是趙老將軍，怎麼好勞煩你親自出馬？」

趙老將軍豪邁道：「看這娃娃槍法自成一格，老臣一時技癢，陛下也知老臣祖上和三國時一代槍神順平侯趙雲頗有淵源，我倒要看看這祖傳的趙家槍還能不能為陛下分憂解難。」

吳三桂拉著老趙的手，低聲囑託道：「老將軍啊，咱們可不能再輸了！」

老趙點點頭，瞪了一眼正準備為他鳴炮的士兵，怒道：「滾到一邊去，也不嫌丟人！」王將軍和李將軍滿臉羞慚，一句話也說不出來。

老趙飛身上了一匹白馬，自得勝鉤上摘下自己的兵器，果然是一條亮銀槍，他催馬來到趙雲近前，捋鬍微笑：「娃娃，槍法不賴，跟誰學的？」

趙雲見他年紀蒼邁，恭敬道：「回老前輩，先時曾有幾位老師教過，學了幾招皮毛之後就開始自己胡琢磨了，不成章法，前輩見笑。」

趙老頭滿意道：「嗯，年紀輕輕，難得的是不驕不躁，你若在老夫手下走得五十回合，我便收你做個關門弟子如何？」

趙雲：「……」

我高喊道：「子龍，別理他！」

趙雲一拱手道：「前輩請。」

老趙惟恐再吃了李將軍的虧，忙不迭地抓槍在手，先使一個白龍亮爪分心就刺，趙雲往後一閃，單手持槍還刺回去，老趙一招走空，對面的槍已經馬上到胸口了，急忙回手抵擋，眼看槍桿就要架上槍頭，趙雲手腕翻轉變向再刺。

老頭慌忙撥馬退開，意外道：「咦，你這個單手槍是誰教你的？」

趙雲一頓道：「是晚輩自己琢磨出來的，有什麼毛病還請前輩明言。」

老趙道：「呃……沒有，我年輕的時候使得比你好，現在不成啦，手上勁不夠了。」

趙雲撓頭道：「單手操槍快而長，講究的是技巧和速度，其實和力氣關係不大。」

老趙臉紅道：「這句口訣你也學過啊？」

趙雲道：「這也是我自己想的。」

老趙道：「小娃娃口氣真大，這明明是趙家槍裡的口訣。」

「趙家槍？」

老趙得意道：「你不知道吧，老夫的祖上跟趙雲兄弟相稱，老夫也姓趙，這趙家槍乃是趙雲手把手教與我先人，一代一代傳下來的！」

趙雲好奇道：「不敢問前輩祖上名諱？」

老趙滿臉肅穆道：「先祖上同下福，乃是三國有名的猛將。」

「你說趙同福？」趙雲想了想道：「這人確實和我是同鄉，他也不是什麼將領，是給我們餵馬的，不過我們倒是頗有交情，他一直喊我大哥的。」

老趙目瞪口呆，繼而勃然大怒，吼道：「小娃娃，你欺人太甚！」說著，抖槍玩命一樣扎了過來。

趙雲隨手化解著，一邊解釋道：「前輩別誤會，我說的都是真的，趙同福養馬有個習慣，喜歡把他的名字印在馬身上，這樣不容易弄混，不信前輩可以看嘛。」

老趙哪管趙雲說的什麼，瘋了一樣又戳又刺的，旁人無不失笑，都尋思趙雲這年輕人貌似持重老成，嘴上卻陰損有加。

開始我也以為是趙雲不厚道，可是二馬一錯鐙的時節，我無意中發現趙雲那匹馬的屁股上還真就印著三個字：趙同福——

趙雲騎著一匹叫「趙同福」的馬，跟老趙大打出手，老趙在暴怒之下攻勢密集，那槍點子就像風刮雨淋一般，趙雲端坐在馬上，雖然對付他是遊刃有餘，可是見對方年紀這麼大了還被自己氣成這樣，不免惴惴，也不知道自己哪句話說錯了。

其實老趙生氣多半還是因為自己的偶像被侮辱，他們這些武將都是粗魯之輩，對陣疆場的時候說個「我是你祖宗」之類的挑釁話實屬平常，可對方一個小年輕居然聲稱自己是趙雲，哪能容忍得了。

場上，二趙相鬥，老趙氣勢雖猛，可絲毫奈何不得趙雲，漸漸的，眾人也都看出二人槍法似乎頗為接近，只不過趙雲渾然天成，黑臉小帥哥坐在馬上嶽峙淵停，扎出去的槍線時而柔和，時而剛毅，那條槍在他手裡彷彿加長手臂一樣。

再看老趙，不得不佩服老頭體力是真好，一大把年紀了，掄著個槍還能跟愣頭青似的舞得上下翻飛，可就落了個一個人忙活，半點近不得趙雲身邊，老頭又氣又急，騎著馬滿場跑，趙雲和趙同福配合默契，既不落下風也不步步緊逼，遠遠地望去，就見一個花白鬍子的老頭圍著個年輕後生上躥下跳，大呼小叫，反倒是那少年穩如泰山。

在場的人眼裡都不揉沙子，看出趙雲要不是顧及對手年紀大，老趙早就抵擋不住了，可老趙也不知道是當局者迷還是臭不要臉，左一槍右一槍扎起來沒完，十多分鐘之後終於體力不支……

趙雲小心道：「老前輩，咱們這場就算平手如何？」

老趙上氣不接下氣道：「不……不行，不能就這樣算了……再有二十招，你必敗無疑。」

趙雲雖然厚道，可也不虛偽，撓頭道：「恕晚輩直言，老將軍以這樣的速度和力量打下去，二十招內咱們還是很難分出勝負。」

老趙手按胸口道：「那是老夫沒使出看家的本事，小娃娃你接招吧。」說著催馬再上，長槍平襲至趙雲胸前，趙雲一拉「趙同福」，款款讓開，評價道：「這招『鯉魚躍龍門』，前輩如果能從下往上刺的話，效果會好很多。」

老趙想了想道：「嗯，好像說得在理，那你再看這招。」說著長槍平掃。

趙雲撥開他的槍身道：「這招橫掃千軍自古就有，不過據晚輩揣摩，出槍的時候手腕加個旋轉力量就大多了。」

老趙疑惑道：「咦，我爹當初也是這麼告訴我的，可是我一直也沒明白要怎麼轉——」

「這樣……」趙雲把槍提在老趙眼前，親自示範給他看：「出槍的時候手是這樣的，等到了對方跟前再這樣……」

因為是慢動作，老趙得以輕易閃開，趙雲說：「您試試看效果怎麼樣？」

老趙學著他的樣子把槍轉出去，趙雲耐心地陪他試驗，老趙欣喜道：「果然爽利了很多。」趙雲也很欣慰：「老前輩悟性不慢，咱們使槍的本來就是要靠腕力的。」

老趙急切道：「那你再看這招怎麼改。」

……

點將臺上，吳三桂和一干將領的腦袋都別在了腳後跟上，全校軍場兩萬多人就眼睜睜地看趙雲指點老頭槍法，氣氛相當詭異。

過了將近半個小時，趙雲看天色不早，抱拳道：「老前輩，咱們改日再行切磋如何？」

老趙這才反應過來這還是在比武當中，臉紅道：「老夫倒把時間忘了，少年的槍法真是不賴，俗話說，三人行必有我師，從這個角度上講，老夫倒受教了。」

趙雲道：「晚輩也受益匪淺。」可不是麼，他等於是把基本功複習了一遍。

老趙這時已經對趙雲心服口服，再次看看對方，遺憾道：「好好的孩子，可惜就是嘴上不留德，老夫本來還想收個關門弟子呢。」說罷哼了一聲，儼然地去了。

老趙回到點將臺，還給自己找臺階下呢，朝吳三桂一抱拳道：「陛下，臣幸不辱命，試探出那員小將還是有幾分本事的。」

吳三桂唉聲嘆氣道：「老將軍辛苦。」誰心裡都明白，他這就算把面裁到家了，前兩陣輸了個莫名其妙，第三陣輸了個丟人敗興，結果連人家深淺都沒試出來，再派人出戰恐怕也不得善果，還得落個群毆的臭名，吳三桂手按桌角，探身往我們這邊看著，目光裡滿是複雜。

趙雲催馬回來，道：「小強哥，你看還行麼？」

我挑大拇指道：「幹得漂亮。」

我往點將臺上一看，見吳三桂正灼灼地打量這裡，我叫道：「壞了，老漢奸別是輸不起，要把咱殺人滅口吧。」

我朝趙雲一伸手，著急道：「子龍快，軍師的錦囊該給我了吧？」

趙雲探入懷內道：「我拿給你。」

那邊吳三桂忽然高聲道：「那位小將軍的槍法我們都見識過了，那麼蕭壯士又有什麼過人的本領呢？」

我罵道：「媽的，又到老子了——子龍你快點啊。」

「找到了。」趙雲把諸葛亮封好的錦囊放在我手裡，我迫不及待地打開一看，只見上寫四個大字：跟他比酒！

……這是什麼意思呢，什麼叫跟他比酒？這比他第一個錦囊難理解多了！

趙雲也探過頭來看，我把錦囊攤他眼前道：「這是什麼意思？」

趙雲疑惑道：「難道軍師讓你跟他比喝酒？」

我捏著這個誰也看不懂的錦囊，百般無奈下只好喊說：「回陛下，小強別的本事沒有，酒量天下無雙。」

想不到老漢奸聽完之後愣了一下，繼而仰天大笑，朗聲道：「小強，你可知道我的綽號嗎？」

我愕然：「不知道。」

吳三桂拍著桌子大笑道：「我當年也號稱酒量天下無雙，至今從未敗過，想不到今天倒碰上對手了——來人啊，拿酒來！」

他手下一干將領見老大終於爽了，都趁機拍馬，一個個笑道：「陛下，還是讓臣等去吧。」

吳三桂擺手笑道：「爾等退在一邊，我要親自和小強比試。」

一干將領都笑：「是，快拿酒來，快拿酒來。」氣氛頓時很好，就像是要參加喜宴一樣。

諸葛亮真是名不虛傳，他能從我對吳三桂三言兩語的描述中揣測出這個人的性格——吳三桂疑心重，但性格豪爽又死要面子，為了消除他的疑心，先讓趙雲連勝三局，三場之後，吳三桂雖然愛才心切但臉面盡失，這時候就需要找一個緩和場面的臺階，於是讓我自稱善飲，酒這個東西，量多量淺無傷大雅，但是能很快把氣氛搞熱，吳三桂見這麼大個坡焉有不下之理？服了！

吳三桂見我還在發愣，高叫道：「小強，快來呀，莫非你膽怯了不成？」

他手下眾將又是一陣大笑。酒還沒喝，大家已經打成一片了。

我滿臉帶笑走上點將臺，可馬上又有點笑不出了：只見幾百名士兵人手一罈酒擺在臺前，一次能倒一斤酒的大碗公排出一里多長，看樣子這一場絕不能是點到為止……

我手裡捏著一顆藍藥，走到臺前那兩排碗前，用袖子遮住丟進頭前一隻碗裡，然後很自然地雙手端到吳三桂面前：「陛下請。」

吳三桂順手接過，笑道：「酒場無大小，你也自便吧。」

我又端起一碗，高舉過頭道：「那小強就得罪了——乾！」

我們兩個略一碰杯，同時仰頭大飲，吳三桂手下的將士和趙雲帶來的士兵都歡呼起鬨。

當然，我只是做個樣子，一邊假裝喝，一邊不住偷眼看老傢伙。

吳三桂一揚脖一碗酒已然全下了肚，把空碗向眾人一亮，笑道：「小強，你喝酒還是那麼慢吶。」

我剛一愣神，就聽老漢奸在高呼的喝彩聲中悄悄跟我說：「你怎麼來了，不是不讓你來嗎？」……

我端著喝了小半碗的酒小聲說：「別的先不說，這碗酒我可是喝不進去。」

吳三桂偷眼看看周圍，拉我一把，假裝親熱道：「走，咱們屋裡比過。」

趙雲看看我，我向他做了一個得手的手勢……

吳三桂低聲問：「那後生是誰呀？」

我笑道：「你那位趙老將軍祖宗的大哥。」

吳三桂駭然道：「趙雲？」

我說：「除了他，還能有誰把槍使那麼神？」

我們來到一間屋裡，吳三桂往椅子上一坐道：「說吧，是怎麼回事，不是說好不來我這的嗎？」

我陰臉道：「沒事就不能來看看你？」

吳三桂訥訥道：「那倒不是，只不過我這馬上就要跟康熙開戰了。」

我說：「我就是為這事來的。」

吳三桂：「……你還是有事啊！」

我嘿嘿笑道：「這次是為你好——你覺得你能打得過康熙嗎？」

吳三桂嘆了口氣道：「都現在了，我當然知道是打不過。」

我說：「那沒吃藥以前呢，就認為自己能打贏？」

吳三桂臉一紅道：「以前也有差距，不過以前不是還能碰運氣嘛。」

我說：「你真覺得你領著這幫人能打贏？」

吳三桂嘿然道：「我也知道康熙小兔崽子不好對付，所以不管三七二十一先稱帝再說。」

我恍然道：「你這是要過把癮就死啊。」

吳三桂無奈道：「我這不是被逼的嗎？我這輩子哪件事不是被逼出來的？」

我擺手道：「不用說了，你走以後，天道確實出變故了，現在又弄出來個剩餘人口，你這是五萬。」

「什麼意思？」

我說：「就是說歷史在同時期情況下，清朝比以前多了五萬人。」

吳三桂道：「那你找康熙去呀，我這是大周。」

我瞪他一眼道：「就是因為打你死了五萬，這些人被天道讀出來以後會出亂子，你讓他們跟我走。」

吳三桂急道：「那我這大周朝怎麼辦？」

我說：「皇帝別當了，也跟我走。」

吳三桂道：「不對呀，要是按集點表，我記得我和康熙交手，兵敗還有一年多。」

我聽他這麼說，拿出表一看，果然吳三桂是一年以後才病逝，短命的大周政權才徹底宣告失敗，我納悶道：「這是怎麼回事？」

吳三桂想了想道：「現在看來是康熙那邊出了問題——他把平雲南的計畫往後推了一年，上一次的現在，我們已經全面開打了，這五萬人應該是這一年裡死的。」

我喃喃道：「集點表和人口表都不能違背，那這樣吧——你讓這五萬人先跟我去秦朝，你在雲南再待一年，運氣好的話，康熙那會正好從育才度假回來，咱們自己人就好商量了，到時候讓你給弄個少數民族自治區，不過你要放棄獨立。」

吳三桂道：「打仗是兩方面死人，憑什麼五萬人光我一個人出，你帶五萬走，我不是成了光桿司令了嗎？」

我攤手：「那你打算讓我跟康熙說去？再說，你不是有一幫人陪你嗎？對了，你這些人還能給你賺外匯呢，咱們現在各個朝代都是通著的，育才幣是通用貨幣。」

吳三桂愣了一下才說：「你可太能折騰了，包子還沒生呢？」

我拿出手機看了一眼日期道：「應該快了，預產期幾號來著——」

我正說著，手機猛然突兀地響了起來，把我嚇了一跳，我接起一聽，對面一個急吼吼的聲音道：「生了！生了！」

我頓時跳起來：「不是吧，已經生了？」

那人喊道：「包子要生了！」

我擦著滿頭的汗道：「還沒生你喊什麼——我說你誰呀？」

那人道：「我是你羽哥！」旁邊人聲嘈雜，依稀能聽見胖子、二傻他們幾個的聲音，還有不少女傭進進出出的動靜。

我說：「我馬上回去。」

項羽叫道：「快點！」

我小心道：「包子現在怎麼樣？」

項羽道：「正罵你呢。」果然，就聽一女聲中氣十足地罵道：「蕭強，你這個狗東西，都是因為你，老娘快要死了，哎呀，疼死我了！」……

第六章

蕭不該

眾人再次大慚，都道：「平時起名沒這麼難啊。」

我唉聲嘆氣道：「我就不該聽包子的來秦朝，

那樣這孩子就不會在秦朝生，就不會落在你們手裡——」

眾人恍然頓悟：「蕭不會？」

我怒道：「蕭不該！」

眾人：「哦——蕭不該！」

我頓時放心，掛了電話，吳三桂道：「包子不在醫院啊？」

我說：「在秦朝呢，三哥，那五萬人的事你先籌備，我得趕緊回去了。」

吳三桂擺手道：「趕緊吧，你沒開車啊？」

「我騎馬來的。」

「那你跟我來，我給找匹好馬。」

吳三桂也顧不得別人好奇的目光，親自領著我到了他的馬廄，從裡面牽出一匹神駿非凡的大花馬來，道：「這馬可真正是日行千里，名字叫『萬里無形胭脂碧睛獸』……」

我胡亂道：「哪有那麼麻煩——小花兔！」

小花兔看看我，雖然頗有鄙夷之色，但總算沒有噴我，由此看出這馬大概是不能跟項羽的小黑兔和關二哥的小紅兔相提並論的……

我騎上馬背，跑到校軍場裡，趙雲正和戰士們休息，我一勒馬韁道：「子龍！」

趙雲起身道：「小強哥，事都辦完了嗎？」

我點頭道：「強哥要先走一步。」

趙雲道：「怎麼了？」

我說「你嫂子她快生了。」

趙雲笑道：「恭喜小強哥，那你快去吧。」

我說：「你和兄弟們不用急，吃飽喝足再上路也不晚，那五百匹馬你們就騎著回三國吧。」反正劉備的兵騎劉邦的馬，這也算肥水沒流外人田。

作別眾人，我快馬加鞭往停車的地方跑，小花兔跑起來可著實不慢，在平靜的兵道裡，速度快得風直刺耳膜。

到了三國，我把馬隨便甩給一個二哥的手下，轉身就上車，諸葛亮道：「小強，幹什麼去？」

我邊發車邊問：「軍師，生孩子的事你懂嗎？」

我滿以為他要說「略懂」呢，誰知道諸葛亮搖頭道：「不太懂，賤內還未曾有得身孕。」

我把車發動起來，衝他一招手道：「跟二哥他們說一聲，就說我有事走了，等我老婆生完孩子，我帶著她來看你和嫂子。」

又是一路狂奔，蕭公館門前已經有人在佈置燈籠，見我到來自然是一片恭賀。

我下車跑進院子一看，只見胖子、劉邦、項羽一個個都背著手貓著腰在那走來走去，虞姬在小環的攙扶下，不住詢問產婆屋裡的情況。

正屋前，十幾個婆子丫鬟端水的拿毛巾的。來來往往穿梭不止，我隨口問道：「怎麼樣了？」

那屋裡包子聽見我說話，頓時叫道：「強子，你個狗東西——哎喲，我肚子疼！」這是還沒生。

我揚著脖子道：「堅持住，一會兒生了就不疼了。」

項羽搖搖頭，看了一眼門口虞姬挺起的肚子，心事重重道：「你說女人生孩子都這麼痛苦嗎？」

我失笑道：「不知道，聽說也有那種突然就掉在褲子裡的。」

包子在屋裡哼哼，我們一幫人就在外面乾著急。

這時，包子的呻吟聲忽然小了很多，我不禁急道：「怎麼還沒動靜啊？」

秦始皇招手喚過一個婆子，問道：「到底咋樣兒咧？」

那婆子道：「回陛下，目前看來還算正常，就是從大司馬的肚子看，這孩子可能比一般孩子要大一些。」

我急道：「什麼意思？」

婆子嚇了一跳，小心道：「就是說可能要多花些力氣。」

我問：「會有危險嗎？」

婆子訥訥道：「說不好，應該不會……」

我頓時緊張起來，在秦朝這種缺醫少藥的地方生孩子，我所依仗的只有包子一向健康強壯。

這時的包子已經沒有力氣罵我，不停哼哼道：「我不行了！」

這下我可再也忍不住了，臉色頓變，一把拉住秦始皇道：「嬴哥，你這就沒有好點的大夫嗎？」

嬴胖子也是胖手冰涼，道：「餓嘴兒（這）就摸油撒（沒有啥）給婆姨看病滴人。」

劉邦道：「要不我把我那口子接來吧，她畢竟生過。」

項羽一把把他丟在門口：「那你還不快去！」

李師師輕咬貝齒，忽然道：「本地沒有婦產科醫生，這附近就未必沒有！」

秦始皇道：「餓滴地盤兒餓知道……」

李師師斷然道：「我不是說秦朝。」

她這麼一說，眾人頓時茅塞頓開，項羽振奮道：「趕緊想想，離秦朝最近的名醫有誰？」

我脫口而出：「華佗！」

二傻定定道：「華佗不行。」

我們齊問：「怎麼了？」

二傻看著我們道：「我跟他聊過，華佗不會生孩子。」

虞姬忽然道：「華佗是誰？你們為什麼不去找扁鵲，他的兒科和婦科據說都不錯，小強沒接待過他嗎？」

我一拍大腿，飛奔上車道：「我去找扁鵲，你們看好包子！」多虧虞姬就知道這麼一個神醫。

目前為止，我跑過最遠的地方就是秦朝，先秦還是頭一遭，我調整好方向，進入時間軸後大概也就平時過兩條街的樣子，車停在一個非村非鎮的地方，看建築風格跟秦朝很相似，不過遠沒有秦朝那麼宏大。

在一個小草棚前，排了一長溜人，草棚裡一個雞皮鶴髮的老頭正坐在那裡詢問病人情況，神情專注，排在後邊的人紛紛議論道：「難得扁鵲神醫到我們這個地方來問診，咱們可算是有福氣了。」神色間頗為歡喜。

我下了車就使勁往前湊，後邊的人都嚷：「排隊！」

我不管三七二十一擠到跟前，扁鵲剛給一個人發完藥，愕然抬頭道：「你這個人怎麼不排隊呢？」

如果是平時，我還能想辦法先給老頭吃了藍藥再說，可現在情況緊急，又沒什麼好的藉口，我只能實話實說道：「大夫，我老婆生不出孩子了！」

扁鵲搔搔白髮道：「什麼情況，是你的問題還是你老婆的問題？」

我頓了一下，哭喪著臉道：「是我老婆的問題——她難產！」

不愧是醫者父母心，扁鵲一聽這話凝神道：「哎喲，這可是要緊事，你家在附近嗎？」

看來我的做法是正確的，扁鵲這樣的醫生，你就算先給他吃了藍藥，他都未必會賣你人情，人家扁神醫說過，仗勢欺人、驕橫跋扈的不治！

我說：「我家不近，不過您跟我走，用不了多大工夫。」

扁鵲把桌上簡單的幾樣東西收拾收拾道：「那趕緊走吧，人命關天。」

排在我們最前一個患者急道：「可是我也很急啊，神醫！」

扁鵲把草帽扣在腦袋上問：「你是什麼狀況？」

那人急得快哭了，道：「我家小孩吃魚，刺卡在脖子裡上不來下不去的，疼得哇哇哭。」

扁鵲為難道：「這倒難辦了，要是平時，我可以跟你回家幫孩子把刺取出來，可現在……」

我一拍桌子跟那人道：「喝醋！」

那人愣道：「能管用嗎？」

我篤定道：「保準管用，再不行，把鴨子倒吊起來接點鴨涎，這是終極處理辦法，要再不管用，說明你兒子肯定不是卡了刺了，是找事不想上學……」

那人顯然還是不信我，用眼神詢問扁鵲的意思，扁鵲想了想道：「嗯，鴨涎化刺，真是個好辦法，我以前都沒想到啊。」

那人聞聽大喜，朝我一比大拇指：「你真神了！」說著飛一般的去了。

第二個人趁我們還沒走，拼命擠上來道：「呃，神……呃，醫，呃……」

扁鵲這時已經起身，還是忍不住問：「你怎麼了？」

那人道：「我……呃，打……嗝，呃，不止，呃……怎麼辦？」

不等扁鵲說話，我一指那人鼻子道：「憋氣！」

那人嚇了一跳，疑惑道：「能成嗎？」

我喝他道：「你是大夫我是大夫？聽我的！」

那人乖乖站在一邊憋氣去了……

第三個人張牙舞爪地攔住我，閉著一隻眼睛道：「大夫，我這隻眼進了個小石子，怎麼洗也洗不出來啊。」

我一看他眇著一目，表情痛苦，隨口道：「你把上眼皮拉在下眼皮上，蹭幾下就好了。」說完伸手一指下一個，「快點快點，我時間有限，你怎麼回事？」

……

到最後我越發走不了了，人們開始直接問我，無視扁鵲，扁鵲倒也不感覺到被冷落有多難受，他先是用不可置信的眼神看我，然後就低著頭，默默把我說的這些土法都記下來。

這會那個憋氣的已經憋不住了，放了氣喘了半天歡喜道：「呀，真的好了，多謝神醫。」

趁這工夫，我終於把扁鵲拽上車，一邊打火一邊道：「神醫稍等，咱們馬上就到。」

扁鵲訥訥道：「我看你才是神醫。」

我臉紅道：「別這麼說，都是小聰明。」

扁鵲有點難為情地說：「你剛才說的這些方子，以後我行醫的時候可以用嗎——當然，我會告訴人們這是你的發明，對了，還沒請教小先生高姓大名？」

我說：「您叫我小強就行，多的不跟您說了，一會兒給您吃點東西就全明白了。」我渾身上下一摸，尷尬道：「壞了。」

「怎麼了？」

我不好意思道：「我沒錢……」

扁鵲爽快道：「什麼錢不錢的，救人要緊。」

我趕緊開車，扁鵲這摸摸那看看，車一開起來更是大為驚訝，恍惚道：「你本事這麼大，自己老婆難產都看不了？」

我無言以對，加快開車。

到了蕭公館院裡，眾人還是一籌莫展地等在那裡，我領著扁鵲下了車，見劉邦也到了，他一指屋裡：「我那位已經在裡頭幫忙了。」

扁鵲見一干人服飾華美，顯然非富即貴，隨便點了點頭。

屋門口一人叫道：「郎中來了沒有，包子疼得更厲害了。」

此人高挽袖口，髮髻凌亂，正是呂后。

劉邦看了她一眼，嘿然道：「這娘們，就忙活起來的時候還有點看頭。」

扁鵲淨了手，帶一小包從容入內，不一時就又轉了出來，掃我們一眼道：「誰說難產？我看了，已經開兩指，順產！」

眾人一聽這才放心，我幾乎癱在地上。

劉邦瞪了呂后一眼道：「你看什麼看，還不去幫忙？」呂后跺了跺腳，復又轉回屋裡。

扁鵲看完包子，就坐在門口，起先像是在閉目養神，聽了一會屋裡的動靜忽然道：「破水了嗎？」

呂后興奮道：「破了破了，你一說完就破了。」敢情神醫是在那聽音辨形呢。

這時婆子忽然叫道：「八指了！」

扁鵲霍然站起道：「好，使勁！」

包子立刻就鬼哭狼嚎起來，扁鵲指揮道：「按著規律來，哈氣——使勁，放鬆，再使勁……對，就這樣。」

項羽打個寒戰道：「我戎馬十幾年，今天是第一次出冷汗啊。」

二傻忽然道：「我們一起給她喊加油吧。」

李師師道：「好主意，我來喊一二三——一二……」

不等她三字出口，只聽一聲天搖地動的哭聲震天價響了起來：哇——

產房裡雜七雜八的聲音道：「生了生了，終於生了！」

一個婆子飛跑而出，興奮道：「恭喜齊王，母子平安！」

二傻打斷她道：「別說性別，讓我猜猜是男是女。」傻子手撫下巴看了一會天，篤定道：「女的！」

項羽道：「咦？聽這聲音應該是男孩。」

李師師咯咯笑道：「我看是個女孩子。」

項羽回頭問我：「小強，你說呢？」

我鄙夷地看了他們一眼道：「人家不是說了麼，母子平安！」

眾人大慚，項羽呵呵而笑：「是我們歡喜得狠了，在這個關頭，還是小強這個當爹的心細呀。」我見他一副以後打算含飴弄孫的德行，提前警告他道：「不許說是你們項家有後啊，兒子跟我姓。」

項羽哼了一聲，過去攬住虞姬的肩頭道：「咱自己生。」

劉邦看看我：「你怎麼還不去看看你兒子？」

由我帶頭，眾人小心翼翼地跟在後面，婆子和侍女端著盆魚貫而出，屋裡只剩下呂后懷裡抱著孩子，衝我一笑道：「恭喜了，是個大胖小子。」

我鄭重地接過來，小傢伙禿頭無眉，滿臉褶皺，像要跟誰拼命似的憤怒大哭。

李師師憐愛地接到自己懷裡，用手絹輕輕擦著小東西的臉，道：「小傢伙精神可真好。」

項羽抱過來微微一掂，道：「呵，這傢伙足有八斤！」

劉邦抱過也掂一下，附和道：「得有得有！」

包子眼睛往身下望去，道：「我兒子呢，給我也看看吧——」

我把孩子放在她枕頭邊上，包子側過臉，愛憐橫溢地看著他，這時小傢伙也張開了眼睛，那麼漆黑無邪地盯著包子看，包子用一根指頭摸了摸他柔軟的下巴，小東西就呵呵笑了起來，眾人無不被萌。

劉邦道：「小強，這孩子該起名字了吧？」

秦始皇揮手道：「還起撒（啥）麼，就叫蕭情（秦）生！」

劉邦不滿道：「為什麼不叫蕭漢生？」

秦始皇毫不遲疑頂回去道：「因為不絲（是）在漢朝生滴！」

劉邦辯駁道：「這不對呀，大家都哥們，不能因為在你家生就由著你來。」

呂后斥道：「去，出去爭去，讓包子好好休息！」

眾人急忙噤聲往外走。只不過秦始皇還是低低地道：「蕭情（秦）生！」

劉邦：「蕭漢生！」……

我和包子相對一笑，呂后道：「小強也出去，孩子由我照看著。」

我只好也背著手幽幽地出來。

院子裡，孩子名字的爭論範圍又加大了，項羽高聲道：「要這麼說，沒我還沒包子呢，就叫蕭楚生！」

二傻悠悠道：「這個不好。」

項羽怒道：「怎麼了？」

二傻自通道：「諧音不好。」

我們一聽都跟著念叨起來：「蕭楚生，蕭畜生……」馬上齊聲道：「絕不能叫這個！」

項羽呆呆道：「哎呀，果然……我還想讓我兒子叫這個呢。」

虞姬狠狠擰了他一把。他那個姓還占著便宜呢，項（像）畜生還不是畜生，我這個可好了，畜生都不是好畜生，還是小……算了，我就不狠狠罵自己了。

李師師笑道：「我看『秦』這個字還是很雅的，就是這個生字有點俗。」

劉邦道：「那還把漢字加上──蕭秦漢！」

項羽頓時不依道：「要這麼著，也得把我的楚加上，現在的孩子叫四個字的不是也挺多麼──蕭秦漢楚！」

我苦臉道：「別呀，那等李世民、趙匡胤他們追究起來，我兒子還不得叫蕭秦漢楚唐宋元明啊？」

嗯，吳三桂追究起來不加清也得加周，關二哥他們那撥追究起來還得添魏蜀吳──我兒子以後出國不用起英文名了，這長度，在中世紀都得算貴族……

劉邦道：「好好，漢字不加了，這孩子出生在秦朝，以後生活在廿一世紀，怎麼也算半個萬壽無疆，就叫蕭秦壽吧，嬴哥以後封他個壽王，這就完美了。」說來說去，邦子是非得在我兒子名字裡入一股不可。

眾人道：「這個倒不錯。」

我喃喃道：「蕭秦壽，嘖，怎麼還是有點怪呢……」俄而，我大叫：「蕭禽獸，這還不跟那蕭楚生一樣啊！」

眾人羞愧難當，討好道：「別急別急，重新來過。」

李師師道：「剛才項大哥說得沒錯，現在的孩子不是有叫四個字的嗎，也顯得很別致，那咱們乾脆就把那個生字再加上。」

眾人：「蕭秦壽生，嗯，這回雅致了。」

我陰著臉道：「是，這回可算把我兒子摘出去了，我和包子不是東西了！」聽聽吧，蕭禽獸生，合著我就是那蕭禽獸！

眾人再次大慚，都道：「平時起名沒這麼難啊。」

我無力道：「不勞煩各位了，還是我自己來吧。」

眾人齊：「那你說一個！」

我唉聲嘆氣道：「我就不該聽包子的來秦朝，那樣這孩子就不會在秦朝生，就不會落在你們手裡——」

眾人恍然頓悟：「蕭不會？」

我怒道：「蕭不該！」

眾人：「哦——蕭不該！」

……等我再想改口，已經晚了，孩子只能叫蕭不該了，哎，我真不該……算了，說什麼都來不及了。

為慶祝「蕭不該」誕生頭一天，這幫傢伙總算各忙各的去了，包子小睡了一會之後，精神大好，我悻悻地走進來跟她彙報情況。

見我進來，問：「名字起好了嗎？」

我訥訥道：「蕭不該……」

包子愣了一下，不滿道：「什麼破名字，難聽死了，不許叫這個！」

我小心地坐在她邊上，掰著指頭：「還有一個叫蕭禽獸，是委屈孩子還是委屈咱倆，你看吧。」

包子茫然無助了一會才說：「……蕭不該就蕭不該吧，早知道還不如就用我爸給起的那個呢！」老會計給起了一個叫蕭大壯，說是好養，而且叫這名字以後人緣好。

交代完工作，又和兒子膩了一會兒，當我試探著叫他不該時，小傢伙義無反顧地伸出小嫩手撓了我幾下……

我甩著膀子溜達到院子裡，只覺神清氣爽，作為一個男人，人生中的兩件大事總算都完成了，尤其是眼看著一個小生命是因為你才得以誕生，那種感覺，再平凡的父親都覺得擁有了世界！雖然這個世界名字難聽了點。

在院子裡，我左右看看，上下一片喜氣洋洋的景象，大紅的燈籠已經拉得漫天遍野，我撓撓頭，總感覺好像少了一個什麼人似的，驀地才反應過來，拉住打我眼前過的劉邦問：「扁鵲呢？」

劉邦往院子角落一指，我一看，只見老頭正背著手圍著我那輛車來回繞圈圈，似乎在研究什麼。

我走過去笑道：「扁神醫，這次可多謝你了。」

扁鵲毫不在意地點點頭，依舊來回看車，嘴裡喃喃道：「我要有這麼個東西，以後出診可就方便多了。」

我拉著他手道：「神醫，跟我進屋喝杯茶吧，順便把診費給您結了。」

扁鵲擺擺手，問我道：「你這個東西是怎麼弄的，我看了半天，發現它沒有心肺，也不會呼吸，應該不是牲畜。」

我鬱悶道：「這東西您又不是沒坐過。」

扁鵲茫然道：「坐過？」

我向劉邦使個眼色，邦子笑嘻嘻地端過一杯水，我轉過身把藥放進去，拿給扁鵲道：「神醫，喝杯水吧。」

扁鵲拿過，兩口喝光，這才回過味來，正眼瞧著我道：「小強？居然是你生孩子？」

我和劉邦笑道：「神醫終於回歸了。」

扁鵲搔搔白髮，左右看看道：「華佗老弟和安道全不在這裡嗎？」

我笑道：「華神醫正給曹操做手術呢，你的安老弟在梁山上閒得無聊，聽說和不少女病人發生了一些生活作風上的問題。」

扁鵲道：「你趕緊給我把他們都找來，我和他倆研究的抗癌疫苗馬上就成功了！」

我笑說：「這個不難，就看是你過去，還是把他倆找來了。」

扁鵲感慨道：「說起來我也挺想老吳老闆他們的，也不知道他們回去以後有沒有新作品問世。」

項羽聽了，看向我道：「我們為什麼不把這些老朋友都找來再大聚一次？」

我白他一眼道：「說得輕巧，不少人還在各自的時代忙自己的呢。他們知道我是誰呀？」

項羽道：「找去呀！」

我無語道：「你倒真會給我派活。」

項羽道：「包子不是喜歡熱鬧嗎，不該滿月的時候，咱們熱熱鬧鬧的來一桌，正好她坐月子這段時間你也沒什麼事幹。」

我嘿然道：「行，那你看我先找誰去呢？」

項羽手托下巴琢磨道：「秦朝往前都有誰？」

扁鵲道：「毛遂老弟和俞伯牙都是吧？」

項羽想了想道：「嗯，我走之前反正就他倆。」

我把鑰匙往他眼前一遞：「那你去！」

項羽愕然道：「我？」

我一聳肩膀：「你總不能讓我在兒子出生第一天就不在他身邊吧？」

項羽無奈道：「那我跑一趟吧，要不三個月以後還真就見不上這倆人了。」

這時，一個人喜氣洋洋地提了兩大包東西快步走進來，叫道：「強哥，恭喜你當爸爸了。」

我一看是金少炎，問他：「你幹什麼去了？」

金少炎一晃手裡的東西：「我看包子生了，去給她買點禮物——」說著，舉著東西說：「這是人參，這是貂皮，給包子坐月子用，這可都是正經遼東的寶貝啊，在咱們那有錢都買不著。」

我說：「你去北宋啦？」

金少炎道：「沒有，現在這些東西在咸陽就能買到，不過要去精品店，一般地方淨假的。」

項羽把車鑰匙拍在他懷裡道：「去，開小強的車把毛遂和俞伯牙接來。」

金少炎倒是挺痛快的，接過鑰匙樂呵呵地去了，臨走又在李師師額頭上吻了一下——你說不抓他的壯丁抓誰，這就是啃我們窩邊草的代價。

我看著金少炎離去的背影，若有所思道：「你說咱們用不用把兵道開到那幾個時代，那兒的百姓也需要改善生活啊。」

項羽道：「這又何必呢，各有各的活法，咱們這些人聚在一起也是因為情誼，普通百姓未必就覺得能在本地買到貂皮和人參是一種幸福。再說，三個月以後兵道不是就關了嗎？」

扁鵲道：「最好列個名單，要想聚得齊，需得按朝代一個不落地都找回來。」

我招手道：「師師！」

李師師笑道：「我去列表。」

說話間，花木蘭帶著曹小象到了，花木蘭飛身下馬，把小象接住，韁繩甩給家丁，急匆匆邊走邊道：「包子生了嗎？」

見我們都笑瞇瞇的，也是一喜，和小象倆人急忙進屋去，一眼看見包子身邊的嬰兒床，趕過去小心翼翼地抱起不該，看著孩子皺巴巴的小臉，頓時母愛氾濫，把臉貼在孩子襁褓上柔聲道：「小傢伙太可愛了。」

包子見花木蘭憐愛橫生的樣子，道：「木蘭姐，讓這孩子認你做個乾媽吧。」

花木蘭道：「那還用說！」

包子撓頭道：「可是小象又叫咱們姐姐，這輩分可怎麼論呀？」

屋裡屋外的人都笑。

花木蘭把不該輕輕放下，拉著小象道：「走，讓你包子姐好好休息，我們過會兒再來。」

她出了房門，問我們：「對了，孩子叫什麼名字啊？」

眾人齊聲：「蕭不該——」

花木蘭皺眉道：「不是我說你們，孩子的名字是一輩子的大事，開玩笑不分場合，怎麼胡給起啊——我說這外號到底誰給起的？」鬱悶，我兒子名字怎麼成外號了呢？

眾人齊指我：「小強！」

我跳腳道：「我還不是讓你們給擠兌的！」

花木蘭啞然失笑道：「好了好了，以後上戶口的時候重報一個就是了，讓咱們那些大文豪給起。」

這時，各國各朝的友人客戶都知道我喜得貴子的事，開始打電話祝賀，李世民是第一個，在表達完恭賀之意後，李世民道：「小強，等你兒子滿月的時候來我這聚聚唄。」

我笑道：「我也有這個意思，不過地點咱們再定。」

李世民道：「那行吧。」

李師師忽然一拉我衣服：「讓他把閻立本找著，等著咱們過去給他吃藥，這樣省力氣。」

我忙跟李世民說：「李哥，閻立本是你那兒的？」

李世民道：「是啊，這幾天正給我畫像呢。」

我說：「那幹完活別讓他走，我想把咱育才的人都找回來。」

李世民為難道：「我明白你意思，可是人家幹完活不讓走算怎麼回事啊？就說我是皇帝也不能不講理吧，咱大唐可是講究平等和開放的國家。」

我說：「哎呀，你隨便找個藉口嘛，畫完正臉可以畫側臉，畫完這邊畫那邊，實在不行，陛下你犧牲下色相搞搞人體藝術。」

李世民笑罵道：「作死的小強，普天之下也就你敢這麼跟我說話。」

我嘿嘿一笑，掛了電話問李師師：「那幾個皇帝裡頭誰手下還有咱育才的人？」

李師師道：「沒了，王羲之在東晉，唐玄宗那會比較多，吳道子、李白、顏真卿、陸羽都在那，柳公權還要往後一點，再後面就是北宋的張擇端了。」

我說：「我找張擇端，其他的你們誰去？」

李師師瞟我一眼道：「你就會給自己省事——上梁山喝酒順便就找了是吧？」

項羽道：「別光顧著找文豪啊，蘇武還給人放羊呢？」

我咂摸著嘴道：「不行，人太多了，還得開兵道然後靠大家分頭幹。」

劉邦搶先道：「蘇武我包了。」

這回邦子可算是沒偷奸耍滑，蘇武待的那個地方又冷又窮，但在古德白那次事故中，老頭救過他一命，邦子在這一點上還是很厚道的。

項羽道：「我和阿虞去找王羲之，就當散步了——對了，我該怎麼接近他呢？」

李師師道：「王羲之喜歡鵝，你帶隻鵝去。」

項羽隨手從池塘裡提了一隻鵝，攬過虞姬的腰問李師師：「他是喜歡活的還是熟的？」

李師師唾道：「呸，真煞風景，焚琴煮鶴。」

這時，金少炎開著我的車進了院，八成是把俞伯牙他們接來了，李師師道：「喲，剛說到琴，彈琴的就來了。」

曹小象道：「還真是說曹操曹操就到啊。」

我們無不大笑，從車裡走下來的卻只有毛遂一人，這哥們邊走邊喃喃自語：「媽的，我不幹了，我不幹了還不行麼……」

我笑道：「毛哥，跟誰嘔氣呢？」

毛遂沒好氣道：「跟我自己！」

金少炎下了車把鑰匙給我，笑道：「我找到毛哥的時候，他才剛入平原君的幕府，去楚國當說客起碼是三年以後的事了。」

毛遂這才氣道：「上輩子三年，這輩子又三年，你們說，我當了六年藍領就為出這兩趟差，我還幹什麼幹呀？」

我們又是一陣大笑，都道：「看來毛遂也有等不及自薦的時候啊。」

我問金少炎：「俞伯牙呢？」

金少炎道：「藥已經給他吃了，不過他正跟鍾子期在一起呢，說什麼時候聚會再通知他。」

我點點頭，轉身上車道：「我還是得回趟育才，給包子帶點日用品。」

李師師道：「順路把張擇端帶回來，李白他們也交給你了，他們這些寫字的，你只要搞定一個，剩下的就好辦了。」

我探出頭道：「你們幫我想想還需要帶什麼東西？」

李師師叮囑道：「孩子的奶瓶、小衣服、尿布記得多帶些來。」

我嘿嘿笑道：「怎麼，表妹肚子也有動靜了？」

李師師白我一眼道：「我是給虞姬姐姐準備的。」

我恍然道：「哦對，嫂子也沒幾天了。」

在車上，我開始頻繁地接電話，首先是趙匡胤他們的賀電，幾個皇帝老哥都強烈要求把孩子的滿月酒擺在自己的地盤上。接下來是育才的教職人員來的賀電，包括後來的古爺、老虎、蔣門紳等人。

最讓我頭疼的是我家老爺子來的電話，老頭一聽包子生了個大胖小子，先是樂呵了半天，然後忽然問：「對了，你小子哪去了，我和你媽跑好幾趟也沒在家。」

我只好訥訥道：「我們……在外地呢。」

老頭勃然道：「給老子把孫子抱回來！哪有這樣的，當爺爺的連孫子也見不著。」

「……那也得等包子坐完月子吧？」

老頭道：「那你說你們在哪呢，我和你媽看你們去！」

「我們……在國外呢。」

老頭不依不饒道：「哪國？」

我腦門見汗，憋了半天才說：「英屬壤尼萊尼耶萊布遼群島——這地方必須有爵位才能來，光有錢不行。」

老頭這下終於懵了，小聲問我：「那你的爵位哪來的？」

我只能騙他道：「花錢買的——」

老頭愣了半天，怒道：「那還不是有錢就能去？」

好在經過這一打岔，老頭也不再逼我，狠狠道：「等包子坐完月子，趕緊給老子滾回來！」

剛掛了這邊的電話，又一個電話打進來，我一接起就聽那邊罵：「小強你個王八蛋！」

我鬱悶道：「又是誰呀？」我他媽今天是招誰惹誰了?!

那人惡狠狠道：「老子是張清！」

哦，這是梁山方面軍的賀電，我陪笑道：「張清哥哥呀，你們大夥都好吧？」

張清罵道：「好個屁，你小子，上回來北宋找金兀朮也沒上山看看，三過家門而不入啊你！」只聽電話那邊亂哄哄道：「讓我說讓我說……」看來好漢們都對我極其不滿。

我趕忙道：「我這就去給哥哥們賠罪，咱一會兒說。」

等我到了朱貴他們酒店門前，好漢們已經聚集在那裡一大幫人，連帶著方臘他們，我一下車，有踹我一腳的，有拍我一把的，還有把我腦袋夾在胳肢窩裡狠命用拳頭擰我頭皮的……好漢們的熱情總是讓人難以理解。

等我蓬頭垢面地擠出人群。這才發現好漢們只剩下一多半了，我奇道：「其他哥哥們呢？」

吳用笑道：「其他人都順兵道去各國旅遊了，咱梁山跟金兀朮要了兩千個名額。」

眾好漢聽說包子生了個大胖兒子，這才紛紛向我道喜，我說：「哥哥們，我打算趁兒子滿月那天大家好好聚一次，把咱育才的人都叫上，北宋這塊就張擇端還沒找著。」

張清、董平、李逵、段景住幾個愛湊熱鬧的一起鑽進我車裡道：「我們幫你找他去，說起來這老頭住的離梁山不遠。」

我往人群裡一掃，問吳用：「宋大哥和俊義哥哥呢？」

吳用道：「他倆代表咱梁山去唐朝考察去了。」

我鄙夷道：「還不是借機公款吃喝去了。」

吳用笑道：「花不了多少錢，唐朝最豪華的賓館都是咱梁山的產業。」

方臘帶著八大天王過來跟我見禮道：「小強，老王他們在你那還好吧？」

我笑道：「都好著呢，連厲天閏的零花錢都漲成一天八塊了。」

……

張擇端在大金當政以後，索性完全不問政治，這就是所謂的文人風骨吧，張清在前面指揮著，離開梁山沒多遠問了幾個人，我們的車停在一處有小院落的宅子前。

我回頭說：「你們說怎麼給他吃？」

董平道：「要是時遷在就好了，可以偷偷放在他茶裡酒裡什麼的。」

段景住道：「那也不保險，需得眼看著他全喝下去才行。」

張清搓手道：「我看還是直接踢開門進去，捏住嘴往下灌。」

幾個人面面相覷，董平率先說：「我同意！」

「我去踹門。」李逵拉開車門下去，一腳踢開大門，我們跟著闖進正屋，見一儒雅文士正在案前作畫，幾上擺著硯臺、印章等等物件，見我們兇神惡煞般衝進來，驚愕道：「你們幹什麼？」

正是北宋天才級繪畫大師張擇端。

張清想跟他開個玩笑，憋著笑，兇惡道：「打劫！」

張擇端一手執筆道：「我又沒什麼錢。」

我也忍笑指著他鼻子道：「你都藝術家一個多禮拜了你沒錢？」

董平從我手裡接過藥，拿起桌上一個茶杯，當著張擇端的面把藥放進去，然後遞在他面前道：「喝了！」

張擇端冷笑一聲：「這是毒藥啊？」

我們齊聲：「對，就是毒藥！」

張擇端把茶杯挪在一邊，凜然道：「爾等勿吵，待我完成了這幅畫先，我總不能留一幅沒作完的畫給後世。」

董平道：「我靠，你以為你是阿基米德啊？」

我們湊上去一看，老張畫的正是他在育才畫過的那幅「踏花歸來馬蹄香」。

第七章

指鹿為馬

我在院裡左右一掃，正巧見我家裡養的幾隻梅花鹿閒逛出來，

我一指那鹿說：「我問你，那是什麼？」

趙高看了一眼，陪笑道：「回齊王，那是馬。」

我勃然大怒道，咬牙切齒道：「好哇，當著我們的面你還敢這麼說？」

張擇端在硯臺上控了控筆，也不在乎身邊有閒人，凝神屏息，畫作的後半幅便漸漸躍然紙上，我們雖都是些門外漢，也看得賞心悅目，待那幾隻翩蹀的蝴蝶一出，整幅畫頓時情趣大增。

張擇端似乎也頗為得意，像往常一樣端起几頭的茶杯一飲而盡，抹抹嘴道：「誒，似乎還缺些什麼？」

不等我們說話，老張忽然在那匹馬後面「噌噌」畫了兩條黑道子。

我們同時大驚，問：「這是什麼？」

張擇端提點我們道：「是風——這不是小強的超現實主義嗎？」

挺好一幅畫就此看不成了……

幫張擇端禍害完畫，敘過了舊，我跟張清他們說：「乾脆今兒幾位哥哥辛苦一趟，幫我把李白他們都找著算了。」

土匪們反正也閒得無聊，都道：「好。」

我們到了唐玄宗時期的大唐，車自己停在一處酒樓前，這地方全木建築，遠遠就能聞見酒香四溢，董平抽抽鼻子道：「好酒啊，且吃他幾碗去。」

張清攔著他道：「不急吃酒，這樓裡八成是李白，幹正事要緊。」

段景住道：「其實喝酒和辦事能兩不誤，咱們進去請老頭喝一碗不就行了？」

我們都點頭道：「那你去吧。」

段景住鬱悶道：「為什麼又是我？」

我們齊道：「因為你最小！」

段景住指著我道：「小強還在我後面呢。」

我拿出一顆藍藥給他：「你不是比我機靈嘛！」

段景住這才念念叨叨地往酒樓裡踅去，進去大約十分鐘左右，忽聽裡面噪音大作，緊接著是杯盤落地和小二的喝罵聲，我們正納悶間，就見段景住抱頭鼠躥而出，後面跟著一個跌跌撞撞的老頭，這人頭髮花白，被風一吹，條條縷縷的飄灑起來，喝酒喝得臉面通紅，雙手抓著一副飯店夥計用的木托盤追著段景住死命打。

段景住一邊朝我們這邊跑一邊帶著哭音叫喊：「哥哥們，救我啊！」

「怎麼把老頭惹著了這是？」我們說著急忙都下車，張清、董平從左右奔上，李逵一頭撞上李白將他攔腰抱住。

李白見我們這邊來了幫手，絲毫不懼，老頭上躥下跳大呼小叫，一會掄趟王八拳，一會亮幾個飛腳，梁山三大高手居然被他弄了個灰頭土臉。

董平一邊試圖抓老頭手，一邊問段景住：「你怎麼惹他了？」

段景住抓狂道：「沒惹他呀，我就問他認不認識我，他就跟我急了。」

張清小聲問：「藥吃了嗎？」

段景住道：「吃了我才問的！」

「那這是怎麼了？」

說話間，李逵終於一個惡狗撲食把李白按倒在地，咋呼道：「弄住了，你們快點！」

我們四五個漢子好不容易這才把老頭制伏，店夥計小心翼翼地從他手裡把托盤拿走，這才問我們：「你們誰呀？」

我怕他是想報官，就說：「我們是官府的！」

店夥道：「那你們幹嘛呢這是？」

我一時無言，張清沒好氣道：「沒看見麼，逮詩人呢！」

店夥陪著小心道：「只要是詩人都逮嗎？」

我們只好胡亂點頭，店夥頓時歡呼鼓舞道：「陛下終於給咱老百姓幹實事啦——」

後來我才知道李白為什麼那麼不招人待見了：李白在見過唐玄宗後，皇帝雖然也很賞識他的才華，但也覺得這人恃才傲物，不宜留在身邊，於是賜金放還，同時還賞了他一面小牌子，說是拿著這個可以隨處喝酒不用給錢。

這在後世也算得上美談，可在當世絕對是人民的災難，尤其是那些開酒樓的，一看見他來，就知道今天鐵定得虧本了。

好不容易把老李弄到車上，老頭還手舞足蹈，一邊念念有詞，董平拿起個礦泉水瓶子看看我道：「潑不潑？」

我狠狠心道：「潑！」在育才和唐朝見這老頭的兩次，想不到都是以這種方式開頭。

董平撩了點水灑在李白臉上，李白大大地伸個懶腰，嘆道：「噫吁戲——」

我小心道：「太白兄，你醒醒，是我。」

李白這才定睛看我一眼，恍惚了一下微笑道：「哦，原來是很強賢弟。」

我鬆了口氣道：「您終於醒了。」

李白看看我們，又打量打量自己，忽然問：「我這是在哪兒，還有，我是誰？」

我抓狂道：「哎，他想起我來，卻忘了自己是誰了。」

張清失笑道：「這是還沒醒透呢，先扔那過會再說吧。」

過了大約半個小時，李白抹著臉上的褶子起來，看了我一眼驚道：「咦，小強，你怎麼在這——不對，應該問我這是在哪？」

張清笑道：「這是醒了。」

段景住一把拽住李白道：「你剛才幹嘛打我？」

李白不好意思道：「我看你腦袋黃燦燦的，以為又是來拘我的惡鬼。」

段景住不滿道：「以後看清楚了！幸虧鬼臉兒杜興沒來，要不非直接上菜刀不可。」

我扶著李白肩膀說：「太白兄，這回是真醒了吧？還有件事拜託你，我們想把咱們育才的老人都找回來，跟你同朝那幾位就靠你了。」

我把給吳道子、顏真卿和陸羽準備的藥交到他手裡，李白見我們要走，急道：「別走呀，我請你們吃飯呢。」說著搖了搖手裡的小牌。

董平抓過，一把扔在車外，給李白口袋裡塞了幾塊金子道：「以後吃飯給現錢，詩人人緣本來就夠差的了，你還雪上加霜。」

等別了李白，我跟張清他們說：「哥哥們，我這就送你們回梁山，然後我回育才還有事呢。」

張清道：「你直接把我們送到吳三桂那吧，我們蹭他吃喝去！」

我笑道：「那你們記住，他手下那幫人要是提出跟你們比試，可給老吳留點面子。」

到了吳三桂的王宮，老傢伙正在操練兵馬，他已經把五萬士兵派到秦朝幫胖子修長城去了，剩下仨瓜倆棗都戳在校軍場裡，老吳和好漢們見過了禮，跟我商量道：「不該的滿月酒準備在哪過？」

我說：「你的意思呢？」

吳三桂一拍胸口：「來雲南唄，氣候多好啊！」

我考慮了半天沒做聲，吳三桂急道：「怎麼，你覺得三哥這招待不了你了？」

我笑道：「不是，你這太遠了，要在你這兒，趙匡胤、朱元璋該挑刺了，再說秦漢那邊的人過來太費勁。」

吳三桂道：「大不了我給他們把車費報了，讓劉邦那小子給我打六折。」

「到時候再說吧。」

這時，三個土匪已經跟老吳手下那幫傢伙打成一片，大呼小叫地要比酒量，這回大概是棋逢對手了。

回到現代，我把包子要用的東西都買全，又去育才轉了一圈，看沒什麼事，就打算再找劉老六他們開兵道直接回秦朝去，結果兩個老神棍誰也不在家裡，打電話也沒人接，我急著回去，只好就開著破麵包車在社區的空曠地帶一圈又一圈地跑，希望能誤打誤撞進入兵道。

說來也怪，這裡的房子還是沒賣出去一套，按說我們這裡有錢人也不少啊，不過這正好給我提供了撒野的機會。

我正兜得有點爽了，忽然發現一輛標緻不知什麼時候停在一邊，靜靜地看著我玩。開始我還沒注意，跑了兩圈以後這才掃見，我放慢速度，一眼剛好瞧見裡面的人——陳可嬌。

我停下車，陳可嬌笑盈盈地走過來，說：「蕭先生玩得很開心呀。」

我訕訕地道：「叫強哥吧。」

陳可嬌這回居然不再跟我作對，笑眯眯地叫了一聲：「強哥。」

我打量著她，這個女人依舊是一身職業套裝，鬥志昂揚，不過她的氣色比以前要好多了，看來她最近的生意做得不錯。

我笑問：「你有事嗎？不會是為了節省人力，親自跑來收業務費吧？」

陳可嬌變魔術一樣，拿出一遝文件遞給我：「簽了它。」

我抓著這份合同小心地看著，心不在焉道：「你又想幹什麼？我沒打算再買一套房。」

陳可嬌笑道：「別看啦，這次你真的可以放心，那上面不是寫了嗎？這是一份財產轉讓合同，我只是中間人。」

我聽她這麼說，才仔細看了下內容，一看不要緊，真是一筆飛來的橫財啊，合同上寫著：甲方何天竇、劉老六，願意無條件把清水家園別墅區共計六十二套別墅全部購買下來贈送給乙方蕭強，錢貨已迄，現在陳可嬌所做的事情，就是要我簽字確認接受這份饋贈。

我喃喃道：「這兩個老騙子又想幹什麼？」何天竇有錢我知道，但是這麼直接的饋贈實在是讓我摸不著底。

陳可嬌道：「那你倒是簽不簽呢？」

我忙不迭道：「簽！為什麼不簽？」這倆老神棍搞什麼鬼我不知道，但眼前的便宜不占絕不是我小強的作風。

陳可嬌遞過一枝筆來，隨口道：「就是嘛，父子倆有什麼不能好好說的？」

我剛寫一個「草字頭」，猛地抬頭道：「什麼父子倆？」

陳可嬌笑道：「不用瞞我了，劉老六先生都跟我說了，他說你是他的私生子。」說著，陳可嬌又補了一句，「真沒想到你還有個那麼有錢的爸爸。」

我頓時狂化，仰天罵道：「劉老六你這個老王八！」

陳可嬌忙勸道：「那個……強哥，我覺得，他從小遺棄你是不對，但一定有他的苦衷的，現在他不是在盡力補償嗎？」

我叫道：「我是他八輩子祖宗！」

陳可嬌見勸慰無效，小心翼翼道：「那這字你還簽嗎？」

我惡狠狠道：「簽！簽了我是兒子，不簽我就是裝孫子了！」

陳可嬌噗嗤一笑，道：「有時候我挺欣賞你這種……呃，理智的。」

我把合同遞還給她：「不上去坐會嗎？」

陳可嬌微微一笑：「改天，你現在怎麼也是有錢人了，我建議把車換一換。」

我訕笑道：「哪能跟你比。」

陳可嬌轉身上車，忽又回頭跟我說：「哦對了，劉先生說，你要的東西給你放在他家的車庫了。」

我奇道：「什麼東西？」

「那就不得而知了——以我看，你爸爸對你挺好的。」

她越這麼說，我越恨得牙根癢癢，暗暗發誓下次見了劉老六，一定拍他個滿臉花。

陳可嬌走後，我打開何天竇家的車庫，裡面空空如也，我找了一圈什麼也沒發現，一抬頭，這才發現正對著門的牆體黑乎乎的——這倆老東西把兵道開在這了！

我罵罵咧咧地開車進了兵道，可還是想不通老神棍送我那麼多房子幹什麼，如果是因為覺得這麼長時間把我禍害得夠慘，想表達歉意，把錢直接給我不就結了麼？

不多時回到秦朝，我就見蕭公館門口車來車往熱鬧非凡，我的家丁們忙得不亦樂乎，院子裡更是停了好幾輛顯眼的金馬車，我一把拉住從我面前經過的二傻問：「軻子，誰來了？」

二傻道：「該來的都來了。」說著，遠遠地伸出雙手，朝剛到門口的李世民走去，熱情道：「你來啦？」

李世民也笑著伸出手應和道：「是啊。」

下一刻，二傻拉住李世民身旁的成吉思汗道：「最近挺好的吧？」

李世民：「……」

我們無不大笑，我嘆道：「陛下們都到齊了呀？」

這時，從李世民車上下來一個宮裝美女，體態豐腴風情萬種，不過眼角眉梢略帶著幾分威儀，我好奇道：「李哥，這位是？」

李世民道：「哦，這是媚娘，你叫嫂子就行了。」

我朝那美女一揮手：「嫂子好。」

美女向我微微一笑，萬福道：「見過宰相大人。」我在唐朝的身分是宰相。

李世民道：「媚娘，你管他叫小強就行，以後不用拘禮。」

宮裝美女柔順道：「是，陛下。」

嬴胖子見來了女眷，向屋裡招呼道：「劉家妹子，出來接待一下。」

呂后應聲而出，兩個女人這一照面，同是豔光四射，儀表出眾，更有著極其相似的氣質，頓時頗覺投緣，呂后拉著她的手進去了。

我喃喃道：「媚娘？這名字怎麼這麼耳熟呢，嫂子貴姓啊？」

李世民道：「姓武。」

一邊的成吉思汗大聲道：「武媚娘？莫不就是後世的武則天？」

李世民緊張道：「汗兄噤聲。」他這才放低聲音跟我說：「就是她，我生恐我的大唐重蹈覆轍，現在到哪都得帶著她，不敢或離啊！」

成吉思汗道：「李兄，不是我說你啊，你這個比劉邦那個頭疼多了，劉邦那個雖然也不省心吧，起碼還知道裡外，你這個倒好，自己挑上擔子幹起來了。」

秦始皇忙道：「包社（說）咧包社咧。」

李世民嘆氣道：「汗兄說得對啊，可是我能怎麼辦呢，要殺有點捨不得，再說媚娘現在未必就已經在想改朝換代的事了，就算我想殺她也師出無名啊！」

這時從屋裡轉出一人幽幽道：「我那邊的徐達、常遇春何嘗不是這樣？」

正是朱元璋。

從另一邊轉出一人道：「你非得殺他們嗎，學我杯酒釋兵權多好，你說呢小強？」正是趙匡胤。

我忙道：「各位，這個問題咱們以後另說。」

三個月以後他們將脫離天道的事，我還沒來得及告訴他們，匆忙之間也說不清楚。

一干皇帝都道：「小強，把兒子抱出來我們看看。」

我跑進屋裡，把不該抱出來，一群老傢伙圍過來，看了半天，紛紛道：「這孩子，除了名字難聽一點以外，怎麼看都比小強強！」

李世民抱過不該掂了掂，笑道：「喲，衝這體格，以後怎麼也是個護國將軍的料。」

我忙作揖道：「謝主隆恩。」

李世民茫然道：「謝我做什麼？」

成吉思汗笑道：「君無戲言，你不是已經封這孩子護國將軍了嗎？」

李世民一頓，隨即嘆道：「小強越來越狡猾了，以後跟他說話要萬萬小心。」

我嘿嘿道：「李哥，以你的身分，初次見面封個將軍不算什麼吧，真要世襲罔替，我這個宰相，我們家不該還不等急了呀——你們說是吧陛下們？」

一干皇帝你看看我我看看你，均笑道：「小強這是在將我們的軍呢。」

趙匡胤道：「做將軍有什麼好，打打殺殺的，我願這孩子以後做個太平王就最好了……」

他剛說到這，頓時意識到自己失口，其他幾人都幸災樂禍地看著他，我朝他作揖道：「謝主隆恩！」眨眼間，我們家不該又到手一個太平王。

成吉思汗小心翼翼道：「我可什麼也沒說吧？」

我說：「老哥哥，等這孩子長大以後，你早就該占地無數了，你當初賞我是一天的地盤，你小侄子怎麼也得一個月吧？」

成吉思汗搖手道：「不行不行，他要再繞著我王帳轉一個月我可受不了，這樣吧，我有四個兒子，現在認這孩子為第五子，除了王子固有的萬戶之外，其他封賞按戰功遞增。」

我白了他一眼道：「才不去呢，你算得倒好，到時候我兒子領著唐朝的兵和宋朝的兵幫你打仗去呀？」

朱元璋接過小不該道：「其實鐵老哥說得也對，認個乾爹不比什麼強。」

我說：「誰認誰當乾爹呀？」

朱元璋愕然道：「難道我認他當乾爹？」

眾人笑得前仰後合。

我們正說笑之際，李世民忽然朝我使個眼色道：「你親家來了。」

我一看，只見張良手牽一個小女孩向我們這邊走來，在場的雖然都是皇帝可汗，不過張良是漢朝人，也就按一般禮節跟其他人見禮：「見過各位陛下。」

李世民半開玩笑半認真道：「子房，去我那幹吧，叫韓信和蕭何也來，反正他們最後……」

成吉思汗拉了他一把，李世民也意識到有些玩笑是不能亂開的，急忙閉嘴。

張良只是微笑不語，我低頭一看，見他領著的那個小丫頭長得粉嘟嘟的，長長的眼睫毛直眨，我蹲下身道：「喲，這不是我兒媳婦嗎？」

不等張良教，小丫頭奶聲奶氣叫道：「蜀黍（叔叔）好。」

我喜出望外道：「這麼小就會叫人啦？」

小丫頭看著我懷裡的不該，問道：「這是弟弟嗎？」

我眉開眼笑道：「是弟弟，哦對了，按理說你得叫我公公。」

小丫頭被我這副怪叔叔的尊容嚇著了，躲在張良身後怯怯道：「爹爹，公公是什麼呀？」

朱元璋壞笑道：「公公就是那樣的人。」說著一指院子角落裡一個太監。

我剛想回口，見了那太監不禁一愣，此人正是趙高。

前段時間我忙得腳朝天，一直把他給忘了，我向來對這個傢伙很有意見，一是因為我跟胖子關係鐵，見不得有人禍害他的江山，二來我也很喜歡小胡亥，通過長時間的相處，我發現這孩子其實就是憨乎乎的，可他並不傻，對人有實心，三來，我討厭這種不男不女的傢伙，像劉邦殺韓信，朱元璋殺徐達，不管這些部下到底有沒有反心，畢竟都是男人跟男人之間的事，可一個太監跑出來橫插一槓子，禍害了別人，自己也得不了天下，屬於典型的損人不利己，這就太惡劣了。

當下我沉著臉叫道：「趙高，你過來！」

趙高聽我叫他，急忙小碎步趕過來，滿臉討好道：「齊王有何吩咐？」

其他幾人一聽這人就是趙高，頓時一愣，神色間都嚴肅起來。

我在院裡左右一掃，正巧見我家裡養的幾隻梅花鹿閒逛出來，我一指那鹿說：「我問你，那是什麼？」

趙高匍匐在地，看了一眼，陪笑道：「回齊王，那是馬。」

李世民他們相顧失色，我勃然大怒道，咬牙切齒道：「好哇，當著我們的面你還敢這麼說？」

秦始皇這會兒臉上也掛不住了，喝道：「人咧！」

一隊盔甲鮮明的武士凜然道：「在！」

胖子的下一句話誰都猜出來了，肯定是：灑（殺）掉灑掉——我略一擺手阻止了胖子，正視趙高，嚴厲道：「再給你一次機會——那是什麼？」

我就不相信還有這麼大義凜然的太監。

這時趙高也感覺到不對勁了，臉上變色，戰戰兢兢道：「回齊王，那是……馬。」

我向秦始皇一揮手，「灑掉！」

李世民在邊上偷偷拉了我一把，小聲說：「小強，你說這是不是他真不認識鹿？」

我愕然，又指著院裡馬車前套著的幾匹馬問趙高：「那你說那是什麼？」

趙高汗流滿面道：「那……是馬。」

這下我倒真來了興趣了，又指著鹿問：「這個呢？」

趙高愣了一下，好像終於想通了其中的關節，擦著汗陪笑道：「回齊王，這是小馬，是奴家沒說清楚，惹得齊王生氣了，真是罪該萬死……」

我們集體目瞪口呆，原來……真有不認識鹿的。

趙高跪在地上兀自道：「說來也奇怪得很，這小馬長大以後，身上斑點竟會自己消失不見，倒是稀奇……」

這時胡亥正巧從我們邊上經過，聽趙高這麼說，立刻鄙夷道：「那是鹿！」

趙高茫然道：「鹿？」

胡亥不屑道：「連鹿都不認識，還侍候我父皇呢！」

趙高百思不得其解，拽住一個打他身邊經過的家丁，急切道：「你說，那是鹿還是小馬？」

新一輪的指鹿為馬開始了，我們故意誰都不說話，就看別人怎麼說。

那家丁一掃帚把趙高拱開，邊掃地邊罵罵咧咧道：「死閹人，每天除了溜鬚拍馬什麼也不會，連鹿也沒見過！」

趙高呆呆道：「原來這東西叫鹿，以前倒也見過，不過一直是當馬……」

我現在明白了，他不是沒見過鹿，也不是沒見過馬，他是沒見過小馬。

趙高發了一會兒呆，這才給胡亥磕了一個頭道：「多謝二皇子賜教，奴家可真真受益了。」

小胡亥背著手得意道：「這有什麼，你沒見過的東西多了——會飛的烏龜你見過嗎？」

趙高苦笑道：「沒見過。」

胡亥儼然道：「我見過。」

趙高奇道：「會飛的烏龜——這個有嗎？」

胡亥口氣不善道：「你說呢？」

趙高磕頭如搗蒜道：「二皇子說有，那就一定有的。」

趙匡胤、成吉思汗幾個竊竊私語道：「會飛的烏龜？真有這玩意啊？」

我小聲告訴他們：「超級瑪麗裡有。」隨即跟秦始皇說：「嬴哥，這個該管管了啊。」太以自我為中心了，這長大以後還得是暴君。

秦始皇一指胡亥，吼道：「包（不要）胡發（耍）咧，回氣（去）削（學）習氣！」

這次這群皇帝聚在秦朝，一是為了看看我兒子，二來是為了再次碰頭，開個小型高峰會議，主要議題包括最近經濟動態、天道恢復平靜後，剩餘人口回流問題和包括歷史遺留問題，如武則天這樣的。

目前，各國經濟增長速度持平，秦、漢以及後面的四大朝都已經有了自己的支柱型產業，衣食住行都被他們合理瓜分了，除秦漢主導兵道裡的出行和食宿外，成吉思汗主要發展旅遊業，宋朝人主要負責投資。

與之相對應的，各個朝代的流動人口也漸漸分了層次，一窮二白的無產階級大多喜歡去秦朝西部淘金，中產階級一般流連在草原，過著風吹草低見牛羊的悠閒生活，而繁華的唐朝則多是貴族和有錢人待的地方……

鑒於兵道三個月以後就會關閉的前提下，本朝人口何時回流問題被這些皇帝們提上了日程。這個其實還不是他們最關心的，陛下們最關心的還是身後事的問題。

我們知道，很多野史把他們的成功都歸結為天命，可事實上，這幫傢伙沒一個是願意順應天命的人，相反的，他們的性格裡絕沒有一點「順」的意思，想想看，秦始皇、劉邦、李世民、朱元璋……他們中任何一個都是靠逆天而行才換來的基業，想讓他們順應天命，除非天命先順應他們。

簡單來講，一個盛世的開創必定伴隨著巨大的混亂，隨後就是無窮的後遺症，而這種後遺症靠一代帝王是無法消除的，他們同樣面臨著各種問題，有的是武將勢大，有的是外戚干政，有的是同宗操戈。

拿劉邦來講，在打江山伊始，他離不開呂氏的幫助，塵埃落定之後他再想撥亂反正，呂氏已經坐大；成吉思汗的子孫多次內戰，這種前兆在他生前就有體現，但手心手背都是肉，你讓老鐵怎麼辦呢？對敵人，他有無往不勝的彎刀，可對自己的兒子，他只能是一籌莫展；李世民就更不用說了，他絕不願意李家的江山中途橫插出個武則天來……

根據天道原則，既定歷史不能更改，所以這幫皇帝佬聚在一起，一是看看能不能想出什麼投機辦法，二來主要是互相訴訴苦。

而一般開訴苦會的時候，幾個傢伙都是避著我的，因為不管怎麼說，我的身分還是天庭的代理，這就像總代理和當地的經銷商關係處得再好，也不可能虧本出貨是一樣的道理。可他們還是不明白，我是天庭的代理不假，可跟天道就是兩回事了，劉老六那幫傢伙還想著法的欺上瞞下呢……

這天我照例先去看包子，包子身披貂皮大衣，團坐在炕上，屋裡遍點火盆，以包子的個性能待到現在也算奇蹟了。

這其中很大一部分都是因為她現在並不孤獨——我進來的時候，她正把小不該的手含在嘴裡逗他玩呢。

過了這麼幾天，小傢伙皮膚上的褶皺已經完全舒展，醒著的時候就瞪著眼睛望天，目光灼灼，像個哲人，睡著的時候也像是在思考民生大計，非常搞笑。

不過這倒跟他的身分很相符，這小子這幾天認的幾個乾爹乾媽都是重量級人物，封在他頭上的爵位官銜「罄竹難書」，就算他從現在思考也夠他忙的。

我從屋裡出來，見秦始皇他們幾個正在另一間屋裡偷偷摸摸地商量什麼，我走進去，幾個人都不說話了。

我心中暗笑，過去拉個凳子坐下，故意問：「陛下們聊什麼呢？」

幾人面面相覷，均是嘿然無語，沉默了一會兒，脾氣比較急的趙匡胤率先道：「咱們就跟他說了怕什麼，小強又不是外人。」

李世民打著哈哈道：「其實也沒什麼。」

我看了一眼對面屋裡正和呂后閒聊的武則天，笑道：「李哥是不是巴不得把嫂子留在嬴哥這算了？」

李世民嘿嘿笑道：「說實話我是這麼想的，不過你放心，我不會這麼做的。」

我清了清嗓子道：「那我也實話跟大家說了吧，三個月以後，天道將恢復平靜，到時候在座的哥哥們就不用再顧忌歷史了；換句話說，自主權又回到你們手裡，你們可以再真正當一回皇帝了。」

幾個人再次交換個眼神，都顯得有點不可置信，李世民訝異道：「你說的是真的？怎麼不早告訴我們？」

我說：「我也剛知道不久，本來是想等劉邦在的時候一塊跟你們說呢。」

趙匡胤點著桌子道：「這麼說，世民兄現在可以殺武則天了？」

李士民白了他一眼道：「誰說我一定要殺媚娘了？」

趙匡胤道：「我只是打個比方嘛。」

朱元璋浪笑兩聲道：「既然武則天不用再當女皇，那就不是武則天了，剩下的嘛，就看世民兄以後怎麼調教了，嘿嘿。」

我對李世民說：「李哥，嫂子治理國家其實也很有一套的，既然你不想讓她幹，那就好好開導她，至少別殺她。」

李世民道：「我本來也沒想殺她。」

我又看看朱元璋，不等我說話，朱元璋攤手道：「我也沒想再殺徐達他們，要殺他們多簡單吶，事實上，這幫老兄弟跟我是真有感情的，當初我殺他們也不是怕他們自己造反……哎，說這些沒用。」

朱元璋用難得認真的口氣說：「做錯事難受，更可怕的是明知是錯事還得去做，我是真不想重蹈覆轍啊！」

趙匡胤手裡環著酒杯看看朱元璋，沒說話。朱元璋卻明白他的意思，不屑道：「甭看我，我就不信沒有比你的杯酒釋兵權更好的法子。」

我嘆道：「看來這裡就數趙哥煩心事最少。」

李世民道：「不見得吧。」說著他捅捅趙匡胤道：「誒，老趙我問你，那個『燭影斧聲』到底是怎麼回事？」

趙匡胤臉色微變道：「這就不足為外人道了。」

我奇道：「什麼『燭影斧聲』？」

李世民道：「老趙上輩子駕崩當晚，有人看見他弟弟趙光義在他屋裡，在火燭的影子裡，響起了斧頭鑿東西的聲音，所以後人懷疑老趙的死不大正常……」

我寒了一個道：「親兄弟不至於自相殘殺吧？」

李世民尷尬道：「生在帝王之家可就難說了。」

我怎麼想，都覺得用斧頭謀殺一個皇帝不怎麼可能，尤其還是親哥倆，再說，你就算想弒君奪位，也不用背把斧子去敲他吧？於是道：「說不定只是趙哥湊巧想吃核桃了呢？」

我只是隨口一說，想不到趙匡胤臉色大變道：「你怎麼知道的？我給趙佶的家書你偷看了？」

我茫然道：「什麼家書？」

這時一干人都來了興趣，紛紛問：「那晚真的是你想吃核桃？」

趙匡胤羞愧地點點頭，道：「我自幼愛吃核桃，平時還可以自己砸，那晚實在精神不濟就讓光義代勞，誰知一個核桃還沒砸好，我就去了地府了，當時除了光義之外，還有幾個皇室成員，但考慮到形象，這事一直是作為家族絕密流傳的，到後來，我趙家子孫裡也就只有皇位的繼承人才被告知。」

趙匡胤居然是為了一個核桃饞死的！這就解釋了當晚為什麼會有斧頭——這玩意對趙匡胤就像酒之於酒鬼一樣，是必備之物，一個核桃沒砸好，趙匡胤掛了。

要是一般百姓，這本沒什麼丟人的，可皇帝就不能這麼說了，天子嘛，就應該摒絕一切塵世間的愛好，「太祖御駕歸天前欲食核桃一枚」是絕不能讓別人知道的，所以此事雖然解釋起來簡單，可還是被趙家人當家醜一樣遮掩起來。

當初聯軍圍金，趙匡胤為了取信宋徽宗，寫去一封家書，據說上有趙氏一門的絕密，看來說的就是這個。

我咂摸著嘴道：「趙哥愛好也特別了點，你要喜歡嗑瓜子，動靜不就小多了麼？」

趙匡胤覺得自己的愛好被曝了光，被大家鄙視了，低著頭訥訥地不好意思。

李世民安慰他道：「沒事，誰沒個愛好呢。」

趙匡胤先是感激地看了他一眼，繼而叫道：「我們宋朝的事，你一唐朝皇帝知道那麼清楚幹嘛？」

李世民道：「這有什麼，清朝的事我也知道不少呢。」

秦始皇拍拍桌子道：「餓總結一哈（下）奧，就絲社（是說）以後咱們這些兒人又摸（沒）人管咧，美滴很！」

朱元璋道：「也沒什麼好，要按天道那麼活沒啥可操心的，這沒人管了，咱可就偷不成懶了。」

一干皇帝嘻嘻哈哈道：「就是就是。」一副得了便宜還賣乖的德行。

李世民道：「咱們正好利用這次機會好好處理一下以前沒處理好的事，天下被咱們平了，就多陪陪家人，你看後來的電視裡，把咱們家裡都拍得陰森森的，好像一投生在帝王家就得靠裝傻混日子，最後再爆發奪位之爭，現在正好改改形象。」

我有感而發說：「李哥說得很好，陛下們主要的問題就是繼承人，狼多肉少，位子只有一個，給誰不給誰自然犯難，這個其實還得從人生觀世界觀開始教起，『成者王侯敗者寇』這種話就不要教孩子了，多給他們灌輸家庭理念。就像鐵木真老哥，你有四個兒子吧？那你最重要的不是選誰當你的繼承人，而是要把重點放在那三個兒子身上，要教育他們有平常心，就像你開個養雞廠，不見得都得當廠長，老大當了廠長，老二可以負責技術嘛，老三搞飼料，老四專門預防禽流感。」

成吉思汗道：「我們草原上只有牛羊沒有雞。」

我說：「那讓老四預防口蹄疫，一樣的嘛。」

我轉頭對秦始皇說：「嬴哥，雖然你只有兩個兒子，可我發現你包袱也不輕，你一直都在為難該讓哪個繼任，照你以前的意思，是把位子給老大，可據我觀察，胡亥這孩子也不錯，只要好好培訓他。」

我一指李世民：「李哥，嫂子的問題，你想好解決辦法了嗎？」

李世民：「……我處理就好了。」

我點點頭，見趙匡胤已經有點想開溜的意思，斷然道：「你，核桃別吃了，改嗑瓜子！」

朱元璋看看一幫被我數落的同行，幸災樂禍道：「小強說的你們都記住了嗎？」

同行們齊聲道：「你閉嘴！」

李世民撓撓頭道：「什麼時候輪著小強教訓咱們了？」說著斜了我一眼，拍拍屁股走了。

成吉思汗道：「其實小強說的還是有點道理的。」

我拉住他的手感動道：「老哥哥，就你明白我的苦心啊。」

成吉思汗掙開我的手，笑道：「不過我那養雞廠的廠長誰當還是個問題。」說著也走了。

不等我說話，趙匡胤起身道：「我覺得我作為一個皇帝，愛吃核桃不是什麼勞民傷財的事。」瞪我一眼，也走了。

秦始皇隨著起身，我拉著他的手道：「嬴哥，我可都是為你好。」

「掛皮！」胖子悠然而去。

然後就剩我和朱元璋，你看看我我看看你，我小心翼翼地說：「徐達他們……」

朱元璋伸個懶腰道：「秦朝什麼都好，就是伙食太差，我去弄個烤鴨吃吃。」

我：「……」這就是過河拆橋的經典重現啊！

皇帝佬們寬了心，一個個志得意滿地踅到院子裡，李世民提議道：「咱湊一桌，摸個八圈怎麼樣？」

朱元璋和趙匡胤都沒意見，但是劉邦不在，秦始皇和成吉思汗又不會打麻將，朱元璋朝我招手道：「小強快點，三缺一。」

滿心幽怨的我沒好氣道：「不玩！」

朱元璋道：「快來，我加封你個一等公。」

我嘿嘿一笑道：「下面的時間我準備和我兒子在一起，要不勻給你們點？」

朱元璋等人：「……你還是陪你兒子去吧。」

趙匡胤左右一掃，見呂后和武則天正在院子裡，拉拉李世民道：「世民兄，尊夫人不是閒著麼，拉來湊個數唄，反正我們也不能真贏她。」

李世民招手道：「媚娘，來。」

這位後世的武則天邁著小方步來到幾人面前，先跟旁人見過了禮，這才柔聲道：「陛下喚臣妾何事？」

李世民道：「陪我們玩玩麻將。」

武則天惶恐道：「可是臣妾不會。」

一邊的呂后忽道：「我教你啊。」

武則天欽佩道：「姐姐連這個也會？」

呂后道：「我家那口子跟我說過這東西。」

三人落座，呂后就搬把椅子坐在武則天身旁，一群人雙手亂搓把牌打亂，武則天怯怯地不敢亂動，呂后道：「抓牌啊妹子。」

武則天害羞道：「這怎麼可以？」

呂后道：「嗨，賭桌上無大小，你就把他們看成是你的姐妹好了。」

趙匡胤等人紛紛道：「說得對說得對，你就把我們當後宮……」

李世民朝武則天微微一笑道：「媚娘，以後在這幾位老兄面前不必拘禮。」

武則天這才把十個指頭微微搭上牌桌，呂后從洗牌抓牌開始教她，一手牌碼好，呂后在她耳邊告訴她規則和玩法，武則天用心記住，忽然大聲道：「那姐姐，你看我這把是不是和三六筒啊？」

朱元璋驚道：「不是吧，這麼早就聽牌了？」

呂后看了一眼她的牌，失笑道：「妹妹手氣是不錯，不過以後你和什麼，千萬不能讓人知道！」

武則天臉一紅，輪到她抓牌，她拿過一張放在牌堆裡，又往外打個風頭，然後有些無措地問呂后：「下面該怎麼辦？」

呂后興奮地一把把牌推倒，道：「傻妹子，咱和啦！」

一千男人半晌無語，趙匡胤愣了半天，這才重新洗牌，一邊道：「我看李家妹子手氣不錯，咱不如玩點帶血的。」

李世民道：「你想怎麼帶？」

趙匡胤道：「一局一個村子，比如這局我贏了，你們每家從國土裡送我個村子。」

朱元璋立刻贊同道：「好好好，小賭怡情，這樣玩著也有意思。」口氣就是大，村長在我眼裡那得算高幹了。

結果也不知是因為武則天手氣好還是風頭順，兩把下來，三個皇帝每人欠她倆村兒，武則天由此得了個外號「武村長」。

朱元璋不滿道：「換風換風，今天真邪門了。」

趙匡胤也道：「還有世民兄也該下去了，打牌哪有夫妻檔上的，淨放炮。」

李世民委屈道：「炮還不都是你放的，我可是下家！」

呂后笑道：「我上吧，咱好歹湊個四國混戰。」

……於是，接下來的幾天裡，這幾位就這麼度過了，武則天充分展現了她在這上面的天賦，走的時候，漢宋明三朝已經被她遍插紅旗。

李世民對另外哥幾個得意道：「想不到啊，以後我就指著她為我大唐開疆闢土了！」

趙匡胤和朱元璋對視一眼，唉聲嘆氣地上車走了，呂后一跺腳，憤然道：「哼，等我老公回來再替我報仇。」

包子捂得嚴嚴實實站在門口相送，此時道：「下回咱玩六國跳棋吧。」

這回成吉思汗連同李世民都趕緊上車，都道：「快走快走，秦國大司馬發威了，她這是要滅我們六國啊——」

一幫皇帝們走後第二天，花木蘭也要回國了，她現在身分特殊，公務繁忙，花木蘭抱著不該跟我和包子說：「等小傢伙滿月了我再來看你們，小象就跟我走了，曹操來看他也方便一些。」

曹小象親了親他的不該弟弟，抬頭可憐巴巴地說：「爸爸，你以後還要不要我了？」

我急忙蹲下身道：「爸爸怎麼可能不要你呢？」

我忽然想到一個問題，跟他說：「小象，按說三個月以後你就可以回到你曹操爸爸那了，到時候……」

後面的話我沒說完，畢竟小象還小，有些話不適合跟他明說，照曹操對他的寵愛，只要他回去，那魏國的江山八成還是他的。

誰知曹小象乾脆道：「我不回去了。」

我奇道：「為什麼？」

曹小象訥訥道：「我不想跟哥哥們爭。」原來他什麼都明白，大概也正因為他這種聰穎恬淡的性格，曹操才會那麼喜歡他。

我摸摸他的頭道：「那爸爸過些時候去接你。」

除了我和包子，還有一個人對小象依依不捨——胡亥拉著曹小象的手低頭不語，兩個小孩這些天已經培養出了深厚的感情。

第八章

滿月酒

孫思欣話音未落，一個頭皮刮得青楞楞的大漢從一輛奧迪A6裡鑽出來，車門也不關，上來一把把我拍得一溜趔趄，粗聲大氣地嚷嚷道：「強哥，恭喜呀，兒子滿月也不打聲招呼，還得我們自己腆著臉來，怕咱出不起分子錢啊？」

胡亥回頭看看秦始皇，怯怯道：「父皇，我想送小象哥哥一個禮物。」

胖子道：「送撒（啥）你看著辦。」

胡亥喃喃道：「齊、楚、魏、鄭都送出去了，小象哥哥，你就當魯王吧。」

包子小聲道：「這孩子是不也太大方了點啊？」

我是齊王加鄭王，包子是大司馬加魏王，我們家不該沒出生時就已經被封為楚王了，現在曹小象又被封為魯王，光我們家在秦朝的股份就遠遠超過一半了。

曹小象拉著胡亥的手，小大人一樣語重心長道：「賢弟，你這份禮太重了，愚兄無以為報，這就把調三十個人的秘笈教給你吧。」

我們無不失笑，原來曹小象也挺不老實的，這麼久才教。

小象接著道：「以前不教你，是怕你貪玩誤了學業，我留給你的兩篇文章《過秦論》和《六國論》，等你能看懂的時候，一定要好好體味其中的道理。」

我大慚，看看人家這水準境界！

呂后走過來衝我打個招呼道：「小強，我也該走了。最後問你個事——我們家老劉外頭是不是有人了？」

「呃……」我為難道：「嫂子，這事最好還是你和劉哥私下交涉。」

呂后嘆口氣道：「我也沒有要追究的意思，像你劉哥那樣的男人，外頭有一個兩個的也不算什麼，我就是想見見這位姐妹。」

我扛了包子一下：「你也學學嫂子這胸懷！」

……

接下來的時間過得飛快，不該即將滿月，這天我又接到我家老爺子一個電話，老頭劈頭蓋臉似的叫道：「小兔崽子，你是不是死在外邊了？」

不等我找什麼藉口，老頭忽然口風一轉，可憐巴巴地說：「強子，你快回來吧，讓我這個老東西見見小東西，你知道不知道，我現在連門都不敢出，就怕鄰居問我孫子長什麼樣，你說有我這樣當爺爺的嗎？」

我一陣沉默，只得說：「您看我們什麼時候回去？」

老頭頓時來了精神：「後天不該滿月，你們明天能回來嗎？」

我沒有辦法，只好說：「我們明天準回去。」

老頭用一如既往的大嗓門道：「老子就知道你不敢不回來，實話跟你說了吧，滿月酒的飯館我都訂好了——就在你和包子結婚那個地方，叫什麼來著？『快活林』！」

我掛了電話看看包子，包子也朝我苦笑一下：她家老會計也給她下了同樣的通牒。

包子唉聲嘆氣道：「你說咱能不能把老人都接到秦朝來，咱以後就在這過，我還真有點不想回去了。」

說實話我也不想回去，在秦朝多好呀！現在我們就兼著好幾個王，只要跟小胡亥處好了，這天下遲早都得是我的——

可現實就是現實，我的這些客戶們，哪一個都不是能隨便放棄自己生活的人，我們註定只能活在各自的軌跡裡。

眼看回去勢在必行，我覺得有必要跟還在外頭的項羽和劉邦打個招呼，如果趕得及，晚上或許還能吃個飯，可這兩個傢伙，一個領著老婆在王羲之那待著不想回來了，說是要讓虞姬肚裡的寶寶受受胎教，一個說是暫時還回不來，蘇侯爺非常頑固，雖然吃了藥，可還是不大買帳，劉邦正在想辦法。

結果第二天去送我們的只有胖子、二傻和李師師金少炎兩口子，包子懷抱不該，一步三回頭，我站在車邊看著他們。我們心裡都明白，這一回去再想來就不那麼容易了，三個月的期限不知不覺中已經只剩下倆月，我們家這小東西回去跟爺爺外公這麼一團聚，沒有個把月哪也別想去。

我看了一眼金少炎：「你真不打算回去一趟？」

金少炎淡淡一笑道：「回去還得回來，白惹傷心。」

李師師道：「放心吧表哥表嫂，我們會保重的。」

我再看看二傻，傻子倒是很淡定，衝我點點頭道：「走吧，我們……」後面的話沒說出來，被嬴胖子一把拍回去了，胖子笑道：「路上小心些。」

這句話挺多餘的，兵道裡雖然車來車往，但空間是可以無限延伸的，包子頻頻回頭道：「我們就這樣走了？」

「那你還想怎樣？」我嘴上這麼說著，也頻頻回頭，我和五人組自從第一次久別之後，再見總是離多聚少，想不到這次分別在這麼匆忙的情況下。

我把車開進兵道，指著路兩邊熙熙攘攘的人流，跟還在傷感中的包子說：「你最後看一眼這路是真的，再沒有這麼寬的馬路讓你折騰了。」

包子的臉色越來越陰鬱，她把不該仔細地用小棉被圍好，忽然猛地拉開車窗把頭探出去，我還沒反應過來，只聽她大聲呵斥我們前面的馬車：「讓開，我是秦國的大司馬！」

在路人驚詫和敬畏的眼神中，我們的車急速穿梭而過，我納悶地看著包子，包子這才不好意思地說：「臨走擅用一下職權……」

我：「……」

其實我明白，這是包子在用她的方式和兵道告別。

路上經過唐朝和梁山的時候，我幾次想停下來去看看那幫老朋友們，可是忍住了，只有短短不到一天時間，正如金少炎說的，徒惹傷感而已。

回來的兵道依舊開在何天竇家的車庫，我們一出車庫門，包子就叫道：「咱們這的空氣真難聞，你看把不該嗆的。」

我一看，果然見小傢伙緊皺眉頭，把一對小拳頭都高高舉起表示抗議，我無奈道：「沒辦法，習慣了就好了。」

我一按鑰匙，自動門捲下來，「秦朝不也沒有這樣的門嗎？」包子不屑道：「我稀罕啊？我雇倆人站這杵著開門不好嗎？空氣就讓這門鬧壞了！」說話間我回頭看了一眼，車庫裡的兵道已經完全閉合。

接到了我們回來的消息，四個老人連袂前來看孫子，進門先把我數落了一頓這才開始啃孫子，把我和包子在一邊看得甚是感慨，我們小時候都沒這待遇，這就是隔代親啊。

一夜無話，第二天一大早天還沒亮我就醒了。把冰箱裡過期的東西都扔掉，給包子弄了個荷包蛋，又在昏沉沉的光線裡看了會兒電視購物，外面就大亮起來，懶洋洋地出了門在草坪前坐下，靠著牆，袖著手瞇縫著眼睛曬太陽。

不該的滿月酒訂在中午，再過一會兒就該動身去飯館了，我把腦袋斜倚在牆上，希望抓緊最後一點時間補個小覺。

正當我在似睡非睡的時候，恍惚就見在那清水家園廣袤的地平線上，依稀出現幾個人影，太陽照得草地上水汽氤氳，開始還模模糊糊，等他們走近一點，就見一個胖子胳肢窩裡夾著小型遊戲機，不仔細看還以為是鍵盤呢，他的旁邊是一個黃臉漢子，不停跟身邊的人說著什麼，看那表情就知道在吹牛，不過他身邊那個人根本不怎麼搭理他，而是拿著一個收音機捂在耳朵上聽著，在他們身後，一個超級大個兒背著手走著，大個兒旁邊是兩個說笑的漂亮小姐，一個非常酷的長髮老頭望著遠處的湖水有點失神……

是的，我的五加二人組回來了！

不過我絲毫不為所動——這個夢顯然已經和昨晚那個夢內容重合了。我只需要揉揉眼睛，這一切將歸於平靜。

於是我揉了揉，再睜開——從我這個角度看去，陽光刺眼，七個人迎面而來，還真有點西部片的感覺，有種壯闊悲愴的美感。

可這美感很快就沒了，七個人見我攤開手腳曬太陽的傻樣，頓時笑得前仰後合起來，我不禁站起身，驚詫道：「靠，這夢做得越來越像真的了。」說著，我在那個拿收音機的傻子胸脯上戳了一指頭，感覺……還是像真的。

大個兒忍不住對那個黃臉漢子笑道：「一個月沒見，你看小強跟以前有什麼不同？」

不等他說話，某嬴姓胖子指著我說了聲：「還絲拐（是個）掛皮！」

這種場景何其的熟悉呀！早在我們還住當鋪的時候——尤其是包子剛做好飯的時候，幾乎天天都可以看到。

我看看這個瞄瞄那個，茫然無措，喃喃道：「這夢怎麼還不醒吶？」

項羽把拳頭擰得嘎嘎響，靠近我道：「我給你一拳，你看看疼不疼——當初你不就是這樣試驗我的嗎？」

我一個箭步跳出三米開外，有些事情我是寧可信其有的，萬一要不是做夢，他這一拳還不把我捅飛了？

我把一隻手悄悄伸到背後在屁股上掐了一下，生疼！事到如今，我再無懷疑，不過還是故意裝作波瀾不驚的樣子背手道：「你們回來了？」

劉邦顧不上理我，忽然一溜煙衝進屋去：「搶個好點的房間！」

李師師和花木蘭也嘻嘻哈哈地跟了進去，我見只有胖子沒動，問：「嬴哥，你怎麼不去？」

嬴胖子道：「搶撒（啥）呢麼，餓還絲老地方。」說著，抱著他的遊戲機也進去了。

我看看走在最後閒庭信步的吳三桂，問：「三哥，你那大周皇帝不幹了？」

吳三桂道：「幹！為什麼不幹？」

我奇道：「你們這是打哪來啊，這才是前幾天的事吧？」

吳三桂一指二傻：「我們剛才聽了一路廣播，我說世界金融風暴跟咱那個育才幣不會有關係吧？」

我說：「不會，兵道跟育才是死軸，不搭界的。」

我再看看二傻，笑道：「輌子，收音機哪買的？」

二傻把目光從四十五度角的天上收回來，說：「街上，五百塊買的。」

這時，我就聽樓上包子興奮的尖叫聲：「哇——我不是在做夢吧？」

我趕緊往樓上跑，包子拉著花木蘭又笑又跳，我兒子被她隨便地扔在床上，四仰八叉欲哭無淚，李師師心疼地輕輕抱起不該，嗔怪包子道：「表嫂，哪有你這麼看孩子的？」

小東西張著眼睛，見他的一群乾爹乾娘都到了，這才審時度勢地大哭起來，狀極氣憤，意在利用輿論聲討包子的倒行逆施。

項氏祖宗項羽首先道：「包子，你也太不小心了。」

秦始皇道：「就絲（是）滴，碎碎（小小）滴娃要小心些兒咧。」

只有劉邦把腦袋從他房間裡伸出來道：「人哪有那麼嬌貴，我兒子還不是從小摔打大的，照樣當皇帝。」

這幫人來了我家，在包子的屋裡一晃，然後就有的換拖鞋，有的找自己以前用過的牙刷，只把我和包子留在當地「夢裡不知身是客」，他們直接「直把杭州作汴州」。

我愣了一會這才拉住從我身邊經過的項羽，還不等我開口，項羽先問我：「我的大褲衩呢？」我呆呆地指了指櫃子，項羽點點頭，拔腿就要走。

我急忙又拽住他，「誒，我還沒問你呢。」

「問啥？」

「……嫂子呢？」虞姬再有兩個月也該生了，這個時候他還敢四處亂跑？還有，他們是怎麼回來的？

「你嫂子挺好的呀。」項羽換了大褲衩，啪嗒啪嗒穿著拖鞋洗臉去了，我只好又拉住李師師，「少炎呢？」

李師師從包子那拿了幾件新內衣往自己屋裡走，見我問她，說道：「少炎去接他奶奶了啊。」

「……你們怎麼回來的呀？」

「搭車啊。」李師師很自然地說。

我還想再問，李師師看了一眼牆上的表叫道：「哎呀，我們該走了。」

我和包子相對悚然，我忍不住叫道：「去哪兒？你們來我這就為晃一圈啊？」

不管什麼原因，要真是那樣，還不如是個夢呢，這對我和包子未免也太殘酷了。

包子抱緊不該，站在樓梯口有點像是被嚇住了，一隻手下意識地抓住了剛好從身邊走過的花木蘭。

李師師見我們這副表情，愣了一下忽然咯咯笑道：「傻樣，這個『我們』包括你和表嫂啊——咱們該去育才了。」

我奇道：「去育才？」

李師師無奈道：「劉仙人真的沒跟你們說啊？」

「劉老六？說什麼？你們到底是怎麼來的，不怕天道把你們遣送回去了？」

李師師道：「其實表嫂剛生不該那會兒，我們就都接到了劉仙人的通知，說不該滿月那天正好是天道的亞潛伏期的開始，從今天開始，一直到農曆春節以前，只要兵道那邊和育才的活動交流人數不超過一千就沒關係了，剩下的兩個月裡，我們這些你以前的客戶可以隨便走動。」

我恍然道：「所以你們就來了？農曆春節——那還有兩個月啊。」

怪不得我和包子走時項羽劉邦他們故意不來送呢，原來是想給我們一個驚喜，而我們昨天和胖子他們道別的時候，他們也沒有表示過多的傷感，因為他們知道今天又會見面，這個秘密還差點被二傻給說出來，所以當時秦始皇拽了他一把……

「真的？」包子頓時歡喜無限，可是她馬上說：「哎呀，咱們該去『快活林』了，你爸和我爸他們還都等著呢。」

我說：「那一起走唄，反正又不是沒一起吃過飯。」

項羽從後面捏住我的脖頸子道：「去啥『快活林』，育才那邊也有不少人等你呢。」

「都有誰呀？」

項羽道：「反正該來的都來了——我自然不能把你嫂子一個人放下。」

我驚道：「嫂子也來了？」

項羽微笑點頭。

秦始皇插口道：「餓看不該來滴也來了不少。」

「誰不該來？」我很好奇，厚道的秦始皇眼裡也有黑名單？

花木蘭笑道：「你去了不就知道了？就衝我乾兒子蕭不該滿月正好是天道偷懶，那不該來的人還真是來了不少。」

我越發好奇，恨不得肋生雙翅，可是又為難道：「那我和包子的兩家大人怎麼辦？」

劉邦道：「哎呀你死腦筋，哪邊重要啊？」

「呃……」說實話，我還是覺得老人們那邊比較重要，畢竟都是長輩，我和包子還沒膽子大到揭竿而起的地步。

項羽很隨便地跟包子說：「給你爸打個電話，讓他去育才見我。」

他是有底氣這麼說，老會計是他不知第多少代的重孫呢，可我爹怎麼辦呢？我們蕭家祖宗看來是門庭中落，我接待過的客戶裡除了蕭讓，連個名人也沒有。

劉邦道：「小強，你爸要知道你為了吃一頓可有可無的飯，得罪了歷史上幾乎所有的名人，他不得抽你呀？」

我鬱悶道：「他要是知道我為了去見一幫亂七八糟的人不去吃他這頓飯才抽我呢！」

一干人：「……」

最後我豁然道：「算了，咱們先去育才，一會兒我再想辦法。」

到了門外，我看浩浩蕩蕩一大幫子，問：「怎麼走？」

項羽親暱地拍拍我那輛無敵破車：「我開這輛。」

包子道：「這也坐不下呀。」

我不禁看了項羽他們一眼，說：「你們來了，打個電話讓我們過去就行了嘛，還非得跑一趟。」

項羽呵呵一笑：「一來是怕你不信，二來……我們都想你了唄。」

我頓時一陣感動，這種肉麻的話能從他的嘴裡說出來實屬不易啊。

我正準備向包子的祖宗表示一下澎湃的情緒，哪知項羽適時地拍了拍剛換下來的大褲衩，深情道：「主要我是想它了。」……

我惆悵地問包子：「你的車呢？」

包子一拍腦袋：「對了，忘了我也是有車族了。」她把不該交給我，顛顛地跑去開車，不一會就從車庫把她那輛雪佛蘭倒了出來。

我走上去把她趕在副駕駛座，順便把兒子塞在她懷裡，嘀咕道：「哪有讓女人開車，男人抱孩子的？」

劉邦剛好上了我們的車，安慰包子道：「沒事包子，你要想開，跟著我跑車去，你這車絕對是公爵以上貴族才能預約得到的。」

我說：「你們那司機裡頭有女的嗎？」

劉邦道：「司機還沒有，不過我們這行的服務業大多都是美女。」

我嗤笑道：「不就賣票的嗎？」

劉邦認真道：「金馬車上給端茶倒水的，可都比空姐漂亮。」

我忽然想到一個問題，說：「穿你們的漢服，那服務業好搞嗎？是不遮得太嚴實了？」

劉邦道：「這你就不懂了，漢服怎麼了，你看日本女人穿著我們的漢服在全世界不是都挺受歡迎的嗎？」

說著，劉邦突然咂摸著嘴道：「對了，說起衣服我還真得找找鳳鳳。」

「幹什麼？」

「找她做批唐裝，那個露得多，有賣點。」

我說：「你做唐裝找李世民啊。」

不等劉邦說話，包子忍不住道：「你傻啊，那不貴嘛？」

在路上，項羽開著破麵包車一閃就不見了，我問劉邦：「蘇侯爺現在怎麼樣了，他來沒來？」

劉邦道：「別提了，請他可費事了，那老小子腦袋也不知怎麼長的，好說歹說就是不聽，非要繼續放他那兩隻破羊。」

「後來呢？」包子問。

劉邦嘿嘿壞笑道：「一會兒見了，你自己問他吧。」

我說：「這麼說蘇侯爺已經到育才了？」

劉邦得意道：「我想辦的事情哪有辦不成的？」

我壓低聲音道：「你真想跟鳳鳳重溫舊情一下？」

劉邦有點頹喪道：「還是先談業務上的事吧，你也知道你嫂子她可不是個省油的燈。」

我詫異道：「嫂子也來了？她說她不介意的。」

劉邦哼了一聲：「那娘們啥時候說過真話？尤其這方面，女人是不可能跟你說真心話的。」

快到育才的時候，我們的車忽然莫名其妙地被裹挾在一陣車流裡，只能慢慢往前，等到了育才的停車場，就見這裡已經是車滿為患。

育才的停車場說大不大，也跟小廣場似的，往常根本不可能出現這樣的情況。一個後生正邊抹汗邊指揮人們泊車，指手畫腳地比劃著：「你你，再往裡貼點，哎，那個，往右打輪兒……」

「這人看著有點眼熟啊——」我喃喃自語，一愣神的工夫，那後生看見我們的車了，衝我一比劃：「你往這邊來……」

我把頭探出去問：「你是新來的？」什麼時候多了這麼一位我都不知道。

那後生一見我，親熱道：「一百零九哥，是我呀！」

他這麼一招呼我馬上想起來了——這不是朱貴酒店裡那個夥計麼？

我汗道：「你也來啦？哥哥們都到了？」

夥計道：「都等著你呢。」

「……宋江哥哥和武松哥哥他們也來了？」

夥計道：「一百零八位頭領一個不少，連方臘大哥他們都來了。」

想想花榮、武松還有方臘的四大天王那些複製臉，我額頭汗下，看來今天肯定不是一般的混亂啊。

我們下了車走出老遠的時候，夥計還在那手忙腳亂地吆喝，包子道：「怎麼這麼熱鬧啊，咱育才的人又得了什麼獎嗎？」

我也一個勁納悶，這是哪來這麼多人呢？

我一扭頭正好看見站在校門口的孫思欣，小夥子打扮得精精神神正在接待來賓，我忙跑過去：「小孫！」

孫思欣剛滿臉帶笑地把一個人讓進去，見是我招呼道：「強哥，你怎麼才來啊？」

我一把拉住他問：「哪來這麼多人啊，今天什麼日子？」

孫思欣忍著笑道：「瞧你說的，今天不是……」

他話音未落，一個頭皮刮得青楞楞的大漢從一輛奧迪A6裡鑽出來，車門也不關，上來一把把我拍得一溜趔趄，粗聲大氣地嚷嚷道：「強哥，恭喜呀，兒子滿月也不打聲招呼，還得我們自己腆著臉來，怕咱出不起分子錢啊？」

我回頭一看，正是老虎，忙陪笑道：「是虎哥呀——你怎麼知道我兒子滿月？」

老虎不滿道：「要不是我師父通知了一聲，我還真不知道。」

「你師父？」

「董平呀。」

我恍然：「哦，是他呀。」

這時，老虎車後門一開，一個穿身絲綢小褂兒的老頭不疾不徐地鑽了出來，戴著圓片小墨鏡，手裡拎把三弦兒，在我膀子上捏了一把道：「孫子誒，你行，這麼快就把小的搞出來了？」

我忙攙住老頭：「古爺，您也來啦？」

老古把墨鏡和三弦琴往我手裡一堆，抱過小不該細細地看了一番，點頭道：「嗯嗯，這孩子看著就聰明，學文還是學武想好了嗎？」

我恭敬道：「您老看呢？」

老頭勾了勾不該的小手，道：「看手相，這孩子能彈手好三弦兒，練鐵砂掌也行——正式拜師了嗎？」

我說：「……還沒有，不過倒是認了一幫乾爹了。」最後幾個字我故意壓低聲音，老古大概也明白那幫乾爹指什麼人了。

老頭頓了頓道：「喲，那這孩子輩兒可不小，我還說認個乾孫子呢，看來只能兄弟相稱了，我們老哥倆以後多親近吧。」

我叫道：「別啊老爺子，我都是您孫子，你們要是老哥倆，那我跟我兒子怎麼論啊？」

我們這一說笑，停車場上越發擁擠了，朱貴的夥計一指老虎道：「嗨，那個大個兒，趕緊把你車停好。」

老虎橫眉道：「怎麼說話的，能不能客氣點？」

不等我從中調停，旁邊猛然躥出幾個小廝，討好道：「都別動氣。」說著朝老虎一伸手道：「您要信得過我們，這事就交給我們。」

我一看又氣又笑，這幫小子不是別人，竟是我們蕭公館的家丁，這群傢伙別的不會，代客泊車那絕對是熟練到不行，都是拿我那輛破麵包車練出來的好身手。

老虎一愣，順手把鑰匙交給那小廝，小廝接了鑰匙，臉上笑模笑樣，就是不動地方，我在他屁股上踹了一腳，笑罵道：「滾吧，就知道要小費！」

那小廝見我說話了，不敢停留急忙上車。

老虎不好意思道：「你看這是怎麼話說的，把這個給忘了。」硬是趕上去往他手裡塞了五十塊錢……

我陪古爺和老虎走到育才的前門廣場，就見好幾個工人正奮力把兩隻大花瓶擺在校門口，一個工人頭拿了小本朝我走來道：「您就是蕭先生吧，我們是……」

我一擺手：「是陳可嬌小姐讓你們送來的吧？」

工人頭納悶道：「你怎麼知道的？」

「不是她才怪了！」我在他的小本上簽了字，左右一掃，果見「白蓮教主」白蓮花也來了，白蓮花一身米色套裝，笑呵呵地走過來說：「恭喜你啊小強哥。」說著捏了捏不該的臉蛋，跟包子打了聲招呼。

我笑道：「你們老闆又把你支來了？下次送點別的行嗎，我現在看見花瓶就想起你們陳小姐，這對她這樣的女強人是不是有損形象啊？」

白蓮花掩口笑道：「其實要不是沒辦法，哪個女人不想當花瓶呀？」

我嘿嘿笑道：「那你呢？」

白蓮花幽幽怨怨地嘆了口氣道：「我是想當花瓶也沒那本錢啊。」

我忙道：「甭謙虛，誰敢把你當花瓶，那他錢包肯定要倒楣了。」

白蓮教主白了我一眼，替我攙過古爺道：「你今天是主角，看看上下有什麼需要安排的吧，我陪老爺子進去。」

我在他們身後喊：「古爺，我可提醒您，不管她賣您什麼，都千萬掂量好了再買啊。」

我完全相信白蓮花能把電吉他當民族樂器賣給古爺……

不知不覺的，包子在我腰上擰了一下，小聲說：「那個陳可嬌為什麼送你花瓶？」

包子當初像聽笑話一樣聽說過我和陳可嬌的前世孽緣，不過到了這當口還是保持了足夠的警惕，說實話，我自己也對劉老六所說的什麼三世情緣半信半疑，這大概是他為了騙我入彀隨口編的噱頭，你說陳可嬌除了胸圍三十六D外，哪點像妖精？呃，要是估計也是花瓶精。

我打掉包子的手道：「我怎麼知道？」被陳可嬌送花瓶已經習慣了，我倒是很好奇她怎麼知道在今天送花瓶的？

我回頭問孫思欣：「這些人都是來給我兒子過滿月的？這樣公眾形象不太好吧？」

前段時間曝光的專機團購買菸的和蓋豪華祖墳的，不都下馬了嗎？我怎麼也算半個公眾人物，在學校裡給兒子過滿月，還鬧得滿城風雨，弄不好就得給當不正之風辦了。

迎面而來的人群裡，不斷有人跟我打著招呼，有老虎的同門，我以往的朋友，爻村的村民，酒吧的員工，還有不少武林大會時候認識的練家子，有些人依稀臉熟，卻就是叫不上名字。

一個大胖子騎了輛跨斗摩托車停在我面前，叫道：「小強，恭喜恭喜。」

我笑道：「二胖，你小子也來了？」

二胖飛身下車，從斗裡那個女人懷裡抱出個兩三歲大的小姑娘架在脖子上，說道：「叫叔叔。」

小姑娘甜甜地叫了一聲：「蜀黍。」

包子頓時又受不了了，摸了摸小姑娘的頭頂問：「幾歲啦你？」

二胖笑道：「剛三歲，小強，咱們兩家攀個親家怎麼樣？」

我喜不自禁道：「喲，又一個女大三，抱金磚啊，那敢情好啊！」

劉邦在我身後咳嗽一聲道：「小強，你可是已經有親家的人了。」關鍵時刻他倒是挺向著張良的。

我白了他一眼道：「多幾個親家怕什麼，我這一代沒完成的宏願還不該在我兒子身上完成啊？」

不就是多幾個丈母娘嘛，我覺得我們家不該完全有能力應付。

說到丈母娘，我這才注意到二胖他老婆，這是一個姿色平常穿著樸素的女人，大概也不太擅長交際，只是朝我們靦腆地笑了笑，我小聲跟二胖說：「嫂子跟貂禪比怎麼樣？」

二胖湊到我跟前：「我懷疑你現在的嫂子就是貂禪！」

我大驚，問：「為什麼這麼說？」

二胖擠眉弄眼道：「這就不足為外人道了。」

我目瞪口呆地看著他抱著女兒攬著「貂禪」的腰漸漸遠去，我也攬起包子的腰：「咱上輩子還是西施呢。」

一個人在我身後道：「那你上輩子是范蠡？」

我嚇了一跳，回頭一看，見是個身材發福的中年人，臉上掛著無害的笑——費三口。

我一驚一乍道：「你怎麼老神出鬼沒的？」

往停車場一看，果然見他那輛破爛的車子已經停在那了，擋風玻璃上還掛著那個偽裝成小石獅子的塑膠炸彈……

費三口笑道：「職業習慣嘛——我說你這弄的動靜可是挺大呀。」

我隨他的目光往停車場裡看了一眼，滿坑滿谷、各式各樣的車已經占滿了，而且還有車源源不斷地開進來，除了我們蕭公館的家丁，小六子手下那幫痞子也都出來幫忙。我一指蹲那抽菸的小六：「你還不趕緊做飯去？中午這麼多客人你讓他們吃草啊？」

小六無辜地聳聳肩膀：「他們把我趕出來了。」

「誰呀？」

「……不知道，聽說那人是當過宮廷御廚還是什麼的，反正不讓我動手。」

費三口撓頭道：「你這是又把哪位食神弄來了，易牙？」

我苦惱道：「我也不知道了，用嬴同志的話說，今天來了不少不該來的人。」

費三口提醒道：「這麼大的集會，你可要注意形象啊。」

我說話的同時不停擠眉弄眼，費三口顯然明白我今天這幫客人的成分，我說：「要不你倆不重要的擺故宮裡去？」

費三口笑道：「嬴同志來了嗎，我還有些文物保存方面的問題需要向他請教。」

我不悅道：「你來就為公務啊？」

費三口忙道：「別挑刺，除公務之外，也為給我小侄子過滿月，畢竟咱得算朋友吧？」

我這才滿意道：「這還差不多。」

費三口開始渾身摸兜，道：「既然你都是范蠡了，送你錢你也不稀罕，給你點新鮮玩意兒當賀禮吧。」

我頓時來了精神，在他上衣口袋捏著：「自動筆有嗎？」

費三口這傢伙淨糊弄我，他上次送我那個打火機一點也不好用，我還以為他這次起碼能送我個看上去是打火機，實際是照相機的東西呢，結果他就送了我一個看上去是照相機，實際上還是打火機的玩意……

把費三口送進去，還沒等我們動地方，車流裡一輛老式林肯悄無聲息卻又飛揚跋扈地越眾而出，身後還跟著一輛小轎車，一看就知道是保鏢性質的。

前面這輛車停下，司機一路小跑繞到後門，畢恭畢敬地打開車門，一個身穿灰布雙排釦的老傢伙便鑽了出來，老遠就揚著手衝我招呼：「小強，恭喜呀。」

這人一開始我沒認出來，直到他身後那輛車裡又鑽出三個人，這才看出點端倪——這三位西服革履，都是講究的名牌貨，手也專業保鏢似的按在耳朵的通話器上，髮色很鮮豔：分別是紅黃綠，遠遠看去就跟交通信號燈倒了似的。

等那老傢伙沒走兩步就下意識地撿起腳下一個易開罐的時候，我終於反應過來了——柳下蹠！別名王垃圾。

「王總！」老頭怎麼說也是現在道上的魁首，所以我也給足了他面子，假模假樣地老遠就伸出手跟他握。

柳下蹠在距我幾步的地方又撿起個礦泉水瓶子，這才背著手悠然來到我面前，說道：「我手髒，就不跟你握了。」

我嘿然道：「身家都上億了，怎麼老毛病還沒改？」

柳下蹠道：「勤儉總是好的嘛，再說也習慣成自然了。」

他邊說邊把被人踩了一腳的易開罐和礦泉水瓶交給後來趕上的紅毛手裡，紅毛見慣不驚地從西服口袋裡掏出個花紅柳綠的尼龍網兜仔細收好了……

我咳嗽兩聲道:「王總裡邊請吧。」

柳下蹠點點頭,在我肩膀上拍了一把道:「中午和你好好喝頓酒。」說著,帶著交通信號燈們也進去了。

我看新衣服被他拍了個泥手印,一邊心疼地擦著,一邊喃喃道:「這下可好,黑白兩道算來齊了。」

我們在門口站了不到十分鐘,好幾次想進去都被熱情的來客打斷,最後我索性就杵那兒接客了。

孫思欣道:「強哥,這樣真不行,你這畢竟是學校,給孩子過滿月來這麼多人,說出去怕不好聽啊。」

我點了一下不該的鼻子道:「都是你惹的禍,你面子比你老子我大呀。」

不該無聲地笑了。

我問孫思欣:「那照你說怎麼辦?」

孫思欣道:「咱隨便找個由頭唄,就說開文化節怎麼樣?」

我笑道:「你小子腦袋夠用啊,怎麼想出來的?」

孫思欣也笑:「為了應付上面的檢查,咱什麼事沒幹過?」

「趕緊找人寫標語!」我說。

包子眼尖,往遠處一指道:「還找什麼人吶,那不現成一大堆嗎?」

我順她手一看，只見育才的校旗下，一幫老頭正在指著那面小人旗評頭論足，我也笑了，這幫人裡，王羲之、顏真卿、柳公權、吳道子、閻立本還有張擇端都在，我高高揚起手道：「諸位大神，都來啦？」

一群老頭笑瞇瞇地七嘴八舌道：「來了來了。」

我跑過去道：「正找你們呢。」

顏真卿笑道：「小強，你是求字還是求畫啊？」

我興奮道：「都求！」

過了這村沒這店，要說辦文化節，這幾位裡隨便一位的墨寶一張拿出來都夠嗆人，我把我的想法一說，幾位馬上領會了我的意思。

王羲之道：「我給你寫『育才第一屆文化節』掛門口。」

顏真卿道：「那你寫兩幅吧，我在前頭添個『恭祝』，後頭加個『圓滿成功』，掛大禮堂一幅去，散會的時候也可以用嘛。」

他倒是會省事。

閻立本道：「那咱要主題嗎？」

「主題？」

「是啊，你沒看電視上動員人撿垃圾都起個主題，叫全球環保日嗎？」

柳公權道：「我看就叫『希望』吧，既然是給小侄子過滿月，這個比較切題。」

眾人紛紛叫好。

我說：「那標語……」

吳道子道：「這你就別管了，我們幫你想，我跟老閻老張給你畫點小孩兒剛出世的主題壁畫，跟外人就說預示著咱的民族文化要再次振興。」

我無語，到底是文人，搞形而上的東西真是無師自通。

柳公權問我：「既然主題跟不該有關，那標語裡『只生一個好』要嗎？」

「不要！」合起來「不該只生一個好」，我還不如就光明正大地辦滿月酒來得消停呢！

幾個大神各自去忙，我拉住正準備走的吳道子問：「誒，李白呢？」

他能回到育才肯定是靠李白的功勞，可是這半天我還沒見這老頭，時隔多日，我還真挺想老酒鬼的。

吳道子隨手一指——在離我們不遠的育才紀念碑下，一個老醉鬼正拎瓶啤酒斜倚在紀念碑臺階上，我頓時好笑，拉著包子的手走過去。

忽然，我感覺包子的身體一陣僵硬，表情也癡呆起來，喃喃道：「張老師？」

在李白的身邊，另一個鬚髮皆白的老頭正背手抬頭看著我們育才第一任校長——老張的雕像，像是跟李白說，又像是自言自語道：「太白兄，這石像倒依稀有七分像我啊——縱死俠骨香，不慚世上英，這不是你《俠客行》裡那句詩嗎？」

這老頭光看背影就十分熟悉，等他聽到身後有腳步聲轉過頭來，我不禁也大吃了一驚：這人竟然真是那位已經故去的張校長！

我下意識地後退了一步，結巴道：「張……你是誰？」

包子卻不管不顧地把不該交到我懷裡，趕上兩步抓住老頭的肩膀使勁搖著，顫聲道：「張老師，是你嗎？」

那老頭茫然道：「老師？我收過女學生嗎？」

李白瞇縫著眼睛悠然道：「子美，這就是我跟你說過的小強兩口子。」接著他又轉臉跟我說：「小強，還記得我說你們的張校長像誰嗎？我把他也帶來了。」

我驚訝道：「杜甫？」

杜甫和藹地一邊一個牽起我和包子的手，慢慢地點了點頭，欣慰道：「好啊，老夫『安得廣廈千萬間』的困惑終於被你們解決了，那位張兄能收你們兩位做學生，他在天有知，也該含笑九泉了。」

包子激動道：「張……哦不，杜老師，我就是您的學生啊。」

杜甫微笑著點點頭，忽然拉住我的手道：「雖然下輩子才有幸能收包子這樣的學生，那我也是她的長輩，你可要好好待她，否則──」

說到這，這溫文爾雅的老頭忽然臉色一變，在我手上狠狠捏了一把，疼得我一個勁倒吸涼氣，使我更加堅信詩人肯定都幹過流氓……

忙活了半個上午，已經是日上三竿，我們一行人這才勉強接待完大部分的來客，包子看看錶道：「哎呀，時間不早了，你爸還有我爸他們怎麼辦？一會兒該開飯了。」

我眼見這麼多人，一時之間肯定是走不開了，正著急呢，就見一個人剛好從我面前走過，我一把拽住他道：「王寅！」

這人正是我們育才車組的組長王寅，王寅愣然道：「小強？幹什麼？」

我說：「你辛苦一趟，開車去上次我結婚那兒，把我和包子的家長都接到咱育才來。」

王寅苦惱道：「辛苦倒是不敢當，可我不會開車啊。」

我一蹦老高道：「切，你不想去就說不想去，找個好點的藉口行嗎？你不會開車——你那幾年的車怎麼跑下來的？」

王寅急道：「誰呀？孫子才跑車呢！」

一輛大巴停在我們身邊，從車窗裡探出一個人腦袋來怒道：「誰罵老子呢？」

我一看就暈了——又一個王寅！

王寅見是王寅，這才轉怒為笑道：「大哥，是你呀？」

王寅一號攤攤手跟我說：「你明白了吧？」

我撓頭道：「嘿嘿，不好意思啊王哥，我還以為你是他呢。」

王寅二號問：「小強找我有事啊？」

我把兩家老人的事一說，王寅爽快道：「好咧，交給我吧。」直接踩油門飛奔而去，把王寅一號看得心馳神往：「開這玩意比騎馬得難吧？」

我笑道：「這你得問項羽，他最有體會。」

「對了，羽哥他們呢？」我問。

一直默默跟在我們身後的吳三桂道：「剛才我聽有人說他們已經到了。」

包子跟我說：「一會兒老人們到了，把他們安排在雅座裡吧——」

劉邦不知道跑哪兒去了，吳三桂自從進了學校就一直東張西望，我說：「三哥，找什麼呢，有美女啊？」

我一句話沒說完，正前方十二點位置赫然出現三個大美女，其中兩個認識，一個是劉邦的原配呂后，另一個是武則天，兩人都是氣質儼然，那一身華麗的貂裘也不知是才買的還是自帶的；另一個卻不認識，年紀約在四旬左右，白淨的皮膚，長髮披肩，三分的嫵媚倒有七分的純情，雖然不再年輕，依舊楚楚動人。

第九章

不是冤家不聚頭

陳圓圓幽幽地嘆息了一聲道：「他怎麼也來了？」

我奇道：「嫂子說誰？」

陳圓圓一指雷老四道：「此人姓李名自成，

乃是老爺的死仇，想不到他竟然還活著。」

我頓時恍然，不禁苦笑道：「真是不是冤家不聚頭啊。」

三女相伴，均是長裙曳地，目帶新奇，走在校園裡惹得電眼亂飛，我奇道：「咦，真有美女，那個長頭髮的是誰啊？」

吳三桂不由分說，上前就挽住了那個長髮美女的手，我驚道：「三哥穩住！這可不興強搶民女！」

吳三桂瞪我一眼，拉著那美女來到我們跟前道：「小強，來介紹一下，這是你們嫂子，陳圓圓。」

我和包子對視一眼，急忙叫：「嫂子！」

陳圓圓含羞帶怯地朝我們翩翩一禮，吹氣如蘭道：「見過二位貴人，近日常聽陛下提及兩位，真是三生有幸。」

呂后和武則天早已經跟我們混熟了，隨便地跟我和包子揮了揮手，在一邊嘻嘻而笑。

吳三桂道：「圓圓，小強是自己人，以後不必客氣。」他一指包子道：「這就是我常跟你說的包子，小強曾『衝冠一怒為紅顏』，招募了八國三百餘萬大軍圍困金兀朮，就是為了救你這個妹子。」

陳圓圓看著我睜大眼睛，又拉起包子的手細細看了一會，感慨道：「妹妹真是好福氣，有這麼一位慷慨重情的夫君。」

包子雖然沒什麼學問，畢竟是杜甫的唯一女門生，知道自己跟「紅顏」相去甚遠，不好意思道：「瞧你說的。」

我們：「……」

我陪著陳圓圓兩口子聊了一會兒，旁邊兩個帝王家的熟女就逗弄不該，呂后感慨道：「當初生這個小傢伙可是挺費事，我還跟著操了不少心，這一眨眼也一個月了。」

包子道：「就是，我還沒好好謝呂姐呢。」

呂后道：「謝啥，我不是這孩子乾娘麼？」

我對吳三桂說：「三哥，嫂子剛來，你就陪她四處轉轉吧。」然後我瞪著呂后，故意粗聲大氣道：「你男人呢？」

呂后叉著腰道：「我還要問你呢，我可聽說了，他在你這有個側室是吧？」

我納悶說：「你不是不反對嗎？」

呂后笑眯眯道：「我說過嗎？」

……劉邦說得真對，女人在這方面是不可能跟你說真話的。

惹不起躲得起，我拉著包子就要跑路，呂后一把拽住我道：「別走呀，我和李家妹子在這裡兩眼一摸黑，什麼也不認識，剛才那個陳圓圓起碼還知道玻璃，你走了，我倆讓人賣了怎麼辦？」

我心說：你要讓人賣了，劉邦還不定怎麼感謝我呢，可是通過幾次相處，我覺得呂后這人其實還行，可能是因為我和包子跟她沒有利害關係，她對我們兩口子挺友善的，總不能就這麼不管。

我左右一踅摸，正見佟媛剛下課，我高叫：「鎮江家裡的，過來招呼下人。」

佟媛身邊本來還有幾個請教問題的女徒弟，聽我這麼一喊，都唧唧咯咯地笑著跑開了，佟媛面有慍色，瞇著眼睛走過來，照例先啃了我兒子兩口，然後呵斥我道：「你能不能注意一下你的形象？」

我吊兒郎噹說：「我本來就是梁山上的土匪，還怎麼注意?!」

佟媛：「……」

我笑道：「說正經的，介紹兩個貴客給你。」

對佟媛也沒必要隱瞞，我把兩個豪門熟女的身分都跟她說了，佟媛把我拉在一邊驚訝道：「還有武則天呢？」

「你別管有誰，咱梁山的家屬就應該有一視同仁的氣概，和敢把皇帝拉下馬一天到我家的氣魄——現在給你個任務，帶她倆在學校裡隨便看看，記住！別去三號教學樓，那樓裡有武則天的照片……」

佟媛不管怎麼說到底是現代人，聽完我的介紹，有些尷尬地向呂后和武則天笑笑道：「二位，我們這禮數不一樣，恕我不能給你們行跪拜禮了。」

呂后毫不在乎，而是盯著佟媛臉道：「呀，這個妹妹皮膚真好。」

武則天道：「身上還很香呢。」

佟媛靦腆道：「是嗎，這都是化妝品的功勞。」

二女頓時眼睛發亮道：「呀，那你得給我們說說這個化妝品。」

佟媛從包裡掏出各種瓶瓶罐罐邊引兩人邊走道：「這個是洗面乳，這個是香水……」

武則天捧心道：「姐姐，你這個包包好漂亮啊。」

佟媛：「喜歡就送你了。」

武則天：「怎麼能白要你的東西呢，我拿錢買，姐姐這個包包多少錢？」

「不貴，就三百多塊。」

「三百多塊是多少育才幣啊？我們大唐本幣對育才幣是一比六。」

「我們漢朝是一比三點五。」

……三個人終於走遠了。

時近中午，包子擔心道：「你說今天到底誰做飯呢？客人都是吃過見過的主兒，別給搞砸了招人笑話。」

我說：「走，去食堂看看。」

我和包子來到食堂門口，只見小六子那幾個痞子兄弟正剝蔥的剝蔥，剝蒜的剝蒜，我問他們：「誰掌勺呢？」

一干人苦著臉道：「別提了，也不知哪來那麼一個胖子，電鍋也不會用，把我們全趕出來了，脾氣還爆得很，說他是什麼什麼皇帝的御廚。」

我看了一眼包子，小聲道：「這是哪位陛下把廚子還帶來了？」

包子怕油煙嗆著兒子，背轉身道：「你進去看看不就知道了？」

我進去一看，流理臺後頭果見一個胖子穿一身廚師服，戴個白帽子，正把鍋裡的菜像電視上那樣甩到天花板上，不過回到鍋裡的時候是滴水不漏，端的是好手藝，不過這人我認識是認識，就是想不起來在哪見過了。

不等我想起他名字來，胖大廚一見我急忙跪倒，大聲道：「參見齊王。」

我想起來了，這人正是秦始皇手下的御廚，那幫皇帝裡頭也就嬴胖子愛吃，想不到連廚子也帶來了。

我笑道：「快起來吧，菜都糊了，以後在我這別那麼多禮。」

御廚爬起來，往門口望了望道：「那不是大司馬嗎？小的這就給她老人家磕一個去。」

胖子倒是容易記人好，當初包子教他做番茄雞蛋麵的恩德一直沒忘。

我失笑道：「免了，你只管把飯做好就行了，今天來的可都是貴客，別給你家陛下丟了人。」

御廚自信滿滿道：「齊王放心，烹飪一道，小的還是有把握的。」

我順手幫他把抽油煙機打開，說：「還誰跟你們一塊來了？」

御廚道：「蒙毅和王賁將軍都來了，在老校區等著和齊王會面呢。」

我帶著包子往老校區走，剛到育才牆邊，牆頭上一個孩子頓時叫道：「不好啦，校長來了，大家快跑啊。」

「劈里啪啦」一陣響，從牆那頭跳過無數孩子，都飛一般不見了，我鬱悶道：「這幫小崽子倒是挺團結呀，從來沒有只顧自己跑的。」

一幫孩子散後，原地只留下一個十三四歲的小孩，有些發呆地看著牆頭，我大喜，過去一把抓住他，板起臉道：「你是誰的學生？」

話說逮這些小崽子成功率屬實不高，好不容易逮著一個，用包子話說，得好好珍惜這個濫用職權的機會。

哪知這大孩子一點也不害怕，輕輕掙脫我的手道：「您就是父皇說的齊王麼，侄兒見過小強叔叔。」

我奇道：「喲，這麼說你是嬴哥的孩子？我以前怎麼沒見過你呢？」

包子道：「胖子不是有倆兒子麼，還有個老大叫什麼來著？」

這大孩子又是一禮：「包子嬸嬸說得對，侄兒名叫扶蘇，胡亥乃是舍弟。」

包子跟我耳語道：「你看這孩子，又乾淨又懂禮貌，胖子會不會偏心，把家業都給他呀？」

我不屑道：「胖子要把家業給胡亥才是偏心呢。」

扶蘇望著牆上一幅畫呆呆道：「小強叔叔，你知道這是誰作的嗎？」

我一看，見上面畫了一匹揚蹄疾奔的馬，鬃毛雄偉，張馳有力，一看可知功底深厚，我習慣性地從地下撿個粉筆頭，在那馬身後添了兩道超現實主義的風……

一人慢悠悠地轉過來道：「我畫的。」

我回頭一看，不禁失笑道：「你也來了？」

這人正是宋徽宗趙佶，自從上次太原一別，我就再沒見過他，不過偶然能聽到其他朝代的客戶說起，這傢伙真的就憑一桿畫筆流竄於各個朝代。

你看這小子當皇帝不行，搞藝術還真沒得說，流浪的生活大概也給了他不少創作靈感，居然被他在文藝界闖出不小的名頭，李世民也經常找他幫著給鑑定個畫什麼的。

扶蘇無限崇拜地仰望著宋徽宗道：「我能跟您學畫馬嗎？」

我悄悄拽了一把扶蘇道：「想學畫，叔叔給你找個好老師，這人不著調，咱不跟他學。」穿新鞋不踩狗屎，扶蘇說不準就是未來的皇儲，跟這位學，藝術方面能不能出人頭地不敢說，就怕這丟江山的本事也會傳染就糟了。

扶蘇道：「可是我只想學畫馬。」

這就沒辦法了，歷史上趙佶畫馬絕對比他當皇帝出名，閻立本、張擇端他們雖然也是大家，可畢竟術業有專攻，扶蘇想學畫馬，那是只此一家。

扶蘇見我不言語了，過去牽起了趙佶的袖子。

我問趙佶：「你怎麼不進去呢？」

趙佶看看熱鬧非凡的老校區，尷尬道：「那有幾個人我不太方便見。」

我回頭一看，正見趙匡胤和其他幾個皇帝坐在臺階上嗑瓜子呢，又一旁，金兀朮在和宇文成都他們幾個在閒聊排兵佈陣，我不禁好笑，要按規矩，我們這不同時代的人都是按歲數兄弟相稱的，可他要真敢跟趙匡胤稱兄道弟的，那就非找抽不可。

趙佶問我道：「小強，你說的有很多漂亮小妞的那個地方在哪呢？」

我愕然：「你說夜總會還是休閒會館？」

趙佶撓頭道：「就是也喜歡藝術的那種。」

「哦，你是說還沒畢業的呀。」我摸摸扶蘇的腦袋道：「費那事幹什麼？你只要把他教好了，讓他爹賞你幾個不就行了。」

趙佶不悅道：「你把我看成什麼人了？我怎麼說也是搞藝術的。」

看來這敗家子還保留著最後的尊嚴，我頓時肅然起敬。

我剛想表達一下歉意，只聽趙佶繼續道：「我們搞藝術的，最講究自己動手豐衣足食，靠賞賜得來的有什麼意思？」說著他訓導扶蘇道：「要想跟我學畫，這些話你都得記住。」

扶蘇點頭道：「知道了。」

我又氣又笑，點著扶蘇的額頭道：「你就跟這些亂七八糟的人一起瞎混吧，看你爸傳位給你才怪。」

扶蘇撥拉開我的手不屑道：「我本來也不想當皇帝，又苦又累的，哪有畫畫自在。」

趙佶挑起大拇指道：「有志氣，這一點我得跟你學。」

包子邊走邊跟我說：「還是生倆好，一個不務正業了，起碼還有一個。」

趙佶和扶蘇：「……」

一進老校區，馬上熱鬧了，首先撲出來的是梁山一百不止單八將，花榮冉冬夜，方鎮江武松，包括倆龐萬春、倆鄧元覺、倆厲天閏，都一對一對出來，看得人直眼暈。

顏景生正忙裡忙外地張羅著，見我來了，擦汗笑道：「小強，今天來的可夠齊的呀。」

我應了一聲，把他拉在一邊囑咐道：「一會兒吃飯的時候把座位安排好，別打起來是底限。」

雖然我這些客戶們彼此都認識，到底有熟和不熟之分，而且程豐收、段天狼還有包括老虎這些人還都什麼也不知道，不用說別的，他們萬一討論個歷史武將排名什麼的，說不定就能打起來。

顏景生道：「放心，我安排。」他假裝隨口問：「項羽和李師師他們呢？」

我左右看看道：「他們比我先到，不知道逛哪去了。」

顏景生「哦」了一聲，欲蓋彌彰道：「木蘭也跟他們在一起吧？」

我和包子相視一笑，故意逗他道：「木蘭姐不來了。」

顏景生頓時結巴道：「為什麼呀？」

曹小象不知從哪跑出來，插口道：「爸爸說謊，我和木蘭姑姑一起來的，她陪項羽伯伯和伯母找扁鵲爺爺去看伯母肚子裡的小弟弟胎位正不正了。」

我白他一眼道：「人物關係你倒搞得挺清楚啊，多嘴！」

顏景生再老實也知道我是在戲弄他了，氣咻咻地瞪著我，我陪個笑臉道：「給你個有用的情報——木蘭姐她老爹老媽就想讓她找個老師……」

這時好漢們都紛紛圍了上來，這一回他們除了欺負我以外，連我兒子也沒放過，這個抱一下那個掐一把，不該再回包子手裡，就像個被玩髒了的玩具娃娃，不過小傢伙一點也不認生，甚至還很受用土匪們身上那種野蠻的味道，不用說，這一圈下來又認了一百多個乾爹……

魯智深和寶金他兄弟寶銀站在一起，豪放道：「這小東西一看就是我輩中人，我看以後咱梁山也後繼有人了。」

宋江深有憂色道：「兄弟們，咱們還是早謀出路要緊，難道你們真想世代為賊不成？」

我不以為然道：「宋江哥哥，還惦記著招安呢？」說著，我有意無意地看了金兀朮一眼，現在的梁山名義上歸他管轄，要讓土匪們投誠給他，只怕更是難上加難了。

金兀朮見我瞪他，緊張得站了起來，他在育才絕對是弱勢群體，包子大大咧咧道：「老完你坐著吧，遠來是客，咱們之間那點事就都忘了吧。」

忽聽有人高聲道：「梁山的各位好漢們要是不嫌棄，就隨在下回去，一律加官進爵。」

曹小象一聽這聲音就喜道：「爸爸！」

不用看，喜歡無時不刻招攬人才的，也就是曹小象他親爹——曹操來了。

我笑道：「曹哥，又比以前跑得快啦，這還沒說你呢你就來了。」

曹操過來跟我握了握手，然後從懷裡掏出一大把象牙做的名片來，見人就發，嘴裡不住客氣道：「包括隋唐這十八位好漢，你們要去，在下是隨時歡迎的。」

李世民哭笑不得道：「老曹，你這公然挖牆角可不厚道啊。」

成吉思汗也道：「你要真把這些人都挖到你那兒，劉備孫權還不得再跟你玩命？」

曹操把曹小象抱在懷裡，不好意思道：「各位就算不幫我，去我那裡玩玩也好嘛。」

朱元璋道：「這個老曹，你是指望我們去給你促進經濟呢！」

在哄笑聲中，我招呼眾人道：「大家沒什麼事的就去大禮堂吧，咱今兒人多，就在那開飯。」

宋清站出道：「交給我吧，這事我拿手。」

在路上，我又見到了不少老朋友，包括合圍過金兀朮的王賁、章邯、劉東洋、木華黎、哈斯兒和朱元璋手下的胡一二二還有王八三他們，考慮到這些朋友都是第一次來，我除了叫杜興準備「五星杜松」，還叫負責給酒吧送酒的老吳弄來一車洋酒。

華佗是隨曹操一起來的，這會兒拉了安道全和扁鵲一起給虞姬會診去了，虞姬懷孕只比包子晚三個月，現在肚子也挺起來了。

隨在眾人身後，項羽一行人出來了，我以目相詢，三個神醫齊道：「胎位很正，絕對順產。」

我又問：「男的女的？」

華佗道：「看脈象應該是個男孩。」

他這句話頓時遭到了扁鵲的嘲笑：「辨男女有看脈象的嗎？」

華佗自覺在這方面不及扁鵲專業，虛心道：「那你說呢？」

扁鵲搔搔白髮道：「看形狀，像女孩。」

安道全忍不住嗤笑一聲道：「怎麼說你們也在現代待過一年，連科學都不相信了？」

華佗扁鵲頓時臉紅，訥訥道：「那安老弟說呢？」

「我再強調一遍，要相信科學！」安道全躊躇滿志道：「難道你們沒聽說過酸兒辣女嗎——項家妹子，你最近是想吃酸還是想吃辣啊？」

華佗扁鵲齊聲：「滾！」

三個人就這樣你爭我鬥起來，項羽和花木蘭一左一右扶著虞姬，都微笑不語。

我見三個老頭再吵就翻臉了，悠悠道：「咱育才的校醫院裡就有X光，羽哥要是願意，那玩意我就會用，你們覺得這個比你們那個科學嗎？」

仨老頭你看看我我看看你，忽然很默契地同時背手而去，老哥兒幾個自顧自道：「咱們還是繼續商量咱們的抗癌藥吧。」……

我笑著問項羽：「羽哥，你的意思呢？」

項羽柔情脈脈地看著虞姬道：「還是那句話，生男生女都一樣。」

我說：「那我提醒你，最好早想名字，你要指著我們幾個，不定有什麼難聽的等你呢！」蕭禽獸生對我觸動實在太大了！

胖子和二傻摩拳擦掌嘿嘿壞笑……

項羽寒了一個道：「這個建議我絕對接受！」

隨著眾人進了大禮堂，這裡已經被改成臨時的會餐場地，程豐收、段天狼他們還有不少育才的教職員工也都來了，雖然門口掛的是「歡度育才第一屆文化節」的標幅，但大家都心知肚明這次聚會的實質，一見之下少不了又是一片道喜連聲，反正這樣的聚會又不是第一次了，我是蝨子多了不咬，安之若素。

顏景生跟在花木蘭屁股後面，想插話又不好意思，本來小夥子經過這段時間的磨練已經頗為精幹，這會兒又是一副癡呆相。

李師師看看他，笑著對我說：「表哥，看來你的副校長今天是沒心思幹別的了，我去門口幫你接待客人吧。」

這時候，好漢們已經呼朋喚友地喝上了，一輛小三輪滋扭滋扭地騎進來，老吳那一車洋酒也到了，我見他騎得辛苦，說：「老吳，留下吃飯吧。」

老吳抹了一把汗，靦腆道：「那怎麼好意思？」

老吳身後轉出一人道：「怎麼不好意思，咱可都是交了分子的——你那份我幫你給了。」

我一看這人，年紀不大，頭髮卻已經花白，正是曾經受何天竇之託半路上劫我酒車的范進，這小子跟考試死磕了多少年我不知道，但據說他曾經的同桌已經是他們班主任了……

我說：「今年考得怎麼樣？」

范進尷尬道：「……我想再考一年。」

我安慰他道：「明年也該中了。」

范進沉聲道：「明年再考不上，我打算先把婚結了繼續考，家裡給我介紹了個屠戶的閨女。」

老吳以過來人的口氣道：「那姑娘肯嫁你倒也難得，好好對人家吧。」

范進自豪道：「她還不是看中我這支潛力股？」

我呸了一聲道：「你就玩吧，再過幾年被你欺負過的那些同學都返校當老師，報仇的可就都來了。」

我們這說著話，那邊秦始皇的廚子已經開始上菜了，第一道菜由他親自恭敬地端上來，擺在那桌皇帝席上，是一盤清蒸鮑魚，一干皇帝排隊洗了手，矜持地挑一筷子嘗嘗，頓時眼光大亮，紛紛豎起大拇指。

廚子見在自家主子前露了臉，不禁得意道：「我就說嘛，咱這手藝到哪也不輸人。」

這時，一個穿一身名牌西服的大漢面有慍色闖進來，一眼看見我，抓住我的胳膊不滿道：「強哥，不是說好中午在我那兒嗎，怎麼變卦了？」

我一看正是「快活林」的掌櫃蔣門紳，知道他是條心直口快的爽快漢子，大概以為我是嫌他那檔次不夠，我一指滿大廳的人無奈道：「你看這陣容，你那能坐得下嗎？」

蔣門紳一愣，失笑道：「比你結婚人還多呀？」

我一攤手：「誰讓我兒子比我面子大呢——你也別走了，就在這吃吧。」

蔣門紳也不廢話，就近跟好漢們坐在一起，說：「你這菜供得上嗎？要不從我那給你送？」

秦始皇的御廚不滿道：「這叫什麼話，有我在這兒還能讓你餓著？」

蔣門紳找雙筷子吃了一口菜，讚道：「果然道地！強哥廚子哪兒請的，要沒地方，一會兒跟我走吧。」

秦始皇道：「歪（那）不成，餓玩兒（我那）就一拐（個）會做飯滴。」

廚子愈發得意道：「各位稍坐，等會還有拿手的呢。」

眾人奇道：「那是什麼？」

廚子神秘道：「容我賣個關子，大家就等一下吧。」

武松正和方鎮江喝酒，一掃新來這人，頓時怒目道：「蔣門神？」

蔣門紳意外道：「你認識我？」

「我打死你！」武松舉個湯匙就要丟過去，一干好漢又笑又勸急忙攔住。

聽了眾人的解釋，武松這才忿忿道：「幸虧你只是蔣門神轉世，要是西門慶，這輩子我照樣打死你！」

蔣門紳擦汗道：「這哥們脾氣怎麼比我還大。」

蔣門紳一到，王寅也很快把我和包子兩家老人接到了，我在大廳裡用簾子隔出兩個單間讓一幫老頭老太太坐，我們老爺子看看這空前的盛世，咋舌道：「你狐朋狗友是越來越多了。」

我趕緊把老頭讓進去：「小聲點，讓人聽見！」

包子說：「咱人齊了就正式開席吧。」

二胖站起道：「關二哥他們還沒來呢。」

頓時有人笑道：「想不到這麼多人，最惦記關二哥的居然是呂布。」

話音未落，李師師清脆的聲音道：「中山靖王之後，劉備劉玄德到！」

在座的眾人都想看看這個三國裡的傳奇人物，紛紛探頭張望，只見劉備滿面帶笑、躊躇滿志地走進來，不管認識不認識的都拱手招呼，在他身後，關羽張飛趙雲以及諸葛亮緊隨其後。

李世民見他風頭蓋過了這桌上的眾陛下們，不滿道：「讓他以後低調點，中山靖王之後又不是什麼了不起的名頭。」

呂后也在這桌，附和道：「就是，這人誰呀，看那德行倒跟我們家老劉似的——」

羅成一眼就盯住了趙雲，徑直走上去說：「你就是趙雲吧？我想跟你切磋切磋槍法！」

秦瓊、楊林等人知道他這是傲勁又犯了，都上去打圓場。

不等趙雲說話，吳三桂旁邊躥起一個白鬍子老頭來，大聲道：「想跟他老人家動手，先過我這關！」

羅成斜眼道：「你是什麼人？」

老頭驕傲道：「說起老夫來，諒你小娃娃也沒聽過，不過要說起老夫的祖上，不怕嚇破你的苦膽，乃是和趙雲將軍齊名的槍王！小趙將軍很多槍法還是跟他老人家學的，算起來我還是趙雲師弟呢。」

我汗了一個，這吳三桂手下的趙老臭不要臉，輩分漲得真快呀！

羅成一聽，立即來了精神道：「你祖上怎麼稱呼？」

老趙得意道：「上趙下諱同福的便是本人了！」

羅成疑惑道：「趙同福？沒聽過呀！」

老趙看向趙雲道：「趙將軍，你說我家先祖是不是一員大將？」

趙雲見他一把年紀，只得支吾道：「是……是的。」

老趙敢把大天吹破，就是摸清了趙雲厚道，絕對會幫他圓謊，這時不禁仰天笑道：「所以我乃是名門之後。」

趙雲身後一個滿身草屑的小夥子冒出頭來道：「趙同福？是叫我麼？」……

二胖朝關羽頻頻招手道：「二哥，這坐！」

劉備過來跟我見過了面，跟曹操一點頭：「老曹也來了？」

我試探道：「你倆能坐一起嗎？」

曹操道：「沒關係，正好借小強的地方，咱們再來一回煮酒論英雄。」

我小聲道：「又論？這回可不比當年，就在座的人裡頭，你倆能排進前十就不錯了。」

諸葛亮羽扇一揮道：「小強，別來無恙啊？」

我趕緊道：「無恙無恙，嫂子沒一起啊？」

話說我對咱們的諸葛先生搞定吳三桂這件事上還是有點服氣的，不過我更想見見他的另一半，據說諸葛亮的老婆其醜無比，我想看看跟包子比到底是徒有虛名，還是該同病相憐。

我一指包子道：「這是我老婆。」

諸葛亮輕搖羽扇微微點頭道：「嗯，果然是國色天香。」

我皺眉道：「亮哥，咱們客氣歸客氣，可不帶睜眼說瞎話的。」

諸葛亮認真道：「跟我老婆比，那就是國色天香。」

我一時無語，最後只得說：「您入座吧，要不周瑜鬥不過你呢！」

想想看，一個能把包子都當成國色天香的男人，和一個娶了當時前三甲美女的男人鬥智，他們的視覺角度肯定不同，承受力也不同，再一個，周瑜的業餘時間可能也沒怎麼用在充實自己上面……

諸葛亮坐那桌基本上都是謀士軍師什麼的，張良、吳用、房玄齡都在其列，吳用把自己眼鏡摘下來給諸葛亮道：「孔明先生，您試試這個。」

我見這群人裡似乎少了一個李斯，問過之後，秦始皇告訴我，他去看以前的老婆了，我驚悚道：「他要搞人鬼情未了啊？」

李斯背著手幽幽地站在我身後道：「你才是鬼呢，我就是想偷偷看看她們娘倆，她們過得好我也就放心了。」

「不想再續前緣了？」

李斯想了想認真道：「那樣對我現在的老婆和對她都不公平。」

我不由得挑大姆指道：「行！秦朝有你這樣的總理，一夫一妻制估計也快了。」

這時市裡的幾位領導來了，已經高升到省裡工作的老梁市長帶著劉秘書和相關部門負責人走了進來，我趕忙迎了過去，心裡直打鼓，這場面，讓政壇上混的人見了今天這局面不知會有什麼反應。

哪知幾個領導倒是一直樂呵呵的，尤其跟李師師非常客氣，領導畢竟也是人，見著明星也滿心歡喜，梁市長指著飯廳上「育才第一屆藝術節」那幾個字笑道：

「不錯不錯，字不錯，創意也不錯，要不是這幾個字，我們還真不方便來呢，呵呵。」

我不好意思道：「一會兒走的時候，這幅字您給帶上，知道您好這口。」

梁市長道：「我們就不吃飯了，來你這轉轉就是代表政府跟你表個態，以後有什麼困難儘管開口，咱們育才也算是地方特色嘛，一會兒給你叫幾個記者來，有才藝表演什麼的錄一錄，我給你放晚間新聞裡。」

我一邊朝顏景生使眼色，一邊敷衍道：「不用麻煩，攝影師我們這有得是，《全兵總動員》就他們拍的。」

我給顏景生使眼色的意思，是讓他看有什麼新鮮玩意給領導們帶點，誰知這小子癡勁發作，就傻坐在花木蘭身邊不動，最後還是毛遂機靈，從陸羽手裡接過一包他炮製的茶葉拎了過來。

梁市長聞了聞，笑道：「喲，這茶可不像一般貨色，要超過五十一兩，我這可就算受賄了。」

陸羽道：「哪有那麼貴。」然後又小聲嘀咕了一句，「也就四十八兩黃金一小包。」

梁市長接了茶，拍拍我肩膀道：「記得把錄影帶送來，上次那個『有我育才強』就很不錯嘛。」

我笑道：「有您，育才才強呢。」

一干皇帝見我這麼卑顏奴膝的，都暗暗搖頭道：「真是縣官不如現管啊，他跟咱們都沒這麼客氣過！」

一干新來的梁山好漢也悄悄議論：「這人什麼來頭，又是招安的？」……

送走領導們，我陰著臉看了顏景生一眼，嘆道：「這人吶，墮落起來真快，兢兢業業一個教育家，這麼快就臣服在木蘭姐的戰裙下了。」

我走過去坐在顏景生旁邊，碰了碰他道：「什麼情況，能搞定不？」

花木蘭雖然換了女裝，依舊一副豪爽做派，和同桌的人大聲說笑，顏景生落花有意，花木蘭也並非流水無情，只是根本沒有注意到落花——這書呆子根本插不上話。

顏景生訥訥跟我說：「強哥，你說木蘭能瞧上我這樣的普通人嗎？」

我不悅道：「啥叫普通人呀，你不是咱育才的副校長嗎，你要嫌不夠，我現在就脫袍讓位，趕明兒在老張的塑像旁邊把你的也立起來……」

顏景生搖頭道：「我不是這個意思，我覺得木蘭見過的英雄好漢不計其數，未必就能把這些虛名看在眼裡。」

「那你想怎樣？要不你先去梁山上深造一下？」

這時李師師又脆聲道：「江東孫權到！」

我站起身納悶道：「孫權也來了？咱們跟他有外貿關係嗎？」

只見一條黃髮碧眼的大漢走進來，在眾人的指點下來到我面前，豪爽道：「小強，不好意思來晚了，現在車可不好搭，要不早來了，最後還是跟這兩位併車才到你這兒的。」

我忙客氣道：「哪裡哪裡，孫哥入座吧。」

孫權後頭，果然還跟著倆人，一個是俞伯牙，另一個是個清秀的後生，沒見過，俞伯牙介紹道：「這是我那小老弟鍾子期。」

我握著鍾子期的手搖著道：「又是一位音樂大師啊，你的老俞哥哥在我這兒那時沒少念叨你呢。」

鍾子期客氣道：「我光會聽而已，技藝就差得很了。」說著咳嗽了幾聲。

俞伯牙緊張道：「鍾老弟身子骨不強，又感冒了。」

據俞伯牙回憶，鍾子期當年就是死於流感的，所以他這會兒很擔心，我安慰他道：「放心吧，到了我這兒，就算他得的是SARS都能給他治了——我們家不該以後要考鋼琴八級，先讓鍾老師給把把關。」

孫權跟劉備、曹操坐在一桌，隨意地四下張望，劉備道：「仲謀兄，你怎麼來的？」

孫權道：「孔明先生不是寫信把兵道的事告訴我家大都督了嗎？」他忽然揚手一指，「公瑾那不是已經來了嗎？」

我順勢一看，見他指的正是顏景生，不禁吃驚道：「孫哥，你確定那人是周瑜？」

孫權道：「我和公瑾朝夕相伴，怎麼會錯？」

諸葛亮、關羽等人忍不住又細細打量了顏景生一番，都好笑道：「顏校長和周瑜倒是十足相像，以前真沒注意。」

花木蘭聞言扭頭看著顏景生，笑呵呵道：「原來東吳的大都督在這啊，以後打仗我可要跟你討主意了哦。」

顏景生受寵若驚道：「那好……那好啊。」

關二哥樂道：「你別說，要告訴我這小子上輩子是周瑜我還真信，別看平時蔫不拉唧的，關鍵時候真沒掉過鏈子。」

孫權不樂意道：「怎麼這麼說我東吳俊才──什麼叫不掉鏈子啊？」

這時人們見來得差不多了，都叫：「小強，說兩句話正式開始吧。」

我愕然：「又說？你們又該起鬨了！」

眾人都笑：「不起不起，給你兒子面子。」

我猶猶豫豫地走上主席臺，往下望了一眼，一陣頭暈目眩，嘀咕道：「各位湊在一起幾乎就是整個中國簡史，你們讓我從何說起呀？」

眾人笑：「從你當神仙那天說。」

我一拍大腿：「要說這個可有得說了──那天我沒招誰沒惹誰的走在大街上……」

說到這個，我忽然有點想劉老六了，他的猥瑣和不著調常常讓我跟他心懷默契，我覺得我老了以後就會那樣……

這時，李師師忽然小跑到我身邊小聲道：「表哥，劉仙人來了，你是不是出去接接他？」

我斜眼道：「讓他自己進來！」

李師師道：「他還帶著一個人，不方便。」

我邊往主席臺下走，邊回身囑咐：「那個誰，秀秀，毛遂，你倆再把節目主持起來，搞點煽情的，給最後一起唱『難忘今宵』打鋪墊。」

聽說劉老六在外面等我，我腳下忍不住加快了速度，出來一看，見老神棍背對著我坐在欄杆上正在抽菸，旁邊除了何天竇之外，還有一個老頭，應該是他帶來的新客戶。

這種場面是那麼熟悉，我先顧不得旁人，走上去拍了老傢伙肩頭一把道：「你還沒死呢？」

哪知劉老六今天好像沒心情跟我打嘴仗，他擰轉身，默默地把菸頭在欄杆上搓滅，凝重道：「小強，我今天是來跟你道別的。」

我一愣，雖然早知有今天，可還是有些傷感，勉強笑道：「你真要去死啊？」

劉老六淡淡道：「我在人間的公務已完，該回去了。」

「那老何呢？」

劉老六道：「他也跟我走。」

「老劉，一直沒問你，你在天庭是什麼官兒？要沒啥要緊事，玩幾天再走也不遲嘛，起碼把以前騙的那些苦主錢還了再走吧？」

劉老六神秘一笑：「說起這個，在上面比我大的官好像還真沒有。」

我習以為常道：「嗯，乾脆說你是玉皇大帝好了——你什麼時候才能學我不吹牛啊？」

劉老六依舊一笑道：「小強，你應該有這樣的常識，如果一家公司瀕臨倒閉，那想見它的董事長就非常容易了，這當口要是沒個主事的人出來斡旋，還派一個做不了主的秘書出來，那砸了鍋可不是鬧著玩的。你想想看，凡是我答應過你的事，有一個沒辦到的嗎？我要真是一個代辦員，恐怕你的讀心術再有三十年也批不下來。」

我驚訝道：「你該不會真的是玉皇大帝吧？」

劉老六負手而立，自信滿滿道：「我就是！」

「……」

劉老六見我不信，又道：「我這個級別的領導腐敗也沒什麼意義，平時還得老板著臉，好不容易出差還不放鬆放鬆？」

我打個寒噤道：「真的很難想像你板著臉的樣子，這麼說，你以後還是我上司——我死以後能下地獄麼？」

「為了拯救三界眾生，我不惜親自下凡督辦此事，還被你這個臭小子左一個老王八，右一個老不死叫著，要換平時，你早遭雷劈了！」

我不知道這個老神棍說的是不是真的，但從一旁微笑不語的何天竇的表現看，恐怕這個老傢伙這次沒跟我開玩笑。

想起以往種種，我忽然憑空地感到一陣肉疼：我可是幾乎把所有最惡毒的詞都傾瀉在這老東西身上過，現在要求饒恐怕為時已晚。

我一橫心一跺腳，色厲內荏道：「你劈老子劈的還少嗎？老子上輩子本來家中有房又有地的，是誰給老子一雷劈到一窮二白的？」

劉老六愕然道：「誰跟你說的？你上輩子不過是一個佃戶罷了。」說到這，老傢伙暗自威脅我道，「小強，千金之子不立危牆之下，你可要好好珍惜現在的一切哦。」

我腦子裡紛繁複雜地閃過一大堆念頭，猛地一把拽住劉老六的胳膊，道：「對了，你給我說清楚，老子上輩子到底是誰，為什麼我十幾年如一日做同一個夢：夢見七個身材火辣的裸女在我面前的河裡洗澡，最後我還娶了一個最美的做老婆——你說實話，我上輩子是不是牛郎？」

劉老六撓頭道：「你上輩子準不是牛郎，你死的時候還是處男，還有，你別忘了你死那天正好是七月七，要不是七ㄚ頭好心，你還得多挨八雷！」

我質問道：「那我老夢裸女洗澡那事怎麼說？」

劉老六攤手道：「那為什麼是七個小矮人？為什麼是七種武器呢？人界軸上就光咱這一段，人類就活了幾十萬年了，哪個數字不是神神叨叨的？」

我無語。

何天竇見我們越說越沒邊，輕輕咳嗽了一聲。

我順口說：「老何跟你回去以後幹什麼？」

劉老六道：「我會給他安排個肥缺的。」

何天竇走上來微笑道：「小強，這麼長時間以來讓你吃了不少苦，可對不住了。」

我說：「都過去了，再說，你也沒真的和我為難，還給我留了一大筆財產。」

劉老六道：「那可是以我的名義給你留的。」

我氣憤道：「說到這我還忘了問你了，那私生子是怎麼回事？」

劉老六拍拍我的肩膀道：「我那也是沒辦法，這麼說能少不少麻煩；再說，以我的年紀當你爺爺也夠了，你就算喊我聲爹也不虧吧？我們合作這段日子，你苦是吃了不少，可好處也沒少撈不是麼？總體上還算愉快吧。」

他這麼一說，我心情又沉重起來，老神棍其實說的都滿對的，這兩年裡，我一直是把他當強有力的靠山來利用，卻難得有好臉色給他。

我破天荒地捏出根菸來給老傢伙點上，第一次用還算恭敬的口氣說：「咱爺倆也就算扯平吧，我以後不叫你老王八了，你也別指望我喊你爹，除非你把你七公主送到我這來……」

劉老六一指跟他們同來的老頭道：「這是康熙，他跟吳三桂的事情你想辦法處理吧，在這方面你比我有經驗。」

雖然有點意外，不過很快我就適應了，劉老六說得對，這方面我經驗已經豐富無比。我把兩隻袖子撣撣，衝康熙一貓腰陪個笑臉道：「老爺子，剛來還習慣吧？」

康熙笑道：「甭客氣，規矩我門兒清。」

難怪人家精通三門語言呢，腦袋就是靈光！

劉老六指指大廳說：「原定於三個月以後關閉的兵道我就不關了，反正他們已經脫離天道的監管了，就是注意團結，吃完飯你告訴他們吧。」

我心中一悸：「那……」

劉老六好像知道我想說什麼，搶先道：「不包括你這的，也就是說，他們可以互相流通，而你和他們再也不能見面了。」

我叫道：「為什麼呀？」

「新的人界軸是從你這開始的，如果你跟他們串通，很可能引起新的災難，後果我不多說了，這三個月你們好好聚聚吧。」

我一時沉默。

劉老六最後看了看道：「那我們走了，小強啊，短時間裡我們就見不著了。」

這麼長時間，褲衩也穿出感情了，更別說人，我正不知道該說什麼好，劉老六又道：「小強，再給我拿點錢唄，出來一趟，我給天上那幫土鱉也帶點東西。」

我二話沒說掏出錢包掰開，劉老六手一探，熟練地取走了所有的現金，尾指和無名指一勾，還順帶捏走我一張信用卡——這要換別人肯定發現不了，可我就不一樣了，我防著他呢！

「……兩千多塊還不夠你買禮物的？」

劉老六嘿然道：「你現在又不缺錢，再說，你小子怎麼就不記人好呢？我送給你那些房產就夠值多少錢的了。」

我無奈。

劉老六重重在我肩頭上拍了一把：「小子，真走了！」說完，義無反顧地扭頭而去——從後面看去，他的頭髮已經花白，他的背不再挺直，雖然這個猥瑣的身體對他來說真的就是一具臭皮囊，但在他的煽動下，我還是鼻子一酸，竟然無語凝噎。

何天竇一直微微笑著，見劉老六已經走出老遠，小聲跟我說：「其實他送你的那些房產用的都是我的錢——還有，我本來是想直接按贈予的名義過繼到你名下的，是他說送人東西不能白送，非得占你個便宜不可。」

我眨眨眼睛道：「你怎麼不早說呢？」

「我傻啊？以後得跟著他混了，怎麼好得罪他？」

……看來何天竇還是沒白跟劉老六一起共事，他現在的所作所為已經不太像一個紳士了。

我看看劉老六漸漸遠去的身影，老傢伙故意走得極其煽情，每一步都那麼的充滿離別的思緒，這時我才發現他剛才那下，不但在我肩頭上留了一個大黑手印，更順手把我的菸也掏走了。

我凝視遠方，不禁用充滿感情的語氣喃喃道：「這個老王八……」

送走兩個老神棍，朝康熙一拱手：「皇上，咱走吧？」

康熙擺手道：「別客氣，咱們入鄉隨俗，你就喊我聲老哥吧，我聽說你這今天人才濟濟，有好幾位前輩我也是思慕已久啊。」

我遲疑道：「那個……愛哥，新哥啊，覺羅哥啊……」

康熙道：「叫玄哥吧。」

「是，玄哥啊，裡面有個人你可能不太願意見……」

「你說的是吳三桂吧，我都知道了，咱們以前歸以前，這就又算一輩子了不是麼？」

我讚嘆道：「您看得真開。」

我正帶著康熙往裡走，半道上忽然走過一個高大的男人攔在我們前面，此人年紀不輕，身材魁梧，腮幫子上都是鬍碴，一看早年間就不是省事的主兒，正是從前一直跟我作對的雷老四。

當然，從前我都不怕他，現在更不怕，只是對他的出現有些意外。

雷老四見了我，緊走幾步上前，看表情似乎沒有惡意，他手裡拿個大金鏈子遞給我，訕訕不好意思道：「小強，以前多有得罪，今天剛好路過，聽說你兒子滿月，一點意思你就收了吧。」

他這一說我也不好意思起來，掂量著金鏈子笑道：「喲，這大傢伙，謝謝四哥了，你只要不怪罪我就好了。」

雷老四訥訥道：「其實想開了也沒什麼，不怨你，那幫老外不是什麼好東西，要不是你，我得栽得更深，我是後來才想明白，那你忙吧，我就不打擾了。」

我拽著他道：「別呀，既然來了，還能不一起吃個飯！」

雷老四見我誠心相邀，也不多說，點點頭走到前面。

康熙問我怎麼回事，我簡單把跟他之間的恩怨說了個大概，康熙微微哼了一聲道：「看此人行事，三分剛強七分剛愎，又沒個恆心，就算你不扳他，遲早也得丟了家業。」

我笑道：「既然都和解了，就不說了。」

我們三人前後進了大廳，這會兒臺上木華黎正和哈斯兒在哼長調，伴奏的是古爺和俞伯牙，有認識雷老四的見我們神態親熱，也都向他點頭致意，在座的都是草莽豪雄，我們這點小糾紛在他們看來一言化解絲毫不奇怪。

在一片和睦中，忽然一個白臉傻子悚然縮肩，嘶聲道：「有殺氣！」

我失笑道：「小趙，你也來了，哪有殺氣？」

話音未落，就見吳三桂怒髮戟張，雙目赤紅地撲向我們這邊，攤起兩隻手狂喝道：「我掐死你！」

我下意識地把康熙護在身後，連聲道：「三哥，以前的事……」

我原以為吳三桂是奔康熙來的，想不到他直直地掠過我們身邊，一把掐住雷老四的脖子來回搖著，大喝道：「李賊，你害得我好苦！」

雷老四又驚又怒，畢竟也是道上混出來的，馬上也掐住吳三桂的脖子，吼道：「別以為老子敗了家就好欺負！」

兩條大漢就在當場掐架起來，這個把那個掐得滿臉通紅，那個把這個搖得風雨飄搖，恐怕再過一會就得同歸於盡，我一錯愕間馬上喊道：「快點來人分開他們！」

就近坐的是老虎和段天狼的徒弟們，幾個大小夥子七手八腳上去阻攔，竟被兩個半大老頭彈倒一地。

不可開交間，李元霸嘴裡叼個雞腿，魯智深懷裡抱罈酒同時趕到，兩人一邊一個抱住倆老頭的腰，只輕輕一掰就分開了二人。

吳三桂和雷老四在空中兀自保持著各自的姿勢，一邊破口大罵，吳三桂道：「要不是你個逆賊見色起意，老子怎麼會背上千古罵名？」

雷老四也道：「老子就算現在敗了家，也不是誰都能欺負的！」

旁人看得迷糊，我更是如墜雲霧，要說吳三桂和雷老四之間不應該有這麼大仇啊，雖然前者踢過後者的場子，但既然都過去了，吳三桂也不是那種得理不饒人的主兒啊，更何況這倆人其實連面也沒見過。

這時我就聽身邊一個女人幽幽地嘆息了一聲道：「他怎麼也來了？」

我扭頭一看見是陳圓圓，奇道：「嫂子說誰？」

陳圓圓一指雷老四道：「此人姓李名自成，乃是老爺的死仇，想不到他竟然還活著。」

我頓時恍然，不禁苦笑道：「真是不是冤家不聚頭啊。」

康熙在一邊幸災樂禍道：「嘿，這兩個反賊又打起來了。」

我走過在吳三桂耳邊說：「三哥，你眼前這人是雷老四。」

吳三桂怒道：「我管他雷老幾，我只知道他是李自……你說什麼？」

我忍笑道：「你和羽哥他們踢的就是他的場子，他已經不是那個造反的農民了。」

這會兒好漢們和八大天王也紛紛勸道：「算了算了，這裡的人要都學你倆，非得打得屍橫遍野不行。」

我又對雷老四道：「四哥，一場誤會，認錯人了。」

雷老四忿忿道：「說來奇怪，我看這人也怪討厭的！」

我招手道：「三哥四哥，還有玄哥——你們之間有什麼想不開的，找陳老師調解。」

玄奘端碟豆芽走過來道：「來來來，我給你們說說這個因果報應。」

眾人笑了一回，依舊坐下看節目。

古爺和俞伯牙又合奏了一個之後，臺上出現了暫時的冷場，不等秀秀和毛遂上去主持，從門口忽然躥進幾條身影，以迅雷不及掩耳的速度搶佔了主席臺，緊接著鑼兒磬兒一起響，一個蜂腰翹臀的女人手打快板唱道：

「今天是個好日子，小強嬌妻叫包子。生個公子叫不該……」

不等她唱完，底下幾百號人一起接道：「強的嚨咚起強起！」然後哄然大笑，好漢們都叫：「二姐、張青快看。」

孫二娘和菜園子呆呆站起，和臺上的夫妻遙遙相對，像兩個模子裡刻出來的一般——四個人，所以是兩個模子。

笑鬧過後，大夥開始躥桌相互敬酒，不管認識的不認識的，熟不熟的，是我的客戶還是非客戶，都歡聚一堂。

第十章

史上第一混亂

只見一片張燈結綵熱鬧非凡，偌大的場子裡正在舉辦酒宴，

嬴胖子、二傻、李師師都在，遠處的主席臺上，俞伯牙彈著鋼琴，

鍾子期正在跟李逵划拳，唱歌的卻是劉邦……

我瞠目結舌道：「你們這可真是史上第一混亂啊！」

這裡有幾個被重點攻擊對象——我老爹和包子她老爹早早的就被人灌倒了，包子抱著不該，笑瞇瞇地躲在我身後，迎來過往的人，誰逮著我都灌一通，拿著酒說：「包子再給我們表演個千杯不醉吧。」

我像轟蒼蠅一樣揮手轟開他們道：「去去，她倒了，孩子你帶啊？」

說著，我高聲問正在和方臘還有費三口聊天的項羽，「羽哥，孩子名字想好了嗎，你也想抓瞎啊？」

項羽道：「剛才聽老費給我們講西方軍史，那個拿破崙好像還真有點像我，要是生個兒子就叫項破崙吧。」

我咂巴嘴道：「項破崙，行，跟蕭不該有一拼，那要是生女兒呢？」

費三口搶先道：「那就叫項莉莎白。」

虞姬輕撫小腹微笑不語。

我發現這次的聚會有一大特色，那就是除了我的客戶幾乎全到之外，還有一大批被他們生拉硬拽來的人，像杜甫、鍾子期和孫權都是這種情況。

方臘的侄子方傑身邊跟著一個怯生生的長辮子姑娘，那是他的未婚妻，一號厲天閏把他的三個老婆都帶來了，二號厲天閏的老婆對兩個人的相似度表示了驚訝和感慨，在背地裡忽然揪住厲天閏二號的耳朵道：「你是不是挺羡慕他？」

厲二號苦臉跟老婆表忠心道：「一點也不，真的，只有我知道他心裡有多苦。」

在一張桌後，我忽然發現一對年輕人喁喁而語，談得很是投機，我冷不丁咋呼道：「花木力，泡妞吶？」

花木力本來和那個女孩聊得很開心，猛地聽我一喊，吃了一驚，繼而臉色大紅，訥訥無語，下意識地看了自己的姐姐一眼，花木蘭似笑非笑地看著弟弟，不等說什麼，又被顏景生纏住了。

包子看看花木力旁邊的女孩，好奇道：「這不是小環嗎，你倆怎麼走一塊了？」

我暗中拉了包子一把，笑嘻嘻地跟花木力還有小環說：「一見鍾情啊？」

這倆人都是薄臉皮，此刻恨不得找個地縫鑽進去，偏偏朱元璋那個促狹鬼存心開兩人玩笑，正經八百地道：「男女授受不親，這麼坐在一起成何體統？」

花木力再也顧不得別的，搶辯道：「我姐姐說這種事我可以自己做主……」

我們大奇，一起問：「什麼事？」

而花木力這時的勇氣已經是強弩之末，低著腦袋再也不做聲了。

小環忍不住為自己的如意郎君開脫道：「我家大王也說過，我要是有想嫁的人，對方也喜歡我，他和虞姐姐絕不干涉。」

我們恍然道：「哦——這樣啊！」

小環又急又羞，語結道：「你們……你們……」

我拍了一把花木力的肩膀道：「別的不多說了，你喜歡小環嗎？」

花木力畢竟是男人，到這關頭毫不含糊挺起胸膛道：「喜歡，怎麼了？」

我欣慰道：「喜歡就好，你們可不能為了張小花要有快樂大結局搞閃婚啊。」

……

在一片熱鬧中，誰也沒注意這時門口停了一輛豪華轎車，一個英俊的年輕人攙扶著一個身穿粗布衣服，但神態自有三分威勢的老太太下來。

李師師見了此人大驚，急忙跑上去要扶，可眼看拉住老太太手了，好像又膽怯了似地縮了回去，金少炎在旁邊給了她一個溫暖的微笑，卻也不敢多說。

金老太后眼睛多毒啊，一見兩個年輕人的神態就知道眼前這個漂亮姑娘是誰了，她把一隻胳膊任由金少炎攙著，站在原地不動聲色地打量著李師師，看了一會兒沉聲道：「你的身世和遭遇還有你們的事，小金都和我說了。」

李師師羞慚地低下了頭，金老太盯著她的眼睛厲聲道：「這些先擱在一邊不說，你知道不知道我要是答應了你們的事，就等於把這唯一的孫子也丟了？」

李師師大氣也不敢出，把頭埋得更低了。

我一看再不出馬要壞事，急忙打著哈哈湊過去道：「老太太，您這是演的哪齣啊，《甄嬛傳》還是《如懿傳》啊？」

老太后一指我，暗含威脅道：「你閉嘴，一會兒再跟你算帳。」

我趕緊在一旁做委屈狀緘默，說實話我有點怕這老太太。

金老太面向李師師道：「你有什麼要說的麼？」

李師師一言不發，跪在金老太前恭恭敬敬磕了三個頭，金老太皺眉道：「你這是在求我嗎？」

李師師毅然抬頭道：「不，我這是在謝您和向您賠罪，我知道如果您要是執意反對，少炎根本一天都無法在我身邊；前段時間承蒙您的默許，使我度過了一生中最快樂的時光，卻讓您在風燭之年飽受思親之苦，磕這三個頭由此而來。您放心，從今而後，我絕不再見少炎一面，我明白自己配不上他，更不配讓您接受我，更別說再次讓你們祖孫分別。」

李師師說完這番話，猛然起身就走。

金老太一把拉住她道：「你這個姑娘也真夠奇怪的，我只是問你有什麼話說，你卻又磕頭又訣別的，拍瓊瑤戲啊？」

李師師一愣，金老太已經把金少炎推在她身邊，霸氣十足道：「聽著，我就這麼一個孫子，你要好好對他，寵著他，不過可別慣著他，否則……哎，我也不說狠話了，誰知道你們要去什麼勞什子地方，管不了嘍。」

金少炎微笑著在李師師背上推了一把：「還不快叫奶奶？」

李師師像被人打了一記悶棍似的呆在那裡，然後猛地撲在金老太懷裡放聲大哭，似乎把這麼多年來的委屈都傾瀉了出來。

我在一邊拍著胸脯道：「哎呀，終於回到張小花風格了，嚇我一跳。」

金老太又一指我：「小王八羔子！你害我丟一個孫子，以後他的活你來幹！」

我賭天賭地道：「保證完成任務！」

我們嘴上說笑，誰都明白這個深明大義的老太太這幾句話付出了多大的代價，這絕不是一般老人能做到的。

把金老太請進去，我平靜了一下沸騰的心情，剛想往裡走，只聽身後一人小心地叫道：「小強？」

我回過頭，見喊我的是個四十來歲的中年人，神情沉穩穿著講究，看著面熟就是想不起在哪見過，我使勁撓頭道：「你是……」

中年人微微一笑：「你忘了我很正常，我卻不能忘了你——你救過我的命。」

我一下恍然：「哦，你是樓上那位啊。」

這人當年要跳樓，是被我忽悠下來的，我和包子結婚他還包了禮，不過那事以後我們還是第一次再見。

中年道：「呵呵，你想起來啦？」

我慚愧道：「我還沒到那種救的人多到數不清的地步。」

跳樓男伸出手來跟我握了握道：「我姓呂，以後你可以喊我老呂，我今天是正式來跟你說聲謝謝的。」

我大大咧咧一揮手：「不算什麼，應該的。」

老呂感慨道：「從你把我忘了這一點，就說明你是個君子，要一般人，別說救了人家的命，稍微有點小恩小惠還不得記一輩子。」

我忙道：「你可別想敲磚定角啊，我不是什麼好人，要不是我老婆洗衣服把你電話號碼洗沒了，我早去訛你了！」

老呂笑著遞給我一張名片：「這次別再丟了，歡迎隨時來訛。」

我們說笑著，宋江從大廳裡出來上廁所，一見老呂頓時大驚道：「晁天王？」

我納悶道：「什麼晁天王？」

宋江指著老呂結巴道：「他……他不是晁蓋哥哥麼？」

我又是驚訝又是好笑，心中瞭然，原來跳樓這位長得像晁蓋，至於他上輩子到底是不是，那就沒必要驗證了，人家有家有業的，我又不是宋江，看誰像條好漢就把他「騙上山來」，再說，在晁蓋問題上只怕宋江也含糊，晁蓋要上了山，那他倆誰坐第一把交椅？

果然，宋江見老呂滿臉迷惘，小聲問我：「他還沒吃你那個藥呢？」

我點頭。

「那你打算什麼時候給他吃？」

我笑道：「什麼時候宋江哥哥招了安、撂挑子不幹了，我就什麼時候把他找來接替你。」

宋江打個寒噤道：「王八蛋才想招安呢！」他偷眼瞧瞧老呂，跟我嘀咕，「你可不能讓他進去見著那幫兄弟們啊。」

老呂也被宋江盯得渾身不自在，跟我說：「小強，你去忙吧，我得走了，手上幾支股票剛有起色，還得盯著。」

我把手搭在他肩膀上送他走了一小段路，寬慰他道：「放手幹吧，這回再賠了也別想不開，你的家底絕沒你現在看到的那麼薄，起碼值一個八百里的大莊園。」

宋江連廁所也顧不得上，幾個箭步躥進大廳，抄起一罈酒，只要是梁山的，不管座次高低，見誰便和誰痛飲一番。

好漢們第一次見宋江這樣，都問：「哥哥，有什麼喜事嗎？」

宋江紅頭脹臉地舉著酒碗道：「兄弟們，旁的不多說了，願我們世世代代永為土匪！」

眾好漢面面相覷，緊接著轟然叫好，均道：「哥哥終於想開了！」

張清、董平等人高興之餘忽道：「要是岳家軍那幫小崽子們也在，就更熱鬧了。」

我一拍腦袋道：「我說總感覺少了什麼呢，那幫兵蛋子沒來——怎麼，沒人通知他們嗎？」

林沖道：「我們派人去過了，想來是因為岳家軍軍紀嚴明，沒有他們岳元帥發話，這幫小子不方便來吧。」

我說：「那怎麼辦？」我跟這幫小子感情也很深，他們要不來總覺得是一個遺憾。

吳用分析道：「現在岳元帥應該正在前線，他肯定不會擅離職守，若想他來，除非是他那個高宗皇帝發話。」

我說：「那讓宋徽宗去一趟？」

吳用搖頭道：「那樣只會壞事，現在最好是找一個不犯忌諱，又能跟高宗說得上話的人攛掇這小子下令，讓他發個官文，把岳家軍派到這裡來。」

我愣然道：「你說秦檜？」

吳用笑道：「對了，而要讓秦檜就範，我們還需要一個他見了就害怕的人。」

我面向大廳叫道：「你們誰去把秦檜那小子攏一道？」

一人沉聲道：「我去！」

我們扭頭一看，見此人身披大棉襖，懷裡抱著一根大棍子，身周五米內都沒人敢待，正是發餿中的蘇侯爺。

我喜不自禁道：「對，這事您去最合適，那老漢奸要敢說二話，就拿大棍子抽他！」

說到這兒，我好奇道：「對了侯爺，我聽說您開始還不願意離開那鬼地方，後來怎麼來了？」

蘇武用棍子一指某處，滿腔憤懣道：「你問他！」

我們隨他棍子指處一看，劉邦正和鳳鳳躲在一張僻靜的桌子上，也不知道在說什麼，眉開眼笑的，見我們都在看他，先是小心翼翼地掃了一眼呂后，然後不耐煩對蘇武道：「瞪什麼眼呀，不就是吃了你幾隻羊麼，要不這樣你能乖乖跟我們走嗎？」

蘇武悲憤道：「什麼幾隻，你把我羊都吃了！可憐我一世清名，最後晚節不保，要不是沒法跟匈奴的單于交代，我本來是死也不會走的。」

說來說去，劉邦畢竟是他老板的祖宗，蘇武也不敢過分無禮，一腔的鬱悶無法排遣，顯得分外沉鬱糾結。

秦始皇對劉邦道：「你娃胃口倒好滴很，一拐（個）人吃掉好些兒羊？」

劉邦嘿嘿道：「就是，我容易嘛我，幸虧兵道裡咱大漢的人多，要不還真吃不完，我現在看見羊肉還想吐呢。」

他又安慰蘇武道：「你也別難受了，那些羊又不是你的，單于那個王八蛋讓你放了十九年羊，臨走也該結工資了，吃他幾隻羊算便宜的；再說他那又不是藏羚羊，你放心，他要敢叫板，我負責削他！」

等徹底弄明白情況以後，我們都樂不可支起來：原來劉邦到了那兒勸不動蘇武，最後這孫子硬是領了一幫開出租車的漢朝人把蘇武放的羊全給吃了！

我找了幾個人保護著蘇武去找秦檜不提，這邊劉邦和鳳鳳的事情算是敗露了，我們都端著酒等著看好戲。

呂后面無表情地向他們那桌走去，包子擔心道：「不會出人命吧？」

我不屑道：「你以為天下女人都像你那麼小心眼呢？」

呂后來到劉邦跟前，打量了一眼鳳鳳，不動聲色道：「這位就是鳳鳳吧？」

話說這女人終究是大漢朝的皇后，母儀天下，簡簡單單一句話裡就包含了說不清的威勢和壓力。

鳳鳳卻對這一切懵然無知，奇怪道：「你認識我？」

劉邦尷尬道：「咳咳……我給你介紹，這是我老婆。」

呂后冷笑一聲，坐在他和鳳鳳對面。

鳳鳳愣了一下，隨即一拍桌子道：「我就猜到你有老婆！」她轉向呂后道：「這位大姐，啥話也不說了，你我都是受害人，男人不是東西早就是定論了，不過話說回來，到了咱這個年紀，什麼情呀愛呀都是扯淡，偶爾荒唐一把還不是為了肚皮下面那個玩意痛快？所以你也別太在意了，你長這麼漂亮，氣質又好，是男人，最後捨不下的肯定得是你這樣的，你要願意，以後我和你當朋友處，你要覺得揭不開這篇，我馬上消失。」

生猛的女盜版販子徹底把大漢皇后給忽悠暈了，呂后以潑辣陰沉著名，可「肚皮下面那玩意」之類云云恐怕還是第一次聽，尤其對方還是一個女人，臉也紅了。但同時覺得對方老練通透，在女人裡實在也算一方豪傑，不禁生出一絲投契，臉上不由帶了三分笑意道：「瞧你說的，我又沒有怪罪你們的意思，以後咱姐妹多多親近，幫扶著老劉安內攘外，也是美事一樁。」

這回是大漢皇后把盜版販子雷到了，聽對方意思，是要二女共侍一夫，鳳鳳雖猛，畢竟小三不占理，指望著本主不要鬧騰得大家都不好看就算善終了，想不到人家竟能有如此胸懷——起碼三十六E！

鳳鳳呆了一下，這才問劉邦道：「你老婆是不是被我氣瘋了？」

呂后道：「妹子，我是認真的。」

鳳鳳失神半晌道：「咱們還是說點別的吧——大姐，衣服哪買的？」

呂后低頭打量自己道：「剛才上街我自己挑的，賣東西那人告訴我說這是什麼名牌，好像很貴？」

鳳鳳道：「嗯，那人還算有良心，沒把我做的東西給你。」她邊說邊把自己的小挎包搭在呂后肩上，一驚一乍道：「呀，大姐，這個包配你絕了！」

劉邦忍不住道：「又拿假貨糊弄人。」

鳳鳳道：「屁話，自己用當然是真的，這可是新款LV！」

旁邊佟媛、扈三娘等人紛紛道：「這包配呂姐果然合適，絕對貴婦氣質。」

呂后紅暈雙頰，一個勁問：「真的嗎？真的嗎？」

鳳鳳道：「這包就送給大姐吧，我戴是糟蹋東西。」

呂后靦腆道：「這怎麼好意思。」

兩個女人，你喊我一聲姐姐，我喊你一聲妹子，頓時親密無間。我們在一邊都看傻了，原來賄賂一個男人，你只需要給他一個女人，而賄賂一個女人卻只需要一句恭維話。

我搖頭微笑道：「我早就知道呂姐鬥不過鳳鳳了。」

包子道：「你怎麼知道的？」

我說：「盜版連聯合國都治不了，更別說呂姐區區一個大漢皇后了。」

這時，負責主廚的秦朝食神走到秦始皇跟前耳語了幾句，嬴胖子頓時眼睛一亮，連連擺手大聲道：「靜一哈（下）靜一哈。」

眾人道：「啥事嬴哥？」

那大廚上前一步，躊躇滿志道：「事先答應大家的驚喜大菜已經做好了，手藝不佳，在眾位面前獻醜了。」

隨著話音，趙高捧著一隻玉盞兒小心翼翼地走了出來，大家馬上安靜下來。

話說這也是今天一大懸念，大廚手藝剛才已經見識過了，那是真沒得說，他說最後還有一道拿手大菜，不少人都惦記著呢。再看趙高手捧那玉盞，真是晶瑩玉潤，搞不好就是和氏璧做的。

那盞中之物雖不得見，但隔著老遠已經可以聞到香氣撲鼻，在座諸人多是身出豪門，此刻也不禁紛紛捏著筷子爭先恐後地圍將上去，生怕錯過了這唯一一次品嘗絕世美味的機會。

趙高把盞端放在桌上，秦始皇搶先一步把手按住盞頂，眾人高喊：「快開快開！」此時強烈的好奇心占盡上風，大家都想看看裡面到底是什麼，至於吃，倒成了次要的了。

蔣門紳為表隆重，往外跑道：「我去放鞭炮。」

秦始皇見吸引了足夠的注意，把手裡的蓋子猛地一提，眾人不由自主把腦袋湊成一圈圍上去看，均各吃驚道：「原來是它？」

門外，蔣門紳親手點燃了他從飯店帶來的六門禮炮，王八三手端一碗施施然走出來，問：「兄弟，你這炮是八幾式啊？」

蔣門紳回問道：「裡面開了嗎，大菜是什麼？」

王八三邊吸溜著番茄雞蛋麵邊說：「你看了就知道了。」……

下午三點的時候，宴會還在繼續，岳家軍三百隨後也風火趕到，李靜水和魏鐵柱跑過來拉著我的手親熱道：「蕭大哥！」

我笑著和小戰士們打著招呼，見隊伍末一位鐵血將軍一身戎裝從容不迫地走著，看相貌赫然就是我們某市的紀檢委書記，在他身邊，秦檜鬼鬼祟祟地跟著，我走過去拍了他一把，笑道：「你個老小子這輩子總算幹了點好事！」

秦檜嘿然道：「你不知道，這次把他從前線叫回來，又用了十二道金牌！」

岳飛納悶道：「為什麼要用又呢？」

我失笑道：「先讓戰士們入席吧，至於你倆和金兀朮你們三個之間的恩怨——還是找陳老師做心理諮詢吧。」

三百的到來，使得聯歡會的氣氛如火上澆油般達到了一個新高潮，康熙和吳三桂在玄奘的調節下已經握手言和，倆老頭一邊喝酒去了，玄奘捏個饅頭對岳飛還有秦檜和金兀朮招手道：「來來來，該你們三個了，誰先說？」

載歌載舞中，一個明眸皓齒的小美女趴在大廳門口向裡張望，曹小象眼尖，從曹操腿上蹦到地上招呼道：「倪老師。」

倪思雨摸著曹小象的頭頂，終於看到了我，向我頻頻揮手道：「小強，你出來一下。」

我帶著三分酒意出來，看她一眼，笑道：「連哥也不喊，沒大沒小，打你屁股哦。」

可是今天小丫頭似乎沒心情跟我鬧，先小心翼翼地往裡面掃了一眼，我恍然道：「想你大哥哥了？」隨即回頭喊道：「羽哥，有人找——」

倪思雨急得來回亂擺手道：「你別喊他，我來就是為了他的事情。」

我奇道：「怎麼了？」

倪思雨搓著自己衣角道：「我聽說大哥哥和張冰在一起了。」

我故意逗她道：「那又怎麼樣？」

小丫頭緩緩道：「本來沒什麼，只要大哥哥快樂我就快樂。」

「呀，這麼偉大？」

倪思雨沒覺察到我的調侃，跺腳憤然道：「可是我今天看見張冰和那個籃球中鋒在一起，兩個人手拉著手……」

看來張冰最終還是和張帥走到一起了，她能忘記以前那段痛苦的回憶，我也頗為欣尉，張帥這小夥子還是很不錯的——話說張冰，或者小環，這小妞命不錯啊，不是找個帥哥就是軍中高幹的弟弟。

我仍舊逗小雨道：「那樣不是更好？你還少一個競爭對手。」

倪思雨瞪眼道：「你怎麼就不明白呢，我是怕他知道了傷心！」

項羽大步走出來，聽了個一知半解的他問：「怕誰傷心？」

倪思雨一見項羽，情不自禁過去拉起他的手歡笑道：「大哥哥！」

項羽真的像哥哥寵妹妹那樣，任由她牽著自己的手又蹦又跳，末了微笑道：「你們說什麼呢？」

倪思雨遮掩道：「沒什麼，隨便聊聊。」

我幾次想插口都被她瞪了回來，項羽也不在意，拉著倪思雨的小手隨意地問她最近的情況，小丫頭終究是有心事，談吐間語焉不詳，目光來回躲閃。

驀地，她像什麼東西定住一樣，竟然一動也不能動了，我順著她眼神看去，見虞姬不知什麼時候已經站在我們身後，手輕輕放在隆起的小腹上，看著項羽和小丫頭一大一小微笑不語。

倪思雨使勁揉揉眼睛，語結道：「張……張……」

我訓斥她道：「叫嫂子！」

虞姬拉起倪思雨的手，打量著她俊秀的面孔，溫柔道：「你就是小雨吧？大王跟我說起過你。」

倪思雨豁然道：「你不是張冰，她不會這樣跟我說話。」

虞姬粲然一笑：「小雨，陪姐姐走走好嗎？」她隨即向項羽招手道：「大王，我們一起。」

項羽頓了一下，不自覺地走到了虞姬身邊，虞姬不易察覺地把他推在另一邊，然後牽起倪思雨的手，三個人就順著人工湖慢慢地徜徉而去，項羽兩口子一邊一個，倪思雨夾在中間，遠遠看，正像是哥哥嫂子在帶著小妹妹出遊。

我不禁撓頭道：「虞姬到底啥意思啊？」

花木蘭的聲音道：「女人的心思你當然不明白。」不知什麼時候她也跟了出來。

我玩味道：「你明白？」

花木蘭微微一笑道：「虞姬如果是想和小雨攤牌示威的話，根本不會叫上項大哥一起，她這麼做的意思很明確，那就是仍然有意接受小雨。」

我大奇道：「可能嗎？」

「所以說你不懂女人，尤其是虞姬那樣的女人，只要項大哥高興，她是什麼都願意做的。」

我邪惡道：「那你說羽哥會怎麼樣？」

花木蘭道：「依我看，項大哥只把小雨當妹妹，這裡面沒有誰對誰錯，就可憐小雨這丫頭了。」

我不由得忿忿道：「項羽這老小子好福氣，那麼多女人喜歡他——我當了半天主角，才就落包子一個醜老婆，你說這是不是有點慘無人道啊？」

花木蘭：「……」

我托著下巴笑眯眯道：「不說別人，你那怎麼樣？我們副校長人還行嗎？」

我本以為在這個話題上，花木蘭多少會有些難以啟齒，想不到她斬釘截鐵地說：「你說顏景生？你別看他文文弱弱的，其實骨子裡挺男人的。」

我意外道：「這麼說你相中他啦？」

花木蘭秀髮一甩轉身往回走：「那有什麼用，我們又到不了一起。」

我汗了一個，連談戀愛都這麼充滿雷厲風行、務實作風的女人我還真是頭回見。

我發了會兒愣，湖邊那仨溜達回來了，看表情都是滿面春風，好像聊得很開心，我暗自揣測：「難道項大個兒又一次破釜沉舟、厲兵秣馬、一不做二不休……」

三人來到跟前，倪思雨爽朗道：「大哥哥大姐姐你們先進去，我有話跟小強說。」

「那我們在裡面等你。」

看著項羽夫妻進去，我笑問：「跟你大姐姐聊得怎麼樣？」

倪思雨稚嫩的臉上掛著一絲與她年紀不相符的成熟的微笑：「她是誰已經不重要了，我只知道大姐姐很愛大哥哥，而大哥哥也很幸福，這下我可沒有牽掛啦。」

我驚恐道：「小雨，你可別想不開……」

倪思雨嗔怪地瞪我一眼：「你想哪去了？我說的沒牽掛是真的沒牽掛了，大哥哥開心我也開心，以後他們就是我的親哥哥和親姐姐，我找男朋友一定請他們把關！」

我寬心道：「這就好，以後有什麼打算？」

不等倪思雨說話，裡面撲出三條酒氣醺醺的漢子，叫道：「小雨你這個小沒良心，來了也不說先來拜見師父。」正是張順和阮家兄弟。

倪思雨咯咯笑道：「這就陪師父們喝酒來啦。」她隨著三人走出幾步，忽然回頭跟我說：「大哥哥不是普通人，對麼？」

我使勁點頭：「對，他做褲子比普通人費料。」

這會兒酒宴已經到了尾聲，最後一個表演節目的是時遷，只見他背了一個大包滿懷自信地向主席臺走去，一邊道：「我這個節目你們肯定沒看過，只要我一打開這包，你們絕對得吃驚……」

關羽不由分說上去，一腳把時遷踹躺下，兜住袋底把裡面的東西都倒在地上，對眾人道：「看看是不錢包都丟了，自己上來拿吧！」

……

時近傍晚的時候，我們育才已經滿校園都是亂躥的醉漢了，面對這種情況，身為副校長的顏景生又一次捨小家為大家，拋下他的泡妞大業於不顧，找到我商量：「這麼多人今晚住哪？咱們的宿舍可應付不來。」

「都送我那兒。」這個問題我早就成竹在胸，我就知道劉老六沒那麼好心白送我六十二套大別墅，他早就算計著讓這幫人吃我喝我呢。

也幸好岳家軍來了，而且戰士們作風嚴謹，沒有像土匪們那樣爛醉如泥，我派他們像抓逃犯一樣在校園四處搜羅，最後總算把亂逛的人們歸攏齊了，再由王寅帶著車隊往清水家園送。

我看都辦得差不多了，這才抹汗道：「真夠亂的。」

李師師捂嘴笑道：「恐怕亂的還在後頭呢，這麼多人，晚上怎麼分房呀？」

我回頭一看，只見我的五人組加二以及曹小象的超級陣容已經集結完畢，虞姬由小環陪著先走一步，陳圓圓、呂后等人也隨大隊走了，我不禁笑道：「咱們今晚再找找以前的感覺？除了咱們這幾個，外人一律不帶。」

他們都道：「好啊好啊。」

秦始皇的大廚討好道：「陛下，沒有我，誰給您做飯呢？」

包子抱著不該笑罵道：「真是教會徒弟餓死師父，別忘了你的手藝是跟誰學的？」

廚子急忙噤聲，灰溜溜跑了。

金少炎腆著臉道：「強哥，我就不能算外人了吧？」

劉邦揮手道：「去去，你最多算第一編外人員。」

趙白臉拉著荊軻胳膊道：「反正我不走。」

我們相互看看，同時點頭道：「小趙可以留下。」

金少炎不服道：「為什麼他能留下？」

我白他一眼道：「你要自覺能用鞋底子抽暈秦舞陽，你也留下。」

秦舞陽在遠處暴喝一聲：「誰要抽我？」

金少炎趕緊跑了。

回去的時候還按來時安排，劉邦跟我和包子一個車，我問他：「邦子，你老婆和鳳鳳最後怎麼了？」

劉邦斜靠在後座上道：「別提了，鳳鳳徹底把我家那口子忽悠暈了，現在那娘們對仿冒品很有興趣，打算和鳳鳳合股呢。」末了劉邦感慨道：「我發現這倆女人陰人都比我強！」

……

李師師的擔心總算沒造成混亂，我的這些客戶們雖然來自不同朝代，但各自都有對脾氣的人選，臨時組建的小分隊都很有其樂融融濟濟一堂的意思，除了三百岳家軍可能還得用以前的帳篷外，別的沒大問題，我也懶得多管。

回到家以後，包子把不該交給我們照看，親自下廚，不多時就擺上了一桌豐盛的飯菜，嬴胖子抽抽鼻子道：「還得社（說）包子歪（那）味道就絲（是）美滴很。」

項羽舊病復發，得意道：「那是當然，我們項門之後嘛。」

包子擦擦手道：「強子把酒都滿上，今天可算是人齊了——小象還喝飲料。」

曹小象抗議道：「我已經十三歲了！」

項羽幫腔道：「就是，我十三歲那年……」

劉邦哼哼道：「等你兒子長大再說這話吧。」

說到兒子，我問秦始皇：「嬴哥，扶蘇呢？你就真放心他跟一個流氓藝術家在一塊？鬧不好現在就流竄到美術系女生宿舍了。」

胖子微笑道：「想幹撒（啥）幹撒，餓不管。」

吳三桂道：「那怎麼行，該管也得管，他以後畫一手好畫把江山丟了也不像話。」

李師師附和道：「還是隨孩子愛好去吧，哥哥當藝術家，弟弟繼承家業，反正嬴大哥有兩個兒子……」

我拍拍桌子道：「各位，我記得咱以前聊天沒這麼俗啊，怎麼都扯到下一代去了呢？」

花木蘭道：「那你以後想讓不該幹什麼？」

我頓時來神，侃侃而談道：「我兒子那絕對得是全才，琴棋書畫吹拉彈唱，十八歲棄文從武打遍天下無敵手，什麼弓刀石馬步箭……」

包子一筷子就飛了過來：「你再胡說八道，我把兒子送給秦檜也不讓你帶了。」

不該哇一聲哭了。

花木蘭忍著笑道：「看見沒，問題不是不能談兒子，而是談誰的兒子。」

劉邦道：「不該、胡害、破崙，我說你們的兒子有好聽點的名字沒？」

二傻冷丁道：「你名字就不錯，以後我有兒子，就讓他叫你的名字吧。」

劉邦氣道「不行！你自己取！」

二傻把收音機捂在耳朵上，兩個眼珠子一左一右從桌子兩邊分別掃蕩，誰被他盯住都是悚然一懼：「別看我！」

二傻收回目光，苦惱道：「名字難起，以後生個兒子叫什麼呢？」

趙白臉出主意道：「不如想好名字再生兒子？」

接下來，兩個傻子擊掌相慶：「耶！好辦法——」

我們正在無語，張清來敲門道：「小強，你屋裡還有酒嗎？借點。」

我打開門，拎給他幾瓶白酒，剛回來坐下，董平又來敲門：「小強，借點酒。」我又開門，拿酒，剛坐下，李逵敲門：「小強，酒！」

等到張飛來敲門的時候，我大喊：「沒酒了！」

張飛兀自道：「我有！」

「……那你來借什麼？」

「借點菜……」合著劉關張這哥仨，誰也不會起火做飯。

送走張飛，武則天又來了，說要借副麻將，順便借兩把椅子，臨走還邀請我們，說她那屋還有一桌三缺一；趙匡胤的兄弟趙光義巴巴地跑來借個核桃夾子，不用說，趙匡胤這回是懶得用斧頭砸了。

到後來，來的人越來越多，借的東西也越來越匪夷所思，最後我索性門也不關，誰想來拿什麼隨便拿。

到晚上十一點的時候，我們面前除了自己屁股下的凳子，家裡基本上已經沒什麼可拿走的了，朱元璋溜溜地來轉了一圈，忽然一指牆上的投影電視：「這個你們不看吧，我搬走了啊。」

我終於忍不住道：「你們那屋不是有電視嗎？」

劉老六的房子送到我手上的時候可是裝潢好的，電器一應俱全。

朱元璋攤手道：「客廳那台老李看《貞觀長歌》，臥室那台老鐵看《成吉思汗》，我還想看《大明王朝》呢。」

……

最後，忍無可忍的我衝出去隨便踢開一家的大門，舉著碟子喊：「今天吃醋，借點螃蟹！」

苦難的第一天過去以後，後面的日子就好過多了，事實上，這些歷史名人們並沒有太多的時間消遣，幾位陛下的房間幾乎無一例外地成為了該朝的臨時辦事處，除了陳圓圓、武則天這幫姨太太整天打麻將之外，其他人都忙得很。

尤其是我告知他們兵道不會關閉以後，大人物們都開始利用這個機會為自己的國家謀求福利和樹立雙邊關係，劉備孫權硬是拉著曹操簽了一個永不互犯的三方條約，因為他們從小道消息聽說曹操正在密謀從朱元璋那購進十門八五式大炮。

有一天我從朱元璋門口路過，見裡面正在舉行小型酒會，我剛要往裡走就被胡一二一攔住了，我不滿道：「我就不能進去喝杯酒？」

胡一二一神秘道：「這酒您不能喝。」

我往裡一看，總算看出點苗頭來，與會者都是朱元璋手下的大將，徐達常遇春都在，酒會的主持是趙匡胤……這酒，喝前是將軍，喝完以後就只能算土財主了。

扁鵲和華佗研製的中成藥抗癌疫苗總算成功，不過目前這種藥主要的功效是預防，具有攻擊癌細胞的另一型疫苗正式提上日程。

康熙還得在我這逗留一年才能回去，不過他已經和吳三桂達成約定，等他回去以後第一件事，就是把雲南規劃成經濟特區，因為目前大清只有雲南地區能流通育才幣……

至於高宗時期的岳飛，抗不抗金已經沒有什麼意義了，原因大家都清楚，有金兀朮這個最大的反骨仔從中斡旋，金兵很快全線回撤，高宗照例封了岳飛這個勞苦功高的元帥一個爵位，喝沒喝釋兵權的酒不得而知，反正岳元帥是名垂青史了一回，功成名就了一回。

這三個月我都是這樣過的：每天早晨一睜眼就能聽到岳家軍嘹亮的軍號，等到個八九點的時候，隔壁準時響起武則天她們的麻將聲，中午，各朝的食神紛紛大顯身手，我依例派我們蕭公館的家丁前去「化緣」，於是秦朝的泡饃、漢朝的美酒、蒙古的烤肉流水般排上桌子，吃完以後去聽一段俞伯牙彈的鋼琴，看看大師們作畫，有時候也親自動手添上超現實主義的風，一般下午和傍晚，武將們都會在院子裡切磋，二胖偶爾來湊個熱鬧，羅成對趙雲的槍法心服口服……

這裡面最快樂的，不用說是包子！

這個女人每天抱著我兒子東家扯幾句閒篇，西家打兩圈麻將，沒事就把孩子放在他姥姥家跟著呂后瘋跑，還美其名曰：市場調查。

鳳鳳和呂后合夥開了一家成衣公司，叫「天鳳名品」，天鳳這個名字也是她倆一起取的，鳳鳳就簡單取了自己一個名字，呂后自覺自己的皇后身分應該取個天字，於是有了天鳳這個商標。

這次鳳鳳可謂占了個大便宜，因為我們知道鳳鳳的全名其實叫郭天鳳，還有——鳳鳳以前那家公司也叫天鳳……

可快樂的時光總是短暫的，三個月混吃等死的歡樂光陰一轉即逝，明天中午十二點是兵道關閉的最後日期，也就是說，在那之前，我的這些客戶們必須離開。

在此前三天，虞姬為項羽生下了項破崙，男孩。

我們所有人約好在天亮後進行最後一次狂歡，包子在人前說得格外大聲，好像她就期待這一次狂歡似的，可躺在床上我發現，沒心沒肺的她臉上也有了一絲悽楚。

睡到半夜，我被一個人輕輕推醒，睜眼一看見是時遷，他朝窗外做了一個手勢，然後飛身而出。

我披了件外衣走出去，不禁被眼前的景象嚇了一跳，只見在我們房前密密麻麻站滿了人，項羽秦始皇他們都在其列，我納悶道：「不是明天走嗎？」

項羽衝我做個悄聲的手勢，然後低聲道：「我們怕包子傷心，跟你道個別就好了。」

我看著眾人吶吶道：「你們這就要走？」

李師師指指樓上，小聲說：「她看不見我們，自然不會太傷心，我們還是現在走好了。」

我只能點點頭，看一眼李師師身邊的金少炎，他這一去也註定回不來了，我捏捏他的肩膀，威脅道：「小子，好好對我表妹，你啃的可是我們的窩邊草，你要敢對不起她，我管不了你，羽哥贏哥也得滿世界追殺你！」

金少炎使勁點頭：「強哥放心！」

李師師忍不住撲在我懷裡哭了一鼻子，這才抽噎著站在一邊。

項羽學我捏金少炎那樣捏著我的肩膀說：「你也得好好對包子，要不然我管不了你……」

我接道：「老會計也饒不了我。」

項羽微微一笑，手上忽然加力：「小強，保重！」

我從虞姬手中接過項破崙，小傢伙精神十足，小拳腳又踢又踹，我看罷多時，跟虞姬說：「以後要有機會，給孩子改個好聽點的名字吧。」

項羽：「……」

秦始皇來到我跟前：「你滴蕭公館，餓給你保留著。」

我鼻子一酸道：「讓門口那幫代客泊車的孫子別太黑。」

胖子拍了我一巴掌，笑呵呵道：「掛皮。」

我轉頭拉過二傻的手說：「軻子，你以後要有了兒子，萬一真想不出名字就用我的吧。」

二傻抬頭看了一會天，忽然篤定道：「不行，那樣我會總想起你的。」

我笑了一聲，在一片淚光模糊中看看劉邦，劉邦胡亂地跟我說著保重啊、注意身體啊這些客套話，我正莫名其妙的時候，忽然見他最後朝我張了張嘴，卻不出聲，一對口型，原來是說：「照顧鳳鳳。」

我也神不知鬼不覺地踢了他一腳，笑罵：「狗日的重色輕友！」

然後是花木蘭，我背轉手一副老成的樣子道：「姐，個人問題也該解決了啊。」

花木蘭乾脆地一笑，款款道：「如果你還能給姐洗頭髮，自然就有答案了。」

我還沒明白她的意思，吳三桂就大大咧咧地衝上來一把抱住我，說了一大堆感傷的話，惹得一邊的圓圓姐一個勁掉眼淚。

其他人這會也開始送別，方鎮江和冉冬夜還有王寅、寶金、老王他們，紛紛送別自己的兄弟和朋友，然後大夥逐一地排隊來跟我道別。

輪到宋江時，不等我說什麼，率先一拍胸脯道：「放心吧，一百零九弟，只要有我在一天，梁山絕不會招安。」

李世民看看在我面前排起的長隊，忽然笑道：「什麼時候輪到我們被小強這傢伙檢閱了？」

眾人笑了一回，終究不能稍減傷感，因為人多，怕吵醒包子，我們小聲地互道珍重，有的甚至就是簡單一個握手，一個擁抱。

在整個過程裡，我忽然很佩服自己的堅忍，人們常說人生在世最痛苦的事是生離死別，我這次要面對的是名義上的生離，實質上的死別，他們今天一離開，不出意外的話，我們這輩子是見不上面了，而且大概也不會出什麼意外，劉老六那個老神棍一走，幾乎帶走了我所有的希望。

我原以為經歷過無數次分別的我已經夠堅強了，這時才發現我畢竟還是凡人，我捨不得他們，心如刀割，真想放聲大哭卻又不敢。

我忽然覺得這幫傢伙挺不是東西的——他們憑什麼就認為我不會難過呢？

隨著他們一個個進入兵道，地方越來越空曠起來，我的心也一樣空落落的，我再也忍不住了，跑上去跟在他們的隊伍後頭小聲地喊道：「各位，咱們青山不改，綠水長流，日後江湖相見……」

扈三娘越眾而出，叉腰看我，我自覺地把腦袋給她道：「擰吧。」

扈三娘抹抹眼睛道：「老娘這次讓你說完。」

……

當我躡手躡腳躺回床上的時候，包子已經背對著我換了一姿勢，我以為她仍在熟睡，可剛把被子撩起，就聽包子像說夢話一樣哽咽道：「謝謝他們的好意，這樣也好……」

兩個月後，我們這個北方小城也有了炎炎夏意，他們走的時候是剛立春，如今樹都綠了。

這天午睡起來，包子坐在床沿上逗弄著不該，小傢伙在床上露著白肚皮，不時又翻過身爬幾步，總是被包子不厭其煩地擋回來，他最近可是長了不少本事。

包子頭也不回地跟我說：「破崙也兩個月大了吧？不知道長得像誰。」

我和包子現在已經不太忌諱談起項羽他們了，畢竟有些東西不是你一味躲避就能忘卻的，我懶懶地說：「人家那孩子基因優秀，不管像誰都漂亮，不該就危險了，可惜咱張良那門親攀不上了，幸虧我有後手，二胖家的丫頭也不錯。」

包子呸了我一聲。

這時門鈴響了，我下樓一看，見是顏景生，現在育才的事都靠他料理，這小子應該忙得團團轉才是，這個時間出現在我門外倒是稀奇。

我打開門讓他自己進來，一邊往客廳走：「這麼有空？」

顏景生一把拽住我，有些緊張地說：「小強！」

我回頭看他：「出什麼事了？」

顏景生抖了抖手裡的一張紙道：「今天我接到一封信。」

「哦，又是什麼邀請賽吧，你安排就好了。」

顏景生情緒仍舊很激動，但又找不到合適的詞語表達，他拉著我不放，顫聲道：「信是去年十二月寫的。」

「那又怎麼樣？」面對欲語還休神神叨叨的顏景生，我有點好笑。

「簡單說吧，這信是劉老六留給我們的，只不過他特意吩咐今天才送來！」

我稍稍地震動了一下：「那個老神棍一直就愛故弄玄虛……」

我嘴上這麼說著，早就一把搶過那信打開，只見上面用令人心碎的貓抓狗印字體寫道：

「親愛的小強，你見到這封信的時候，天氣應該已經暖和了吧？在百無聊賴波瀾不驚的日子裡，有沒有一點點想我呢？」

我笑罵道：「這老傢伙。」繼續看：

「如果你沒有想我也不要緊，你一定想你那幫客戶了吧？我知道你除了對我有意見以外，平時還是一個重感情的人。」

我不禁喃喃道：「這老騙子想幹嘛？」

顏景生道：「你往下看。」

「我想告訴你，我和老何走的時候，一不小心在你那還剩下一條兵道，具體位置就在老何家的車庫。」

我蹦起來就要往外衝，顏景生按住我：「看完。」

信的後面用愈發讓人抓心撓肝的筆跡寫道：

「這是一條需要起始口令和進入口令的兵道，起始口令見附件，但正式的進入口令，我就不方便告訴你了，之所以現在才把這封信送到你手上，一是因為據我們推算，這會兒的天道已經完全恢復平靜；二是這件事一定不能由我們親自對你說，尤其是進入口令也告訴你的話，那就屬於天界干涉人界行為，鬧不好會引起天道的再次震動，不過如果是你自己猜出來的，那就不關我們事了，天道也不會察覺——

其實我是很想偷偷告訴你的，但老何就怕我心軟壞事，所以進入口令是他設的，我真的不知道，但願你能為此良心發現，為以前那樣不公正地對待我自責三分鐘。哦對了，你的信用卡我幫你刷爆了，你自責完以後就趕緊去銀行還錢，利息挺貴的，劉老六留。」

顏景生見我臉色變幻不定，問：「你看完了吧？據我理解，劉老六他們迫於身分不能親口告訴我們兵道和進入口令的事，但這個口令一定不會太難，你能猜到嗎？」

我鼻尖冒汗，心跳加速，死死攥著那信一語不發，包子抱著孩子下了樓，問：「你們幹什麼呢？」

我把信遞給她，不等包子看完，顏景生猛地拉著我就跑，大聲問：「何天竇的車庫在哪？」

我不由得打量他道：「你好像很積極呀？」

顏景生決絕道：「我要去找木蘭，她說我只要能回到那邊，她就嫁給我！」

我恍然道：「難怪木蘭姐說我要有機會再幫她洗頭，她的終身問題也就解決了……」

顏景生不管不顧地拉著我跑到何天竇的車庫裡，急急道：「快點，起始口令是什麼？」

我攤手道：「不是說在信裡嗎？」

包子看完信也快步隨後趕到，興奮地把一片小紙頭遞給我說：「你要的是不是這個？」

我一看那小紙頭還別了個迴紋針──果然是附件，我展開一看，只見上寫幾個大字：「劉老六是我爺爺。」

我陰著臉把紙片給顏景生：「你喊！」

顏景生毫不猶豫大喊：「劉老六是我爺爺！」

車庫的牆壁紋絲不動，雖然失望，我仍有些幸災樂禍道：「我就知道老神棍晃點人。」

顏景生急切道：「你喊一個試試。」

我撇嘴道：「你當我傻子啊？」

包子不由分說踹我一腳道：「都這時候了，你喊一句能死啊？」

我只得悻悻道：「劉老六是我爺爺。」

對面的牆壁頓時湧起一團黑霧，顏景生邊帶頭往裡躥，邊幸災樂禍道：「嘿嘿，看來當孫子也講天分的。」

包子哈哈笑一聲，緊隨其後進了兵道，我咬牙切齒地走在最後。

不過用了十幾分鐘，兵道已到盡頭，顏景生回頭道：「看來口令只能由你喊，快想想是什麼？」

我唉聲嘆氣道：「想來也不是什麼好話，你倆往邊站！」

顏景生和包子一左一右站在我旁邊，我對著牆壁屏息凝視騎馬蹲襠，運了半天氣後，驀地大喊：「劉老六是我爺爺！」

牆壁不動。

顏景生道：「口令不可能一樣的，再想。」

我憤憤道：「劉老六是我爹！」

牆壁不動。

包子拍我一把道：「你給他降了一輩，當然更不可能對了！」

我對著牆壁諂媚道：「劉老六是好人。」

牆壁不動。

這次我自己解釋道：「媽的，味良心話連它都聽不下去了。」

但是，口令還得繼續猜：「劉老六是個高尚的人」、「劉老六是個單純的人」……最後我連「力拔山兮氣蓋世」都試過了，那該死的牆壁就是沒動靜。

又一個多小時過後，包子乏力地從地上爬起，無奈道：「我看今天就先這樣吧，至少我們有了起始口令，以後天天來，總有矇對的時候。」

顏景生哭喪著臉道：「也只能這樣了——小強你可要快點想，木蘭年紀已經不小了。」

我虛弱地把胳膊搭在他們倆肩膀上，由他們攙著往回走，走出幾步我越想越覺得憋氣，越想越覺得窩囊，突然忍不住暴跳起來，回身指著牆壁喝道：「劉老六你這個老王八！」

牆壁應聲而開……

外面，依稀是吳三桂的大周皇宮校軍場，只見這裡一片張燈結綵熱鬧非凡，偌大的場子裡正在舉辦酒宴，離我們最近的一桌，嬴胖子、二傻、李師師金少炎都在，遠處的主席臺上，俞伯牙彈著鋼琴，鍾子期正在跟李逵划拳，唱歌的卻是劉邦，中央，死性不改的土匪們又已經喝得東倒西歪，三百小戰士圍成一圈看方傑在大戰張遼……

我顧不得又見故人的驚喜，瞠目結舌道：「你們這可真是史上第一混亂啊！」

眾人紛紛扭頭，見是我，轟然笑道：「小強還是那副德行。」

後來，關於口令的事，我很費了一番猜疑，因為據我瞭解的劉老六，不可能會為了良心發現或考慮到我的感受而設定一個那麼人性化的口令，最後在顏景生的提醒下，我才有點明白了：那口令是何天竇設的。

……

哎呀，時間過得可真快呀，轉眼大半年又過去了，到了不該滿一周歲的日子，我們又能借機大吃一頓了。

這多半年發生的事情還得交代一下，新的兵道雖然理論上還在天道的監察範圍裡，但基本上是沒什麼問題的，只要流通人數一次不超過一千，道哥得且睡呢。

所以，得利最大的還是金少炎這小子，他帶著李師師往來於現代和過去之間，玩得不亦樂乎，李師師給自己初步的計畫是兩年一部戲，自然，錢已經不是她考慮的因素了，她這麼做只是為了永保青春。

顏景生和花木蘭近期內還沒有結婚的計畫，兩人都忙。

我最羨慕的其實還是劉邦，家裡紅旗不倒外面彩旗飄飄的男人不在少數，可紅旗能支持丈夫去捧彩旗場的，這可就太難了——鳳鳳那還有呂后的股呢。

閒言少敘，給不該過周歲，這麼義正詞嚴的腐敗機會誰都不肯放過，人來的自然是空前齊，地點就選在秦朝的蕭公館。

整整一天狂歡後，我和包子剛要走，秦始皇忽然道：「等一哈（下），給碎娃（小孩）過周歲，咱絲（是）不絲少了些兒撒（啥）？」

朱元璋拍額頭道：「咱把小孩兒抓周這典故給忘了。」

胡亥道：「抓周是什麼意思啊？」

項羽懷抱項破崙溫和道：「就是讓剛滿周歲的小弟弟隨便拿一樣東西，根據他拿的東西就能看出他以後有什麼出息。」末了微笑道：「聽說我小時候抓周就抓了一桿小木槍。」

胡亥和曹小象拍手歡呼道：「好玩，讓弟弟抓周吧。」

我和包子相互看看，均點點頭，我兒子聰明絕頂，我們也很想知道他最後能抓個什麼命，起碼有特定專長也不錯。

關二哥把自己的青龍偃月刀放在地上道：「不該若選此刀，以後也必是將中魁元。」

諸葛亮將羽扇擺上，胸有成竹道：「若選此物，那這孩子想必有志於謀略。」

王羲之貢獻出自己的毛筆：「願他成一代書法大家吧。」

李白醉醺醺地放上一隻酒杯，高聲道：「古來聖賢皆寂寞，唯有飲者留其名。」

華佗把自己的小手枕放下道：「懸壺濟世，解人危難，方是我輩之志。」

俞伯牙搬過瑤琴道：「音樂是真正的藝術。」

……沒用五分鐘，地上就擺了滿滿一大堆各式各樣寓意深遠的小玩意，眾人紛紛喊：「夠了夠了，讓不該選吧。」

我把不該抱出兩米以外，讓他面朝那些東西，殷殷囑咐道：「兒子啊，前方的路充滿坎坷和誘惑，你可要好好的選啊！」然後把他放在地上，任由他自己爬向那堆東西。

所有人都大氣也不敢出，靜靜地望著不該。

只見不該三步併做兩步爬將過去，在路過金子的時候看也不看一眼，有人立刻讚道：「視金錢如糞土，好孩子！」

小傢伙繼續往前爬，見手邊有朵女人戴的珠花，鄙夷地瞧了一眼，絲毫沒有逗留，又有人讚道：「嗯，不沉迷女色，好樣的。」

但是這時，所有人的腦子裡也都打上了大大的問號，金錢美色都不為所動，那這孩子到底想要什麼呢？

我們都目不轉睛地盯在不該身上，只見他這看看那瞧瞧，似乎對什麼都不滿意，忽然，小傢伙停在一個地方上坐了起來，兩隻小手奮力向前抓住，呵呵而笑。

眾人大嘩，潮水般湧上去，我擠在人前，往不該手裡看去，見他牢牢抓住一物死不放手，細一打量，只見此物四四方方，稜角分明，紅彤彤耀人二目，冷森森叫人膽寒，我一看這東西不要緊，不由得百感交集，忍不住跳腳大罵：

「這他媽誰放的板磚?!」

（全文完）

千萬點擊網路作家——夢入洪荒著《權力巔峰》即將登場，敬請期待。

史上第一混亂 卷十 人在江湖（完）

作者：張小花
發行人：陳曉林
出版所：風雲時代出版股份有限公司
地址：10576台北市民生東路五段178號7樓之3
電話：(02) 2756-0949
傳真：(02) 2765-3799
執行主編：朱墨菲
美術設計：吳宗潔
行銷企劃：林安莉
業務總監：張瑋鳳

初版日期：2019年10月
版權授權：閱文集團
ISBN：978-986-352-726-8
風雲書網：http://www.eastbooks.com.tw
官方部落格：http://eastbooks.pixnet.net/blog
Facebook：http://www.facebook.com/h7560949
E-mail：h7560949@ms15.hinet.net
劃撥帳號：12043291
戶名：風雲時代出版股份有限公司

風雲發行所：33373桃園市龜山區公西村2鄰復興街304巷96號
電話：(03) 318-1378
傳真：(03) 318-1378
法律顧問：永然法律事務所 李永然律師
北辰著作權事務所 蕭雄淋律師

行政院新聞局局版台業字第3595號 營利事業統一編號22759935

定價：270元

國家圖書館出版品預行編目資料

史上第一混亂 / 張小花著. -- 初版. -- 臺北市：風雲時代, 2019.07- 冊； 公分

ISBN 978-986-352-726-8（第10冊：平裝） --

857.7 108002518